社長といきなり新婚生活!?

Saori & Chihiro

立花実咲

Misaki Tachibana

JN198896

EB

エタニティ文庫

目次

社長といきなり新婚生活!?

1　結婚という名の契約

（こんな大切な日に寝坊するなんて。私のバカ……！）

月曜日の朝、細谷紗織《ほそやさおり》は息を切らして走っていた。満開の桜に見惚《みと》れる余裕もない。

今日は新ブランドコレクションを決める大事なプレゼンの日だ。一ヶ月前からコツコツとデザイン案とコンセプト資料を用意して、準備は万端だった。

それなのに、睡眠不足がたたって遅刻などしては、本末転倒にも程がある。

紗織は腕時計を確認しながら、急いでオフィスの自動ドアをすり抜けた。

（始業時間まであと五分……）

閉まりそうになったエレベーターにぎりぎり乗り込み、焦《じ》れたように階数表示を見つめる。

紗織が勤めるアパレル会社『ロワゾ・インターナショナル』のデザイン部は、オフィスの十二階だ。

（……九、十、十一……十二！）

エレベーターが開いたと同時に走りだし、デザイン部へ駆け込む。なんとか朝礼がはじまる前に到着できて、紗織は安堵のため息をこぼした。

はぁ、はぁと乱れる息と、汗で額《ひたい》に張り付いた髪を整える。

「紗織、おはよう」

振り返ると、同期で親友でもある木島澄玲《きじますみれ》が笑顔で近づいてきた。

「澄玲ちゃん、おはよう」

挨拶した紗織の顔を、澄玲は驚いたように覗《のぞ》き込んでくる。

「すごい汗。もしかして走ってきたの?」

「うん。寝坊して焦っちゃった。間に合ってよかったよ」

紗織は眼鏡を取って、流れる汗をハンカチで拭《ぬぐ》った。

「それは朝からお疲れ様。また遅くまでDVDでも観てたの? 目の下のクマ、すごいわよ。あんた、行き詰まると、夜通しDVD鑑賞しだすもんねぇ」

そういう澄玲も、ふぁと小さく欠伸《あくび》を噛み殺している。きっと彼女も徹夜でコンペの用意をしていたのだろう。

「彼氏とお泊まりで寝不足……っていう色っぽい理由じゃないとこが、残念よね」

からかうように言って笑う澄玲に、紗織は肩を竦《すく》めてみせる。

そのとき、紗織はふと澄玲のストッキングが伝線していることに気づいた。

「澄玲ちゃん、ストッキング伝線してるよ」

「うそ。やだ……いつの間に」

身体を捻《ひね》って伝線したところを確認し、澄玲が顔をしかめる。

「私、替えを持ってるから使って」

紗織は自分のバッグの中からストッキングの替えを取り出し、澄玲に差し出す。

「ありがとう紗織。助かるよ」

「いえいえ。どういたしまして」

にっこりと紗織は笑みを浮かべた。その表情を眺めて、澄玲がうーんと唸《うな》る。

「何？　人の顔をじっと見たりして。あ、どこかおかしい？」

紗織は思わず頬に手を当てた。

「あんた、この間、叱られて泣いてる新入社員の女子にハンカチ貸してあげてたわよね。徹夜明けの男子にはお弁当わけてあげたり、風邪引いて咳き込んでる上司に飴あげたり……。世の男どもは、どうしてあんたの魅力に気づかないかなぁ」

「澄玲ちゃんったら。もう、いいから、行っておいでよ」

澄玲は、紗織に彼氏ができないことをいつも心配してくれる。紗織は単に、困っている人を放っておけない性質《たち》というだけなのだが。

アパレル会社に勤めていても、ファッションもヘアメイクも普通だし、とりたてて美人というわけでもない。澄玲は紗織がモテないはずはないと言ってくれるが、二十七歳になるまで誰とも付き合ったことはなかった。でも寂しいと思ったことはない。それよりも、紗織にはずっと大切なことがあったから。

憧れつづけたキラキラふわふわした服を、誰かのために作る――ファッションデザイナーとして誇れる自分になりたい。

そう思って六年。だが、いまだ自分が手掛けたブランドにヒットはなかった。このところ任される仕事は、他のデザイナーの補佐や細々《こまごま》した作業ばかり。

誰でも夢は見られる。けれど、デザイナーとしての才能やセンスは、どんなに努力したところでどうにもならないのだ。

紗織はそれを、入社六年目にして痛感していた。けれど、そう簡単に諦められる夢でもない。だからこそ紗織は、今日のプレゼンに懸けていた。

朝礼が終わったあと、紗織は同僚と一緒にプレゼンを行う会議室の準備に取りかかる。

「細谷さん、そっちに資料を置いてくれる?」

「了解」

長テーブルに足りない椅子を追加し、一冊ずつ資料を置いて、プロジェクターの調整をした。

「なんか緊張してきたな……」

紗織が呟《つぶや》くと、手伝いをしていた子も頷《うなず》いた。

「プレゼンは何度やっても緊張するよね」

「緊張して内容が飛んじゃいそうだから、始まる前におさらいしておこうかな」

準備を終えた紗織は「じゃあ、あとでね」と同僚に断って、自分のデスクに向かう。

「細谷さん、ちょっといいかな?」

会議室を出てすぐの廊下で部長に声をかけられた。

「はい。なんでしょうか」

「悪いんだが、これからすぐ、『ロワゾ・ブルー』のオフィスに行ってもらいたい」

「……え?」

一瞬、何を言われたのかわからなかった。

ロワゾ・ブルーというのは、紗織の勤めるロワゾ・インターナショナルの子会社だ。

新人デザイナーの育成の場としてロワゾ・ブルーが設立されたのは、今から三年前。

だが、親会社であるロワゾ・インターナショナルのデザイナーたちの間では、ロワゾ・ブルーは使い捨ての実験場所だとか、社員の左遷場所だとかいう黒い噂が立っていた。

(私が、ロワゾ・ブルーに……? それって、どういうこと?)

「で、ですが私は、これからプレゼンが……」

「あー……詳しいことは、あちらの社長が直々《じきじき》に説明されるそうだ。君は会議には出ず、すぐに向かってほしい」

「待ってください。部長……」

紗織は震える声で、とっさに部長を引き止める。

「すまないが、僕はこれからやることがあるから。じゃあ頼んだよ」

説明を避けるように、部長はそそくさと踵《きびす》を返した。紗織は廊下に立ち尽くし、去って行く部長の背中をただ見送る。

「ねえ、細谷さん、もしかして……」

「……だよね」

茫然とする紗織の周りで、社員がひそひそと噂話をはじめた。ちらちらと向けられる好奇の視線が、紗織の不安を煽《あお》る。

よそよそしい部長の態度と突きつけられた言葉が、頭に焼きついて離れない。

もう自分には、プレゼンに参加する資格さえないと言うのだろうか。

頭の中がネガティブな思考に占領されそうになり、紗織はぶんっと頭を振った。

わからないことをうだうだ考えていても仕方ない。とにかく言われたとおり、ロワゾ・ブルーに行かなくちゃ。紗織は急いでデスクに戻り、荷物を持ってオフィスを出た。

紗織は、小さな頃からショップに置かれているファッションカタログが大好きだった。いつか大人になったら、カタログに載っている女の子のように綺麗な服を着て、絵本のお姫様みたいに王子様に見つけてもらえたら……などとロマンチックなことを夢見ていた。

けれど、夢と現実は違う。小さな繊維会社を営む細谷家の暮らしは貧しく、夢見たような綺麗な服を着ることはできなかった。

そんな紗織の中学時代のあだ名は『地味子』。しかし、彼女の夢は形を変えてつづいていく。高校に入学した紗織は被服部に入部し、作り手を目指すことにした。

真っ白なキャンバスに、思いのままデザインを描いていく。

ドレスじゃなくたって、ワンピースにスワロフスキーやビーズをつけて、細かいレースを飾ったらどうだろう。ガラスの靴がなくたって、爪にかわいいペディキュアを塗ったらいいじゃない？

アイデアは尽きず、どんどん膨《ふく》らんでいった。そして、気づいたのだ。お姫様になるより、こっちの方がずっと素敵だ、と。

誰かを笑顔にするために、キラキラふわふわした服を作りたい。

紗織はファッションデザイナーを目指して、四年制の専門学校に入学した。その後、運よくアシスタントをしていた大手アパレル会社ロワゾ・インターナショナルに入社。

三年間の下積みを経て、ようやくファッションデザイナーを名乗ることができた。だが、未だに結果を出せていない。

『地味子』からファッションデザイナーになった細谷紗織は、今なお地味に、夢と現実の狭間《はざま》でもがいていた。


会社を出た紗織は電車に乗り、隣駅で降りる。そこから、地図を頼りに歩いて十分ぐらいでロワゾ・ブルーの入る大きなビルに着いた。

無意識に、はぁ……と重いため息がこぼれる。

重い足を動かし受付で親会社から来たことを告げると、すぐに社長室に案内された。

重厚な扉の前に立ち、紗織は緊張で身を固くする。

（用件はなんだろう。体《てい》のいい自主退職を勧められたりして……）

胃がきゅうっと引《ひ》き攣《つ》れ、息が詰まりそうになる。

そんな紗織の前で、受付の女性がドアをノックした。

「失礼いたします。細谷様がいらっしゃいました」

一拍おいて、中から返事があった。受付の女性がドアを開け、笑顔で「どうぞ」と中に促《うなが》してくれる。そのまま戻ろうとする彼女を、心細さのあまり引き止めてしまいたくなった。

一人残された紗織は、おそるおそる社長が座っている方を見る。背後の窓から陽が射《さ》し込み、逆光で顔がよく見えない。

「ようこそ。デザイナーの細谷紗織さん？」

甘く響く低音に、紗織は弾かれたように返事をした。

「は、はい」

緊張で、今にも心臓が飛び出してきそうなほどの爆音を立てる。

陽が雲に覆《おお》われ、目の前に座っている社長の顔が見えてくる。思っていたよりずっと若い。おそらく三十にも届いていないだろう。驚くほど端整な顔立ちをしていた。

さらりと艶《つや》やかに流れ落ちる前髪の隙間から、宝石のように澄んだ目が見える。甘さの滲《にじ》む涼し気な目で見つめられ、どきりと鼓動が高鳴った。

まるで獲物を捕らえんばかりの眼差しに紗織は戸惑う。しかし次の瞬間、社長はやんわりと表情を緩《ゆる》め、微笑を浮かべた。

「本年度からロワゾ・ブルーの代表を務めさせてもらうことになった、水瀬千尋《みなせちひろ》です。よろしく」

水瀬のやわらかな微笑みを見た瞬間、紗織は思わず息を呑んだ。

その笑顔には憶《おぼ》えがあった。けれど、どこで見たのか、すぐに思い出せない。わかるのは、どこかで見たことがあるという漠然とした感覚だけ……デスクに両手を組んで小首をかしげる彼は、一度会ったら忘れられない美形だと思うのだが。

思い出せずにモヤモヤしていると、「細谷さん？」と水瀬に声をかけられた。

「す、すみません。細谷紗織です。よろしくお願いします」

紗織がぎこちなく頭を下げると、水瀬は一拍おいて静かに口を開いた。

「さっそくだけど」

水瀬は手元の書類に目を落としつつ、こちらに視線を向ける。紗織は覚悟を決めて、ぎゅっとこぶしを握った。

「これより君には、ロワゾ・ブルーのデザイン部に所属してもらいたい」

（……やっぱり）

無意識に肩を落とす紗織に、水瀬はつづけて言った。

「僕はロワゾ・インターナショナルCEOの命令で、ロワゾ・ブルーの業績をアップさせるため、パリ支社からここに呼ばれた。最初の仕事として、新規ブランドを立ち上げるつもりでいる。君には、そのデザイナーを任せたい」

「私に新規ブランドの立ち上げを……？」

「ああ、そうだ」

左遷という言葉を頭に浮かべていた紗織にとって、水瀬の言葉は思いがけないものだった。

突然巡《めぐ》ってきた大きなチャンスに、紗織の表情が輝く。しかし、すぐに返事をしようとする紗織を制し、水瀬が椅子から立ち上がった。そのままデスクを回って紗織の目の前に立つ。

水瀬はかなり上背があるため、あまり背の高くない紗織は彼を見上げなくてはいけなかった。

「それからもうひとつ。これを君に」

そう言って、一枚の用紙を差し出す。

意味がわからず、紗織は水瀬の顔を見る。渡されたのは『婚姻届』だった。

「君には僕と結婚してもらう。明日までにそれに記入してきてほしい」

（……え？）

――何？　今、なんて言ったの？

紗織が唖然としていると、婚姻届をトントンと叩かれた。

「聞こえなかった？　君は僕と結婚するんだ」

「け……結婚って……一体、どういう……ことでしょうか？」

紗織は婚姻届の用紙を握りしめ、なんとか口を開いた。疑問符ばかりが頭の中に浮かび、まったく話についていけない。

（それに、彼の水瀬って苗字、ロワゾ・インターナショナルのＣＥＯと同じ……）

「カムフラージュさ」

「カムフラージュ？」

「ああ。フランスから戻ってきてからというもの、ひっきりなしに見合い話や縁談が持ち込まれてね。正直うんざりしているんだ。だったらもう、身を固めてしまおうかと思ってね」

やっぱりそうだ。ＣＥＯの息子は、パリ支社にいると聞いたことがあった。

「だ、だからって、どうして相手が私なんですか。社長の結婚相手なら、私よりもっとふさわしい方がいらっしゃるんじゃないですか？」

混乱しながらも、紗織は必死に言葉をぶつける。

「……君のご両親は繊維会社を経営しているそうだね？」

急に話題が変わり、紗織は相手を窺《うかが》うように聞き返した。

「それが、どうかしたんですか？」

「その様子だと、君は何も知らされてないんだな。ご両親の会社は近年の不況で随分と業績が落ちているようだ。このままでは、あと数年もつかどうか……」

「えっ……そんな、嘘ですよね？」

両親の経営する繊維会社は、昔からいる職人さんを大切にすることで、小さいながらも優れた技術を評価されていたはずだ。そんなに業績が悪化しているなんて、紗織は一度だって聞いてない。

「残念ながら事実だ。このまま何もしなければ、ご両親の会社は潰れる。君の家族はもちろん、従業員も路頭に迷うことになるだろうな」

水瀬は感情の見えない声で淡々と口にする。だからなのか、その内容はひどく現実味をもって紗織の頭に入ってきた。

「とはいえ、細谷繊維会社の技術の素晴らしさは業界でもよく知られている。倒産ということになって失うのは惜しい。そこで、だ。君さえよければ、細谷繊維会社の業績改善に向け援助をしてもいい」

混乱し言葉もなく立ち尽くす紗織を、水瀬の低く静かな声が現実に引き戻す。

「ほ、本当ですか……！」

藁《わら》にもすがる思いで、紗織は目の前の水瀬を見上げた。

「ああ。その代わり、君には僕と結婚してもらうよ」

なんでもないことのように告げられ、紗織はその場で固まる。

「そんな……」

「この際だ。もうひとつ、はっきり言っておこう。君は親会社に不要な人間だと判断された」

言われた瞬間、紗織は息が止まるかと思った。親会社に不要な人間――彼の言葉が、じわじわ紗織の胸を圧迫してくる。

「僕の提案を拒絶すれば、明日から君は、デザイナーとしての道も断たれるということになるな」

急に目の前が真っ暗になった心地がして、婚姻届を持つ手が震えた。目の前に立つ整った顔の水瀬が、悪魔のように思えてくる。

彼は、自分と結婚さえすれば、紗織にデザイナーとして再びチャンスを与え、さらには両親の会社も助けてやると言っているのだ。

「誤解しないでもらいたいが、僕は君を奴隷のように扱おうってわけじゃない。カムフラージュである以上、周りから本当の夫婦だと思われなくちゃならないからね。逆に、仲良くしてもらわないと困るんだよ」

水瀬の手が紗織の顎《あご》をくいっと上げる。仲良くと言いながら、紗織を見つめる彼の綺麗な目には、まるで温度を感じない。

「紗織……結婚したら、僕は夫としての義務を果たそう。だから、君にも僕の妻として努力してほしい」

「努力？」

「そう。妻として僕を愛する努力だ」

冷徹な表情のまま甘い声で囁《ささや》かれ、紗織の中で何かが溢《あふ》れた。自分の意思とは関係なく、次々と涙が頬を流れていく。

(泣いてる場合じゃない。わかっているのに……)

紗織は唇を噛みしめ涙を流す。すると水瀬は、長い指で紗織の目尻に溜まった涙を拭《ぬぐ》った。

「僕は君を泣かせたいわけじゃない。ただ、君の——どんな人も幸せにしてあげられるデザイナーになりたいという夢を、壊したくないと思ったんだ」

紗織は驚いて彼をまじまじと見つめ返す。

(どうしてこの人が、それを知っているの……!?)

紗織を見下ろす水瀬の表情が、ふっと和《やわ》らぐ。懐かしそうに目を細め、静かに微笑んだ。

「顔を見ても思い出さないか？　もう十年以上経つからな」

小さく呟《つぶや》いた彼は、紗織の頬にすべった涙を指で払う。

「僕の以前の名は、藍沢《あいざわ》という」

「藍沢……！」

その名前にハッとする。以前、彼に会ったことがあるような気がしたのは、やはり気のせいじゃなかったのだ。

「うそ。千尋……くん、なの?」

信じられない思いで、紗織は目の前に立つ人を見つめる。

混乱と懐かしさと、しこりのように刻まれた苦い記憶が一度に湧き上がり、茫然と立ち尽くす。

高校の同級生である千尋とは、卒業以来一度も会うことはなかった。同じ部活で共にデザイナーの道を目指した彼とは、あることがきっかけで仲違《なかたが》いしそのままとなっていたのだ。再婚した母親と海外に行ってしまった彼とは、もう二度と会うことはないと思っていたのに……

紗織は、水瀬の中に懐かしい面影《おもかげ》を探した。高校のときより輪郭がシャープになり、身体つきもすっかり大人になっている。けれど、改めて見ると、目元にあの頃の面影が残っていた。

しかし、かつての思い出に浸《ひた》ろうとする紗織の思考をシャットダウンするように、千尋が口を開く。

「もう一度、言うよ」

微笑みを浮かべたまま、千尋が紗織の唇を指先でなぞった。

ぞくり、と甘美な感触が紗織の背筋を走っていく。

「これは契約だ。君は僕と結婚して、僕にふさわしい妻になるんだ。その代わり、僕は君にデザイナーとしてのチャンスと両親への援助を約束する」

やさしい笑みを浮かべながらとんでもないことを言ってくる千尋に、息を呑む。

(彼は、本当に……あの千尋くんなの？)

こんなふうに、結婚を契約として告げてくること自体、考えられないことだ。

何か言おうと思うのに、衝撃と混乱で言葉が出てこない。

「なんだ。もしかして、チャンスを活かす自信がないのかい？」

紗織はハッとして千尋を見る。すると彼は、蔑《さげす》むような眼差しを紗織に向けた。

「入社六年目の中堅デザイナーだが、ヒット商品はなし――君のことは調べさせてもらったよ。このままサポート係として埋もれるつもりか？」

「なっ！」

「君はあの頃と何も変わらないな。肝心なときに力を出さない……」

失望した――そう千尋が言うのを察した紗織は、思わず声を荒らげる。

「そんなことありません！　私は必ず、デザイナーとして成功してみせます！」

衝動のままそう反論した紗織は、千尋の表情を見て身を強張《こわば》らせた。

紗織を見つめる千尋は、満足げな笑みを浮かべている。

やられた。ここにきて、紗織はようやく千尋の意図を悟った。

「それなら、君の選ぶ答えはひとつだ。明日までに、それにサインと判子《はんこ》を押してきて」

千尋の言葉が、遠くに聞こえる。まんまと彼の挑発に乗せられ、自分で逃げ道をなくしてしまった。

（あんな啖呵《たんか》を切っちゃって、どうするのよ私……）

じわじわと焦りが湧いてくる。でも、今さら引くに引けない。

内心で葛藤《かっとう》しながら言葉もなく立ち尽くしていると、ぐいっと左手を引かれた。身じろぐ間もなく薬指に冷たい金属の枷《かせ》が嵌《は》められる。

「あ……っ」

「これは契約の証《あかし》《エンゲージ》だよ」

（まさか、もうこんなものまで用意していたなんて……）

左手を見つめて茫然とする紗織に、千尋は「これからの君に期待しているよ」と言って、残酷なまでに甘い微笑みを浮かべた。

「今日中に向こうから荷物を移動して、必要な引継ぎをしてほしい。人手が必要なら手配するから連絡してくれ」

「……わかりました」

「話は以上だ。歩ける？　すごく震えているね。下まで送っていこうか？」

「結構です。大丈夫……ですから」

「そう。じゃあ、これからよろしくね」

紗織は震える膝になんとか力を込めて、千尋に向かって頭を下げた。そのまま、くるりと踵《きびす》を返してドアに向かう。

早く、早く、一刻も早く。この息苦しい状況から解放されたい。

社長室を出ると、紗織はへなへなとその場に頽《くずお》れた。

さっきまでのことが頭の中をぐるぐると回っている。気持ちがまったくついてこない。

これが夢なら、今すぐ覚めてほしかった。でも、これが現実であると知らしめるように、左手の薬指には、キラキラと眩《まぶ》しいダイヤモンドが輝いている。紗織はぎゅっと目を閉じ、きつく手を握った。

拒否したところでどうにもならない。今の自分には、この状況を打開する手立ては何もないのだから。


慌《あわ》ただしく荷物の移動と引継ぎを済ませ、紗織は逃げるように本社を出た。その足で、実家へ向かう。社会人になってからは、盆と正月ぐらいしか実家には行かなくなっていたので、両親に会うのは正月以来、三ヶ月ぶりだ。正月に会ったときは、何も変わったことなどなさそうだったのに。それとも、娘には言えずにいただけなのだろうか。

（なんて言って切り出そう……）

千尋の言うことを鵜呑《うの》みにせず、両親からきちんと話を聞かなくてはならないと思った。たとえ彼の言うとおりなのだとしても、ちゃんと自分で真実を知っておきたい。

築三十年の古い家を前にして、インターフォンを押す指が震えた。すぐに母親の声がして玄関のドアが開く。

「まあ、紗織。どうしたの、仕事帰り？」

母が、紗織の突然の訪問にびっくりした顔をする。

「うん。ちょっとお邪魔してもいいかな？　お父さんもいる？」

「ええ、いるわ。ちょうどこれから、夕飯なのよ。紗織もまだだったら、一緒に食べていきなさい」

「ありがとう。そうさせてもらうね」

母の後ろについて居間に入ると、父もまた驚き、すぐにうれしそうな顔をした。

「紗織、正月以来だな。元気にしていたかい？」

笑顔を取り繕《つくろ》い「うん」と答えると、母が今ご飯をよそうから、と台所に入っていく。

「仕事はどうだ？　確か大事なコンペがあるとか言っていたよな」

紗織はテーブルを挟んで父と向かい合うように座り、手に持っていたバッグを足元に置いた。

「うん。ぼちぼちやってるよ。お父さんこそ、会社はどうなの？　相変わらず？」

「うーん、まあ、このご時世だしな。色々あるさ。だが、おまえはうちのことは気にせず、自分のやりたいことを精一杯やりなさい」

父が穏やかにそう言って、母の方を見る。母も同じように「ええ」と頷《うなず》いた。

千尋とのことがなかったら、きっと父の言葉になんの疑問も持たなかったかもしれない。でも、ちゃんと事実を確かめたい。そう思いながら、紗織は覚悟を決めて、口を開いた。

「会社で、うちの業績が悪化しているという噂を聞いたの。お願い、本当のことを教えて」

両親は顔を見合わせ、父が「そうか……」とため息をつく。

「不況だから仕方ない。色々打てる手は打っているが、赤字になる一方でな」

父は手に持っていたビールグラスを置いて、物憂《ものう》げに言った。

「どうして話してくれなかったの？」

まさかそんな大変だったなんて。今まで、家のことをちっとも考えてこなかった自分を反省する。二人の言葉に甘えて、学校に行かせてもらって好きな事をやらせてもらって……自分のことばっかり考えていた。もっと気にかけるべきだったのに。

「親は子に心配をかけたくないものだよ」

父が見守るような視線を向けてきた。

「そうよ。紗織はうちのことは心配しなくていいの。紗織がやりたいことをがんばっているのが、私たちの喜びなんだから」

母が目を細めて紗織を見つめる。

「お母さん……」

「大丈夫。無事お前に結婚式を挙げさせるまで、がんばるさ」

父が自分を鼓舞《こぶ》するように力強く言う。母も笑みを浮かべた。

「紗織はどんな人と結婚するのかしらね？　あなたの将来が楽しみだわ」

──紗織は何も言えなかった。

一方的に持ちかけられた契約結婚。……自分勝手さに腹は立つけれど、紗織にとっても好条件なのだと、冷静になった今ならわかる。

『これは契約の証《あかし》《エンゲージ》だよ』

千尋の甘い囁《ささや》きが鼓膜に蘇《よみがえ》ってくる。

──逃れられない。両親の会社を存続させるために、今の紗織にできるのは、千尋の提案を呑む事だけなのだ。

（私にはもう千尋くんと結婚するしか選択肢はない……っていうことなのね）

甘い言葉で誘惑し、やさしい声で懐《ふところ》に入り込む、悪魔のような人だ。

いつか私だけの王子様が……と、無邪気に憧れていた幼い頃の自分。その夢はデザイナーになることへ形を変えていった。けれど、女である以上、それなりに結婚に夢を抱いていた。その夢が、黒く塗りつぶされていく。

悪魔との契約は、もう、交わされてしまったのだから。

2　誓いのキスを君に

翌日、紗織はサインと捺印を済ませた婚姻届を携《たずさ》え、社長室に向かった。

昨晩はまったく眠れなかった。それでも一晩考えて、覚悟を決めた。深呼吸し、重厚な扉をノックする。すると、すぐに返事があった。

「――おはよう。覚悟は決まった？」

部屋に入るやいなや出迎えた千尋にそう聞かれる。思わず紗織は、むっとした。こちらの気も知らず、千尋は朝からとても爽《さわ》やかだ。端整な顔には余裕の色が浮かんでいる。

爆発しそうになる気持ちを押し殺し、紗織は千尋へ歩み寄った。そして、昨日からずっと気になっていたことを尋ねる。

「どうして、ここまでしてくれるんですか？　あなたにだって、好きな人と結婚したいっていう気持ちはあるでしょう？　相手は私じゃなくてもいいはずです」

冷静になって考えれば、わざわざ契約など結ばなくても千尋の相手となる女性はいくらでもいそうだ。どうして自分が選ばれたのか、その理由がわからない。

すると、千尋の瞳がふっと和《やわ》らいだ。

「あいにく、結婚したいと思うほど好きな女性はいなくてね。君を選んだのは、しいて言うなら昔のよしみかな」

「昔のよしみ……」

なぜか、胸にちくりと痛みが走った。

(それって、知らない相手より私の方が都合がよかったってこと?)

湧き上がるもやもやに、紗織は顔をしかめる。

「君の手にあるものを僕に渡して」

そんな紗織に構わず、千尋は婚姻届を取り上げた。

「婚姻届は、一緒に出しに行こうか? それとも代理人に任せる?」

書面を確認しつつ、千尋が尋ねてくる。

「……契約、なんでしょう? だったら、代理人に任せます」

紗織はそう言いながら、同時に心の中で自分自身に言い聞かせる。これは契約なのだと。

「わかった。それじゃあ事務的な手続きは、すべてこちらに任せてもらうことにするよ。君にはこれを渡しておこう」

手のひらに冷たいカードキーを持たされる。

「これは……?」

「新居の鍵だよ。君は今週末までに、僕の家に引っ越しできるよう準備を整えておいてほしい」

至極当然といった顔で言われて、紗織は目を見開いた。

「一緒に暮らす……って、本気で言っているんですか? それも今週末から!?」

思わず頓狂《とんきょう》な声が出た。まったくそのあたりは考えていなかった。てっきり婚姻届を出すだけの、形式だけの結婚だと思っていたのに。

何を今さら、と千尋は呆れたように笑みを浮かべる。

「夫婦になるんだから当然だろう? それに、きちんと二人が夫婦として生活していなければカムフラージュの意味がないからね」

覚悟を決めたとはいえ、人の弱みにつけこんでどんどん話を進めて行く彼に腹が立ってきた。

「つまり、フリをしてればいいんですね。仲のいい夫婦を演じればいいんでしょう?」

紗織は苛立ちに任せて、しかめっ面《つら》のままそう問いかけた。

「言ったはずだ。結婚したら、僕は夫としての義務を果たすと」

そう言って、千尋はいきなり身体を寄せる。

「だから君にも、一日も早く僕のことを好きになってもらわないと困る」

耳元で甘く囁《ささや》かれ、紗織は顔が熱を持つのを感じた。きっと、赤くなっているに違いない。

「君と一緒に暮らすのを、楽しみにしているよ」

赤くなった紗織を見て、彼がうれしそうに頬を緩《ゆる》めた。これはたぶん、からかっているだけだ。思いどおりの反応を見せる紗織を、面白がっているのだろう。

ビジネスライクに契約と言ってみたり、好きになれと言ってみたり、千尋が何を考えているかさっぱりわからない。

紗織はさっそく、自分のした選択を後悔しはじめた。苛立ちと戸惑いの入り混じった複雑な気持ちと、遠い記憶の中で味わった甘い痛みが綯《な》い交《ま》ぜになり、紗織を惑わせる。

「さて、と。ひとまず午前中は新しいデスクを片づけていてくれ。午後に改めて、デザイン部の部長から君をみんなに紹介してもらうよ。それと、君の他にデザイナーをもう一人入れることにしたから。あとで紹介する」

「……わかりました」

「婚姻届が受理されたら、すぐにメールで知らせるよ」

去り際に言われて、紗織はただ頭を下げた。

(受理されたら、メールで知らせる、か……)

まるで他人事《ひとごと》のようだ。今もまだ、結婚するなんて実感が湧かない。けれど、現実逃避していても、何時間か後には、細谷紗織から水瀬紗織になるのだ。

(まさか、こんなふうに、千尋くんと結婚することになるなんて……)

社長室から出た紗織は、カードキーを握りしめ、思いっきりため息をついた。

昨日から紗織は、突きつけられた現実を受け入れるのに精一杯で、千尋との今後をちゃんと考えられてはいない。

紗織はエレベーターに乗って移動している間、高校で初めて彼と出会った日のことを思い浮かべた。


今から十二年前――

高校に入学したばかりの紗織は、すでに将来ファッションデザイナーになることを意識していた。部活を選ぶとき、被服部に入ろうと考えたが、自信がなくてなかなか入部に踏み出せないでいた。

そんなある日、新入部員勧誘のため被服部が展示していた作品に目を奪われる。思い思いに描かれた個性的なデザイン画には躍動感があり、紗織の創作意欲をかき立てた。感動しながら、ひとつひとつ展示を眺めていると、同じように目を輝かせてデザイン画を見ている男子に気がついた。

（わ、綺麗な男の子……）

綺麗な顔立ちをした中性的な印象の少年は、まるで童話の中から出てきた王子様みたいだと思った。ついじっと見つめていたら、不意に彼がこちらを見る。びっくりした紗織は慌《あわ》てて俯《うつむ》いた。

「君もこれ見てたの？」

低音のやわらかい声が、頭の上からかけられる。紗織は、おずおずと顔を上げた。

彼は表情こそ硬いものの、興味津々《きょうみしんしん》といった様子で紗織の返答を待っている。

「う、うん。すごく好きだなって。私もこういうデザインを描けたら素敵だなって思ってて見てたの」

緊張しながら、紗織は感じたまま声に出していた。

じっと自分を見ている彼の視線が恥ずかしくて、また俯く。

「きっと、作り手の『感情』がデザインを作るんだろうね。こうして作り手の想いがこもったデザインには、見る人の感情を引き出す力があると思うんだ」

紗織は驚いた。彼の言葉に、全身に電流が走ったような衝撃を受ける。

言葉もなく見つめていると、彼が微かに笑みを浮かべてこちらを向いた。

「そういうの作りたいって思わない？」

紗織はうれしくなって、こくこくと頷《うなず》いた。

「うん。思う。思うよ！　私も着る人が幸せを感じられるような洋服を作りたいの！」

「じゃあ、また会えるかもね」

そう言って微笑むと、彼は背を向けて行ってしまう。

また……ということは、彼もここに入部するつもりなのだろうか？

ほのかな期待と淡い想いを抱いて迎えた翌日、入部届を出しに行った紗織は、彼と再会した。

「あ」

ほぼ同時に、二人の声が重なる。

「被服部、入ることにしたんだ？　よろしく」

「うん。こちらこそ、よろしくね！」

それが、紗織と藍沢千尋の出会いだった。

二人はそれから仲良くなり、感性を共有する『同志』から、互いに刺激しあう『好敵手《ライバル》』になっていった。

「コンクール通算勝利数は、千尋くんの勝ちかぁ。次は絶対に負けないから」

「次も僕が勝つよ」

個人のコンクールでは競い合い、グループ発表では意見を出し合って最高にいいデザインを作り上げてきた。

（千尋くんも、私と同じ気持ちでいてくれたらいいな……）

胸に灯《とも》る彼へのあたたかな気持ちを大切にしながら、二年になっても『相棒』のような関係がずっとつづいていくものだと思っていた。

ところが、ある日を境に千尋は部活にあまり来なくなってしまった。

心配のあまり訪ねて行った紗織に、彼はぽつぽつと事情を話してくれた。両親が離婚し、彼は母親と二人で暮らすことになったらしい。だが、経済状況が芳《かんば》しくないので、学校をやめなくてはならないかもしれないと言う。

それを聞いた紗織は、ショックで言葉を失った。

「心配かけてごめん。母親が別人みたいにヒステリックになったり涙もろくなったりするのに、僕だけ自由にしてるわけにもいかなくてさ……」

紗織はもどかしく思いながら彼の話に耳を傾ける。彼のために何かしたいのに、なんの力もない自分を痛感した。

不意に、彼と出会った日のことを思い出す。

『感情』がデザインを作るのだと彼は言った。想いを込めたデザインが見る人の心を動かすのなら、彼の心を輝かせるようなデザインも描けるのではないか。

今まで不特定多数を意識したデザインしか作っていなかった紗織が、初めて特別な誰かのためにデザインをしたいと思った。

「決めた。私、千尋くんが元気になれるデザインを考えて、とびっきり幸せな衣装を作るよ」

勢い込んでそう伝える紗織に、千尋は少し照れくさそうにしながらもうれしそうな笑みを見せてくれた。

「ありがとな」

そう言って、紗織の頭をくしゃりと撫《な》でてくれる。そんな彼が本当に大切だと思った。

それからときが経ち、高校二年の夏休み明けのこと。

進路調査票を提出した紗織に、担任を通して被服部の顧問から有名ファッション専門学校の推薦を受けてみないかと打診があった。将来デザイナーを目指す者にとって、何人も有名なプロを輩出している有名専門学校はどこより魅力的だった。なにより在学中からプロのアシスタントにつくことができるという利点がある。さらにこの推薦が通れば学費が免除されるらしい。

これまでのコンクールの実績を考慮して選ばれた候補者は二名……紗織と千尋だった。ただし、合格できるのは一人だけだという。

紗織はその話を聞いたとき、千尋の家庭の事情が頭をよぎった。

千尋は、高校をやめなくてはいけないかもしれないと言っていた。もし、推薦に受かれば、デザイナーとしての彼の未来を繋《つな》ぎ止めることができるかもしれない……そんな思いが芽生えた。

「正々堂々と勝負して、互いに悔いを残さないようにしよう」

千尋はそう言って握手を求めてきた。もちろん紗織もそのつもりでいた。けれど、コンペ直前――ずっと胸に抱えていた、彼がいなくなってしまうという不安が紗織の中で大きくなってしまったのだ。

そこで紗織は、コンペに出すために考えたAとBのデザイン案のうち、顧問が推してくれていたA案から急遽《きゅうきょ》B案に替えた。

その結果、千尋のデザインが受賞し、彼は有名専門学校の推薦枠に入ることが決まった。

だが彼は――

「どうして手を抜いたりした！　君が作りたかったのは、こっちじゃないだろ」

そう言った千尋は、いきなり紗織のB案のデザイン画を破いた。

「ち、千尋くん、私は……っ」

紗織は誤解されたくなくて必死に説明をしようと、千尋の袖を引っ張ろうとした。それを千尋は振り払い、苦々しい表情を浮かべたまま声を震わせた。

「わかってるよ。君が何を思ってそうしたのかなんて、手に取るようにわかる。だからこそ、許せないんだ！　君にだけは、憐《あわれ》みの目で見られたくなかった。ずっと対等でいてほしかった。どうしてだよ……こんなことされて……僕がうれしいと思うわけがないだろ！」

今までになく声を荒らげる千尋に、ビクリと紗織の肩が戦慄《わなな》いた。彼の言葉に、頬を平手で思いきり叩かれたような衝撃を受ける。

謝ることもできず、ただ立ち尽くす。そんな紗織を見ることなく、千尋は行ってしまった。

足元には破かれバラバラになったデザイン画が散らばっている。

涙で視界が揺らぐ。自分の浅はかさによって、千尋を深く傷つけてしまった。

（失いたくなかったの……）

でも、間違っていた。彼の未来を考えるなど、紗織の傲《おご》りでしかない。すべて紗織の身勝手な願いでしかなかったのだ。けれど、千尋がいなくなってしまうかもしれない不安に取り憑《つ》かれた紗織には、それがわからなくなっていた。

その日から千尋は、紗織と口をきいてくれなくなった。

さらに後日、彼が推薦を辞退したと顧問から聞かされた。どんなに引き止めても、彼の考えは変わらなかったらしい。代わりに紗織を繰り上げられないか先方に掛けあってみてもいいか、と聞かれたが、紗織はその話を断った。

そのときになって、紗織はようやく自分のしたことがいかに愚かだったかを思い知った。紗織は、正々堂々と勝負しようと言ってくれた彼の想いを、土足で踏みにじったのだ。

紗織は別のファッション専門学校への進学を決めたが、千尋が卒業後どうするのか聞けないまま時間だけが過ぎていった。

こんなふうにしこりを残した状態のまま、千尋と別れたくない。

そう思った紗織は、卒業式の直前、千尋に手紙を書いた。本当は、面と向かってきちんと謝りたかったが、うまく伝えられる自信がなかったのだ。たくさん考えて、とにかくありのままの気持ちを手紙に綴《つづ》った。けれど、彼からの返信はなかった。

卒業後、再婚した母親と共に彼がパリに行ったことを人づてに聞いて、愕然《がくぜん》とした。

（千尋くん……どうして何も言わないで行っちゃうのっ……！）

もう二度と会えない。どれだけ会いたくても、声も聞けない、顔も見られない、本当にさよならなのだとわかったとき、胸が張り裂けそうなぐらい悲しかった。

ちゃんと正面からぶつからなかったことを後悔した。あんなにそばにいたのに、どうして自分の気持ちを伝えなかったのだろう。誰より大切に想っていたのに。

思えば、あれが紗織にとっての初恋だった。

苦く胸に残る記憶に、紗織は再びため息をつく。

（……千尋くんは、あのときのことを、今どう思ってるのだろう？）

　エレベーターから降りてデザイン部の自分のデスクに到着した紗織は、過去の記憶を振り切るように、荷物を整理しはじめた。

　どれほど後悔したって、過去は変えられないのだ。今はとにかく、やるべきことをやらないと。

　そう思い、紗織は黙々と片づけをつづけた。

「さ・お・り」

　いきなり耳元で名を呼ばれ、紗織はハッと我に返る。声のした方を見ると、親会社にいるはずの澄玲がいた。

「わっ！　澄玲ちゃん、どうしてここに？」

「あれ、聞いてない？　私も、新ブランドを立ち上げるため、ロワゾ・ブルーに呼ばれたのよ」

　澄玲は誇らしげに鼻を鳴らした。

「え？　じゃあ、もう一人のデザイナーって澄玲ちゃんのことだったの！」

　紗織はびっくりして目を丸くする。

「黙っててごめんね。やりかけた仕事の引継ぎに時間がかかっちゃって。でも、こうしてまた、あんたと一緒に仕事ができてうれしいわ。一緒にがんばろうね」

「うん。私も澄玲ちゃんと一緒で心強いよ。……チャンスをもらえたと思って、がんばらないとね」

紗織は自分を鼓舞《こぶ》するように呟《つぶや》いた。

「そうよ。ばっちり結果を出して、親会社の奴らに一泡吹かせてやろう」

澄玲がガッツポーズをとってみせる。さっぱり美人の澄玲がやると妙に迫力があり、つられて紗織は笑顔になった。

いつでも前向きな親友の存在は、つい塞《ふさ》ぎそうになる気持ちを軽くしてくれる。澄玲のおかげで肩の力がすとんと抜けた。

そうだ。崖っぷちの自分は、もう這《は》い上がっていくしかない。気力で負けたらそこで終わりだ。

「片づけが終わったら、一緒にランチに行こうよ。景気づけに色々話をしておきたいわ」

「そうだね。実は昨日からあんまり食べてなくて、お腹空いちゃった」

そう言って、紗織は澄玲と微笑み合った。

ランチを目標に、てきぱきと片づけをしていると、澄玲が手を止めて話しかけてくる。

「ねえ……今気づいたんだけど、その薬指の指輪って……もしかして彼氏ができた？」

（澄玲ちゃんってば、目ざとい……！）

「えっ！　えっと〜これは……その、自分を励《はげ》ますために……」

背中に汗をかきながら、なんとか指輪について誤魔化そうとする。

「あんた、そんなキャラじゃないじゃない。自分を励ますっていうなら、アニメグッズ集めるでしょ」

「うっ」

契約の証《あかし》だと千尋に嵌《は》められた指輪は、外したくても外せなかったのだ。指がむくんでいるからなのか、リングが細身のせいなのかはわからないけれど、どんなに引っ張っても抜けなかった。

そのため、不本意ながらも、紗織の左薬指には指輪がつけっぱなしになっている。

まったく、憎らしいことこの上ない。千尋の挑発的かつ得意げな微笑みを思い出し、むかむかしてきた。

澄玲は紗織の手を取り、指輪を覗《のぞ》き込む。

「ダイヤモンドの粒が大きくて綺麗ね。このデザインって有名なブランドのものじゃない？」

「え、そうなの？　もらいものだから、私はよくわからなくて」

しどろもどろになって言い訳をすると、澄玲がますます詰め寄ってきた。

「やっぱりもらったんじゃない。まさか、これってエンゲージリング⁉」

「ちょっ！　澄玲ちゃん声が大きいよ！」

紗織は慌《あわ》てて、「しーっ！」と口に指を当てた。答えを求める澄玲の視線に耐えかねて、紗織は仕方なくかいつまんで状況を説明する。

「彼氏っていうか……実は、私、結婚することになっちゃって……」

おずおずと打ち明けたら、澄玲が思いっきり固まった。

「――ええっ？　結婚っていつ⁉」

「近日、婚姻届を提出するところ、なんだよね。実は……」

澄玲が目を白黒させている。彼女が驚くのも無理はない。つい二日前まで、紗織には彼氏はおろか、浮いた話のひとつもなかったのだから。

「ちょ、そういう大事な話は早く教えてよ。まさか行きずりの男とデキちゃった婚じゃないよね？」

声を潜《ひそ》めて澄玲が聞いてくるので、紗織は苦笑した。

少なくとも、昨日今日出会った人ではないことは確かだけれど、どう説明したらいいのだろう。

「違うよ。えっと、高校時代の同級生なんだ。本当に偶然っていうか」

目が泳いでしまわないように、さっき振り返っていた過去を思い出しながら言葉を繋《つな》げる。

「なになに～もしかして運命的な再会しちゃいましたってやつ？」

澄玲がにやにやしながら冷やかすみたいに肘で突《つつ》いてくる。

「……まあ、そうかな」

（運命的な再会……かぁ。ある意味、とんでもない再会ではあるのよね。再会してすぐにプロポーズされたわけだし。でも、それは、ただ単に都合がよかっただけなんだよね……）

とりあえず紗織は、笑って誤魔化した。

「入籍だけ？　結婚式はしないの？　入社したばっかりの頃、いつか結婚する日が来たら、自分で作ったドレスを着てみたいって言ってたじゃない」

ちょっと寂しそうに澄玲が言う。女性のファッションデザイナーなら誰もが一度は夢見ることかもしれない。

「う、うん。でも彼も忙しい人だから、今はまだそういうのは考えてなくって。とりあえず一緒に暮らしたいねっていう話をして、入籍を先にすることにしたんだ」

紗織は脳内妄想をなんとか並べつつ、はにかんでみせる。だが、自分で説明しててなんだか虚しくなった。

「そうなんだ。ほんとびっくり。もう……水くさいじゃないの。言ってくれたら、まっさきにお祝いしたのに」

「ごめんね。……勢いとタイミングっていうか、急に決まって」

説明しながら、良心がちくちく痛む。こんなので千尋の望むカムフラージュなんかできるのだろうか。あっという間にボロが出そうだ。

「じゃあ、今日のランチは私のおごりね。改めてお祝いはするけど、まずは色々ゆっくり聞かせてよね？　ほら、行こう！」

「あっ……澄玲ちゃん」

腕を引っ張られてよろめきつつ、紗織は澄玲のあとをついて行く。心から喜んでくれる澄玲を騙《だま》していることが申し訳なくて、心の中でゴメンと謝った。

ランチの間中、澄玲からは質問の嵐だった。なんとか高校時代を思い出して、嘘を織り交ぜ質問に答えていく。そうしているうちに胸がきゅっと甘く締めつけられた。改めて、彼と過ごした高校時代が自分にとってどれほど大切だったかを思い知らされた。

千尋はあのときのことをもうなんとも思っていないのだろうか……

食事を終え、デスクに戻った二人は、デザイン部の部長から社員に紹介してもらった。今週はひとまずみんなのサポートに回ることに落ち着く。

午後三時頃、ケータイを確認したら、一件ＳＮＳのメッセージが入っていた。

『四月十一日。大安吉日。婚姻届が無事に受理されました』

送り主は千尋だ。

（大安吉日とか……なんかいやみっぽくない？）

心の中で千尋に文句を浴びせつつ、左手の薬指に目を留めた。

（私、本当に結婚しちゃったんだ……）

——もう逃げられないのだと思い、紗織は何度目かわからないため息をつくのだった。


その日の退勤後、駅を目指して歩いていると、鞄《かばん》の中でケータイが振動した。画面をチェックすると、知らない番号からの着信だった。

普段は無視するところだが、なんとなく通話に出てしまったのが運の尽き。

『水瀬です』

聞こえてきた声にたちまち後悔した。

『今、外？』

「……はい。そうですけど」

緊張しながら、ケータイに耳を押し当てる。

『これから迎えに行くから、最寄り駅を教えてくれないかな？』

「えっ……なんで、ですか」

紗織は驚いて、その場で立ち止まった。通行人の邪魔にならないように端に寄り、彼の返事を待つ。

『これから引っ越す場所を、下見しておいた方が安心でしょ。時間がとれたから案内するよ』

「本当に今週末引っ越すんですか？　もっと先でもいいんじゃ……」

『約束、忘れたわけじゃないよね？』

提案ではなく強制。口調はやわらかいものの、有無を言わせないという意図が伝わってくる。

「……っ」

事前に下見させてもらえるのはありがたいけど、彼の思うとおりになんでも進んでいくのが気に入らない。

（これも、社長の言うところの夫の務めってやつ？）

「……わかりました。今、会社を出たばかりです」

むっとしながらも、紗織は渋々返事をした。

『了解。あと、十分ぐらいで行けると思う。じゃああとで』

電話が切れてから、紗織は思いっきり「はぁぁ……」とため息をつく。悶々《もんもん》として待っていると、再びケータイが鳴った。

『着いたよ』

視線を上げた紗織はすぐに千尋を見つけた。黒のトレンチコートを羽織った長身の千尋は、まるでファッション誌から飛び出てきた男性モデルのようだ。雑踏の中でも、彼の端整な立ち姿はひときわ目立っている。

さらっとした黒髪が風に揺れ、涼しげな目元が露《あら》わになった。通り過ぎる女性たちが息を呑み、ちらちらと千尋を振り返っている。

それに比べて紗織は、相変わらず地味だ。

黒縁の眼鏡をかけた平凡な顔は言うまでもなく、ヘアスタイルもセミロングの髪を適当にシュシュでまとめただけ。

ファッションもアパレルの仕事をしているとは思えないほど面白味がない。白のボウタイブラウスにグレーの膝丈スカート。足元はスカートと同系色のパンプスを履き、ロングニットカーディガンを羽織っただけの恰好だ。

(だって仕事のときに着飾る理由がないもの。動きやすいのが一番じゃない……)

立っているだけで注目を集める彼のそばに行きたくない。

だからといって、ずっと待たせておくわけにもいかない。紗織は観念して千尋のもとへ向かった。

(千尋くんは社長で、私は社員。仕事帰りだし、この場合、お疲れ様です……だよね?)

社長と千尋、どちらで呼べばいいのか悩んでいるうちに、向こうも紗織に気づいたらしい。こちらに向かって手を上げた。周囲の視線が自分に向きそうになったので、紗織は目立たないよう慌《あわ》てて駆け寄る。

「社長、お疲れ様です」

悩んだ末にそう声をかけた。こちらまで注目されては敵《かな》わない。

「あぁ、お疲れ様。車そこに停めてあるから、助手席に乗って」

見るとぴかぴかに磨かれた白い高級車が、彼の後ろでハザードランプを点滅させていた。

千尋のそばに寄ると、品のいい甘い香りがふわりと漂《ただよ》ってくる。

彼が身に付けているスーツや時計もセンスのいいものばかりだし、なにより千尋自身が洗練されていた。

だからなのか、ふとした仕草につい目が惹きつけられて、どきっとしてしまう。街を行き交う女性たちの視線が集まるのは、ごく自然なことなのだろう。

高校時代、線が細くて中性的な美少年だった千尋。今の彼を昔と同じ人だと考えてはいけないのかもしれない。そうぼんやり考えながら、助手席のドアを開けようとすると、ぐいっと腕を引っ張られた。

「そっちじゃない。助手席はこっちだ」

（あ、左ハンドル……）

どうぞと右側のドアを開けられて、紗織はおずおずと助手席に乗り込んだ。

「お邪魔……します」

「そんなに硬くならないでいいよ。これから君の席になるわけだし」

千尋が、こちらを覗《のぞ》き込むようにして言う。彼の言わんとするところはわかったが、あえてスルーすることにした。

どんなに抗《あらが》っても、『結婚』した事実は変わらないが、そう素直に頭を切り替えられない。

「せっかく今日は、二人の記念日なんだから、そんなふうに拗《す》ねた顔をしないでほしいな？　今日から夫婦になったたって、ちゃんとわかってる？」

「ちゃんとわかってますよ。メッセージ見ましたし」

彼の顔を見ずにすげなく返すと、小さな笑い声と共にドアが閉まった。すぐに運転席に回り込んできた彼が乗り込む。

車の中は、想像以上に二人の距離が近くて緊張した。さらに彼のつけている香水の香りがして、どうにも落ち着かない。

「あの、社長――」

「会社じゃないんだし、社長はないんじゃない？」

「じゃあ、えっと水瀬さん」

と言ったら、速攻で突っ込まれた。

「夫婦なのに他人行儀すぎ」

いちいち注文がうるさい。紗織はわざとらしく咳払いし、言い直した。

「……っ千尋、くん」

「まあ、それでいいんじゃないかな。二人のときは敬語も要らないよ」

楽しそうにくすくす笑う声が、いちいち神経に障る。なんでもかんでも彼の思惑どおりにするのは面白くなく、あえて敬語で話しかけた。

「それで、住んでいる場所はどこなんですか？　ご実家じゃないですよね？」

自分で聞いておいてハッとする。そうだ、彼は親会社のＣＥＯの息子、つまり御曹司《おんぞうし》なのだ。彼の両親が待ち構える豪邸を想像して青くなる。

すると、ハンドルを握る千尋がぷっと噴き出した。

「君って、昔から地味で目立たない感じだけど、表情だけは豊かだったよな。くるくる変わって見ていて飽きない」

ははっと屈託なく笑う千尋にむっとした。

深刻に考えているこちらがバカバカしくなるほど、千尋はあっけらかんとしている。

さすがに何か一言言ってやらないと気が済まない。

「こんな一度に色々あれば、驚くし戸惑います。私が不安に思っているのは、そんなにおかしいことですか？」

食って掛かると、千尋が表情を改めた。

「……ごめん。確かに、君にとってはいきなりのことだし、そう簡単に受け入れられないよな」

もっと文句を言ってやろうと思っていたのに、素直に謝るなんて、なんだか毒気を抜かれてしまった。

むすっとしながら黙り込むと、千尋がウインカーを出して車を出発させた。車は、渋滞を避けてすいすい進み、あっという間に景色が移ろっていく。

「両親とは別居だ。僕たちが暮らすのは新築の一戸建て。僕も二月まではパリにいたし、ずっと管理会社にハウスキーピングを頼んでいたんだ」

「新築、一戸建て……ですか？」

「ああ。義父《ちち》から、生前贈与ってことで譲り受けたんだ。義父には本当によくしてもらってる」

「そう」

彼は、母親の再婚相手とうまくやっているみたいだ。過去を知っているだけに、彼が今の家族と仲よくしていることを素直によかったと思う。

紗織が安堵のため息をつくと、千尋がぽつりと呟《つぶや》いた。

「そういうところ、昔と変わらないね」

「え？」

「いや、昔と変わらずお人好しだと思って」

揶揄《やゆ》するように言って、千尋は言葉をつづけた。

「僕のこと、怒ってるんじゃないの？」

はっきり聞かれて、一瞬言いよどむ。

「それは……怒ってますよ。あまりに突然のことばっかりだし……。それに、千尋くんは昔と違い過ぎて戸惑います」

「まあ十年も経てば、色々あるよ」

ふと、その色々を聞いてみたいと思ったが、紗織は、ただ「そうですね」とだけ答えた。

「この結婚について、ご両親はなんて言ってるの？」

「本人の意思に任せる……とだけ。っていうことで、新居は二人きりだよ。新婚夫婦の邪魔をしようなんて人はいないから、安心して」

千尋はそう言って、ちらりと意味深な視線をこちらに寄越す。

「べ、別に、私は……そういう意味で言ったんじゃありませんから！」

紗織は相手の挑発に乗らないようにシートに深く身を預け、外の景色に目をやった。

そうしていると、紗織の中で徐々に別の不安が大きくなっていく。

（妻の務めを果たせって、まさか寝室も一緒ってことじゃないわよね？　カムフラージュの結婚なんだから、夫婦を演じるだけ……よね？）

ここにきて紗織は心配になってしまった。それが表情に出ていたのだろう。

「君の方がよっぽど、想像力が豊かのようだね」

からかうように千尋が言った。

「なっ……そんなことありません！」

それから紗織は、黙ってそっぽを向いたまま、景色が移り変わるのを見ていた。

正直なところ、今の彼と何をしゃべっていいかわからない。だけど、沈黙したらしたで、隣にいる彼を強く意識して緊張してしまう。

（こんなんじゃ、前途多難だ……）

彼の横暴さに腹を立てているのに、ヘンに過去の気持ちを思い出してしまったから複雑なのだ。この先、本当に彼とうまくやっていけるんだろうか。

しばらくして「着いたよ」と声がかけられた。見ると車は立派なガレージに停まっている。千尋に玄関まで連れて行かれた紗織は、そこで目にした情景に言葉もなく立ち尽くしてしまった。

一戸建ては一戸建てでも、目の前の家は紗織の想像を遥かに超えたものだった。

(うわ……ほんとに……こんなところに住むの⁉)

紗織はただただ、目の前に建つおしゃれな二階建ての豪邸に圧倒される。

建物だけでもかなりの広さなのに、玄関からつづくアプローチの先には家庭菜園ができそうな広い庭まであった。

茫然としながら家に入ると、玄関は紗織のアパートの五倍の広さがあった。リビングはまるでモデルルームのように洗練されていて、アイランド型のキッチンは料理教室が開けそうなほど広い。

部屋数は相当ありそうで、例えばパーティーを開いてゲストを泊めたりするのにも不自由なさそうだ。1LDKあれば十分だった紗織にとって、あまりにもここは別次元すぎる。想像していた以上に、住む世界が違うのだと肌で感じた。

リビングの真ん中で途方に暮れていると、千尋が声をかけてくる。

「こっちにおいで。君に見せたい部屋があるんだ」

千尋に手招きされ、紗織はふらふらとついて行く。案内された部屋は書斎だった。

そこには、デザイナーが必要とする機材や道具が一式揃っている。壁際に並べられた二体のトルソーにはかわいらしいワンピースがかけられていて、スパンコールやビーズ刺繍《ししゅう》がキラキラと輝いている。

「すごい……」

思わず紗織は目を輝かせた。

「ここは君の仕事部屋にするといい」

「えっ、いいんですか?」

興奮して思わず食いついてしまってから、紗織はハッとして口元に手を当てる。

「よかった。そんな風に気に入ってもらえると、準備した甲斐があるよ」

ホッとしたように胸を撫《な》で下ろす千尋に、紗織はおずおずと問いかけた。

「わざわざ私のために?　どうして……」

「妻のために何かしたいって思うのは、おかしいことかな?　最初に言ったはずだよ。結婚したからには、君を大事にするって」

「わかりません。そんな、見せかけのやさしさなんて……だって」

この結婚は、互いの利益のためにした契約結婚なのだから……そう言おうとした紗織の唇に、ちょんっと千尋の人差し指が添えられた。

「ストップ。せっかく喜んでるんなら、興ざめするようなことを言わないで」

千尋の顔が間近に迫ってきて、我に返る。

「……っよ、喜んでるわけじゃ……」

紗織は顔を背けて、唇に添えられた彼の指を外した。

「まあいいよ。それより、君に渡したいものがあるんだ。こっちに来て」

千尋はそう言って紗織の手を引っ張る。

「あっ、ちょっと……！」

相変わらず彼は強引だ。

（昔もこんなだったっけ？）

そう考えて、すぐに思い直す。彼が藍沢から水瀬に変わったように、あの頃の彼と今の彼は違うんだろう、と。

「そこに座って待ってて」

紗織は、リビングのソファに座らされる。少しして、小さな箱を持って戻ってきた千尋が、紗織の隣に座った。

千尋は持ってきた白い箱から、深紅《しんく》のベルベットの箱を取り出し蓋《ふた》を開いた。中には大きさの異なる二つの指輪が入っていた。

これは——もしかしなくてもマリッジリング⁉

紗織は、言葉もなく千尋の手の中の指輪を見つめる。

「エンゲージリングは嵌《は》めてくれてるみたいでよかった」

千尋が紗織の左手を見ながら微笑んだ。不意打ちをくらって、紗織はとっさに左手を隠す。

「こ、これは……指から抜けなくて、仕方なく……」

彼の思いどおりになっているみたいに感じて、紗織はしどろもどろになって言い訳する。

「そうだね。だから、契約の仕上げに、指輪の交換を……ここでしようか」

紗織は千尋と指輪を交互に見て、息を呑んだ。

ここまできて、いやだとは言えない。けれど、素直に頷《うなず》くこともできず黙り込む。

すると、千尋が紗織の左手を取り、やさしく自分の方に引き寄せた。そして、エンゲージリングの嵌まった薬指に、マリッジリングを嵌める。緩《ゆる》くウエーブがかかったマリッジリングのデザインは、あつらえたみたいにシンプルなエンゲージリングを輝かせた。

その冷《ひ》え冷《び》えとした輝きは、まるで『契約』を強調するかのようだ。

「ぴったりだね。じゃあ、君も僕に指輪を嵌めて」

そう言って、千尋が左手を差し出してくる。紗織は震える手で、千尋の手に触れた。

男らしいごつごつした手、節くれだった長い指先……。純粋にデザインを描いていた男子高校生の繊細な手ではなく、大人の男の手だ。

おそるおそる薬指に指輪を通すと、なんの違和感もなくきれいに収まった。

「じゃあ、あとは、誓いのキスだ」

言うや否や、くいっと顎《あご》を持ち上げられ、千尋の顔が近づいてくる。すぐに反応できなかった紗織は、慌《あわ》てて彼の胸を押した。

「ま、待ってください。誓いのキスって……」

「結婚した二人が、交わす誓いがあるだろ？」

至極当然のように言われて、紗織は戸惑う。

「で、でも……私たちは、そういうんじゃなくって」

「結婚は結婚だ」

千尋は紗織の震える唇を親指ですっとなぞった。その甘美な感触にぞくりと背筋が戦慄《わなな》く。この唇は自分のものだとでも言いたげに、彼の眼差しに野性の色が灯《とも》る。

逃げたいのに、目を逸《そ》らすことができない。

（カムフラージュとか言うくせに……どうしてそんな目で私を見るの）

千尋が長い指で紗織の眼鏡をすっと外した。

「君の素顔をこうして見るのは……初めてだ」

千尋が紗織の目を間近から覗《のぞ》き込んでくる。紗織はとっさに顔を背けた。

紗織は自分の目にコンプレックスを持っている。フランス人を曾祖母《そうそぼ》に持つ紗織の瞳は、日本人にしてはかなり色素が薄い。昔から、地味なくせに似合わないとからかわれてきたのだ。

だからこんなふうに、じっと目を見つめられるのは好きじゃなかった。視力が悪いわけでもないのに眼鏡をしているのも、そのせいだ。

「そう構えないで。これは……契約のキスだ。そう言えば、君はしないわけにいかないよね？」

まるで睦言《むつごと》を囁《ささや》くような甘い声。

「ずるい……」

「君だって、本当は僕に興味があるくせに」

千尋に意地悪な視線を向けられ、紗織の顔にさっと朱が走った。

「そんなことありませんっ」

「そう？　じゃあその気にさせるのが、夫である僕の務めだよね？」

そう言って、再び千尋が紗織の顎をくいっと上げる。

「……っ！　そうやってなんでも契約って言えばいいと思ってるのが、ずるいっ！」

その反論を塞《ふさ》ぐように、千尋が唇を重ねてきた。

紗織はいやいやと頭を振る。けれど、千尋の両手に頬を包まれ、身動きが取れない。

さらに酸素を求めて開いた唇の間から、容赦なく舌が入ってくる。初めての感触に、紗織はパニックになった。

「……んっ……！」

熱い吐息と共に、彼の濡れた舌先が、怯《おび》えて縮こまる紗織の舌をなぞったり絡《から》めたりする。互いの舌先が擦《こす》れるたびに、じんとどこかが甘く痺《しび》れた。

身体に力が入らなくなり、膝がかくかくと震え出す。何度も角度を変えて重なる唇と、口腔《こうこう》を貪《むさぼ》る荒々しい舌の動きに翻弄《ほんろう》され、何も考えられなくなっていく。

「んぅ……んんっ……」

神聖な誓いのキスを求めたくせに、身勝手にそして傲慢《ごうまん》に唇を奪った彼に苛立ちが増す。なんとか腕に力を入れて彼の胸を押し返した。その直後、どさりと音を立ててソファに押し倒され、さらに深く口づけられる。

「はっ、んぅ……やめ、………んっ……」

舌をやさしく絡められ、ぴくんと身体が反応した。拒絶しながら感じてしまった紗織を、薄く目を開けた千尋が揶揄《やゆ》するように見つめてくる。

やがて、互いの唾液で濡れた唇が、銀色の糸を引いてゆっくり離された。頭がぼうっとして、頬が焼けるように熱い。どちらのものかわからない荒々しい呼吸がリビングに響く。

間近で見つめ合ったまま、獰猛《どうもう》な光を宿す彼の視線に囚《とら》われた。逃げたいのに、腰が抜けてしまって動けない。洋服越しに触れる胸から、激しい心臓の音が伝わってくる。

「君のその顔……他の男に見せたことはある？」

少し掠《かす》れた声で聞かれた。

「その顔……?」

質問の意図がわからず、紗織は戸惑う。

「目を潤《うる》ませて蕩《とろ》けてる顔だよ」

妖しく頬を撫《な》でられ、紗織は耳まで熱くなるのを感じた。

「これから先、他の男には絶対に見せないで」

独占欲を露《あら》わにした男の眼差しに射すくめられ、どくりと鼓動が高まる。こんな千尋を見るのは初めてだ。

「どうして……」

「当然だろう? 君は僕の妻なんだから」

紗織の左右の手首をそれぞれ拘束するようにソファに組み敷いて、千尋が言った。

「……っは、離して」

「君が僕を拒《こば》むのは、プライドに障るから?」

「言ってる意味がわかりません。こんな、無理矢理するなんて」

「無理矢理……ね。君も気持ちよさそうだったけど? 余計なことを考えずに僕を受け入れてくれれば、気持ちよくなれるのに」

語尾が甘く掠れるから、求められていると錯覚しそうになる。

「……ほんとに、ずるいっ」

「ずるくていいよ。君は僕の妻になった。君を喜ばせるのも、泣かせるのも、僕だけだ……」

熱のこもった彼の言葉に、紗織は戸惑う。今までにないほど真剣な彼の表情を見ていると、何か別の深い意味があるように感じたのだ。

「どういう意味……」

「……答えは、君が僕の中から探してよ」

唇が再び重なる。千尋はちゅうっと紗織の上唇を啄《ついば》み、下唇も同じようにした。そうやって甘く翻弄《ほんろう》しつつ、また深く口づけてくる。

「ん、やっ……」

角度を変えながら何度も重ねられるたびに、水気を帯びたリップ音が艶《なま》めかしく紗織の耳を犯していく。

彼のキスは甘い。まるで熟したフルーツを齧《かじ》ったみたいに、その先の味が知りたくなった。

ダメ、ダメ……と、頭の中で何度となく抗《あらが》うのに、身体が言うことを聞かない。

さっき散々刺激された口内には甘い余韻が残っていて、彼の舌ですぐに甘く痺《しび》れるような心地にされてしまう。

やさしく髪を撫《な》でる千尋の手の仕草に、思いがけず胸がきゅんとする。

彼の指先は紗織の無防備な耳たぶをくすぐり、うなじをなぞるように愛撫して、後頭部をぐっと押し上げた。そうされることで、よりいっそう彼の唇と深く交わり、唾液ごと舌先を強く吸われる。

その刹那《せつな》、腰の奥にじわりと熱いものが滲《にじ》み出てきた。

（やだ……どうしよう、私……っ）

経験のない紗織にもわかる。自分の身体が今どうなっているのか……

「ん、水瀬……社長……」

「社長じゃない。ふたりのときは名前で呼んでって言ったはずだ」

「……っ」

そう言って、彼は紗織の舌を絡《から》め取る。必死に理性を保とうとするのだが、甘美な快感の渦《うず》に呑みこまれそうになる。

互いの荒い呼吸と舌を絡め合う水音が、官能的な衝動を煽《あお》っていく。

彼のキスは強引だけどやさしく、蕩《とろ》けるほど甘い。

もっとしてほしいという欲求が止められない。

（……どうしよう、こんなの初めてで……何も考えられない……）

深く唇を貪《むさぼ》りながら、千尋が体重をかけてくる。重なり合った身体が熱く、苦しいのに心地いい。

まるで媚薬《びやく》でも飲んだみたいに、とろとろと思考が蕩《とろ》けてゆく。

「……ん、……千尋くっ……」

頭の中が真っ白になり、かくりと手首の力が抜けた。

酸素を求めてどちらともなく唇が離れると、互いの吐息が荒々しく入り乱れる。

彼の濡れた唇や艶《つや》っぽい吐息が、どれほど濃密なキスを交わしていたかを物語っていて、紗織は恥ずかしくてまともに見ることができなかった。

紗織の耳元に唇を寄せ、千尋が甘く掠《かす》れた声で囁《ささや》く。

「このまま泊まっていく？　君さえいれば……新婚生活ははじめられるよ？」

熱い吐息が耳に触れ、ぞくっと甘い痺《しび》れが走った。

千尋の唇は、そのまま耳の下を伝い首筋を這《は》っていく。そして、皮膚の薄いところを痛いぐらいにきつく吸われた。

その間にも、髪を撫《な》でていた手が背中から腰に下りていくのを感じて、彼がしたいことを察した紗織は、焦って千尋の胸を押し返した。

「だ、だめ……！」

「なんだ。てっきり君もその気になったのかと思ったんだけど、違うの？」

前髪の隙間から艶《なま》めかしい光をたたえた茶色の瞳が覗《のぞ》き、どきりとする。

「ち、ちがっ……違います！」

千尋がくすくすと笑い、紗織に眼鏡をかけてくれた。

「それは残念」

情けなく腰が抜けてしまった紗織の手を引っ張り上げ、頭をぽんぽんとあやすように撫でる。

それが子ども扱いされたようで気に入らない。むっとした顔をする紗織を見ても、千尋には全然悪びれる様子はなかった。

「じゃあ、あとは自由に家の中を見て。気が済んだら送って行くよ。引っ越しは、予定どおり日曜日で手配しておく。業者がぜんぶやってくれるから、君は何もしなくていいよ」

そう言って、何事もなかったみたいに、キッチンへ行ってしまった。

（あんなキスをしたあとで、どうして平然としていられるの……？）

やり場のない想いで、頭の中が沸騰しそうだ。

今は、とてもじゃないが千尋のそばにはいられず、紗織は使っていいと言われた書斎に逃げ込んだ。

「はぁ……」

後ろ手にドアを閉めて、そのままドアに凭《もた》れずるずるとしゃがみ込む。

膝を抱え、その上に頭をことりと落とした。

(契約って言ったのに、どうしてあんなキスをするの)

あんなキスは反則だ。甘くてやさしくて、愛されていると錯覚しそうになる。

密着していたからか、紗織の服からも千尋のつけていた香水の香りがした。アンバーやウッド、それにムスク系の落ち着いた大人の香りだ。

その香りを嗅いでいると、先ほどのことを思い出してしまう。紗織をすっぽりと包んでしまう広い胸と、抱きしめる腕の強さ……

(あんな千尋くん……私は、知らない……)

高校生のときとは全然違う、大人になった彼と、いったいどう向き合っていいのかわからない。

紗織は自分の左薬指を見た。

そこにはエンゲージリングとマリッジリングが重なっている。

こんな状態で、新婚生活なんてはじめられるのだろうか……

紗織は早くも自信をなくしそうだった。

3　いきなりはじまった新婚生活

ロワゾ・ブルーのデザイン部に来てから数日間は、バタバタと雑事に追われた。だが、金曜日には、ようやく落ち着いてデスクで仕事ができるようになった。

しかしその一方で、紗織にとっての魔のカウントダウンは刻々と進んでいる。日曜日からは、千尋と一緒の生活が待っているのだ。

「細谷さん、これの修正案をお昼までにあげてもらえるかしら?」

部長から声をかけられ、紗織はチェックバックされたデザイン案の書類を受け取る。

「わかりました。いくつか案をあげてみます」

さっそくデザインに目を通しながら、紗織は千尋から提示された内容を思い出した。

ロワゾ・ブルーを代表するブランドを作る――果たして自分にそんなことができるのか、不安に押しつぶされそうになる。

それでも、デザイナーとしての夢を叶えるためには、前を向いてがんばるしかない。

具体的に新規ブランドのプロジェクトが動くまでは、紗織たちは通常の仕事の補佐をすることになっていた。

（まずはひとつずつの仕事を丁寧に……）

そう思って気合を入れたのだが――さっきから妙にちくちくと視線が突き刺さってくる。なんだろうと思って周りを見ると誰とも目が合わない。気のせいだろうかと、紗織は首をかしげた。

「紗織……ちょっと」

すると、隣のデスクの澄玲から手招きされる。チェアごと彼女に近寄ると、澄玲に耳打ちされた。

「耳の後ろ、キスマークついてる」

「えっ！　キ……」

紗織は思わず右手で左側のうなじを押さえた。

運悪く、今日は髪をポニーテールにしていたので、首がむき出しになっている。

すぐに思い浮かんだのは、昨晩、千尋にキスされたときのこと。

（キスマークなんて、いつつけたの……!?）

「こ、これは……違うから！」

焦って否定するものの、さっきから向けられていた視線の意味に気づいていたたまれなくなる。

さらに、自分で見られないから、どんなふうになっているのか不安で仕方がない。

「新婚さんが否定するとかえって怪しいよ。けど、周りが気にしちゃうからコンシーラーぐらいやっといたら？」

「うん。教えてくれてありがとう……全然気づかなかった」

「ふふっ。独占欲の強い旦那さんなのね。そんなにはっきり痕《あと》つけられたのに気づかないってことは、それぐらい夢中になって『よかった』ってことでしょ？」

澄玲がにやけた顔で、ひそひそと揶揄《やゆ》するように言う。

「ちがっ」

紗織は真っ赤になって否定しようとしたのだが、澄玲はさっと離れてしまった。

「いいのよ、私にまで隠さなくたって。ごちそうさま〜」

完璧に誤解されている。とはいえ、否定するとかえって怪しいと言われてしまったからには、それ以上弁解することもできない。紗織は真っ赤になりながら、ポーチを持ってお手洗いに急いだ。

こんなときに限って、廊下に千尋の姿を見つけてしまいどきりとする。

(どうしよう。無視して通り過ぎるのもおかしいし……もう、どうしてこうタイミングが悪いの……！)

挙動不審な紗織に気づいて、千尋が首をかしげる。

「おはよう、細谷さん。何か困ったことでもあった？」

「お、おはようございます。……困ったことなら大ありですっ！」

思わず紗織は耳の後ろを押さえ、真っ赤な顔で抗議した。すると、すぐに千尋は「あぁ」と納得した表情を浮かべ、耳元に唇を近づけてくる。

「ごめん……そこなら目立たないかと思ったんだけど。あんまり無防備でかわいかったから、つい」

ぼそぼそと低い声で囁《ささや》く。その声に妙な色香が漂《ただよ》い、ぞくりとした。

「今度からは、もっと見えないところにするよ」

くすっと千尋が笑う。

「なっ……」

確信犯だ。紗織はすぐに悟る。

「そういう意味じゃありませんっ……！　失礼します！」

いたたまれなくなり紗織は頭を下げると、くるりと踵《きびす》を返した。

仕事に集中したいのに、これでは前途多難だ。


その日の夕方。会社を出た紗織は、駅の近くにある行きつけの『御飯処《ごはんどころ》』に足を運ぶ。

テーブル席が十席、カウンターは八人座ったらいっぱいのこぢんまりした店だ。

紗織は、ここでしか食べることのできない『田舎《いなか》のタレかつ丼』がお気に入りだった。

一般的なかつ丼は、とんかつを短冊のように切って卵でとじるのが定番だが、ここのかつ丼は、ちょっと違う。小さなおせんべいを思わせる形に揚げたとんかつを、甘じょっぱいタレに絡《から》めて、ほかほかのご飯に乗せるのだ。これがとっても美味《おい》しい。

今週はあれこれいろんなことが起きすぎた。金曜日ともなると、その疲労感が一気に押し寄せてくる。おまけに日曜日には、気の重い引っ越しが待ち構えているのだ。

逃れられない状況や、誰にも頼れない心細さを、あたたかいもので胸をいっぱいにして紛《まぎ》らわせたい――

そう思って、紗織は勢いよく引き戸を横にずらし、のれんをくぐった。

すぐに「いらっしゃいませ」と元気のいい男性の声が響いてくる。今日も御飯処は、お客さんで賑《にぎ》わっていた。

「お、紗織ちゃん。お勤めご苦労さん」

カウンターの奥から気さくに声をかけてきたのは、『御飯処』三代目、吉永《よしなが》いつきだ。厨房《ちゅうぼう》にいた彼の妻かおるも、ひょっこりと顔を出して愛嬌のある笑顔を見せてくれる。

「いらっしゃい、紗織ちゃん。いつものかしら？」

「はい。たっくさん食べたい気分なので、ご飯を多めにお願いします！」

「あらあら、了解。サービスするわよ」

紗織は、空いているカウンターの端っこの席に座った。

(本当に、今週は色々ありすぎて疲れちゃったな……)

ことん、とテーブルにグラスが置かれ、紗織は顔を上げる。

「はい。よかったらお酒もどうぞ」

かおるがにこやかに言い、他の客に気を遣って声を潜《ひそ》めた。

「なーんか悩みでもあるの？　私でよければ、愚痴のひとつやふたつ聞いてあげるわよ？」

「ありがとうございます。かおるさん。でも、もう色々ありすぎて自分でも何を悩んでいるのか、わからなくなっちゃって」

「じゃあ、今夜は飲みなさいな。なんだったら夜通しここにいてもいいわよ。うちはかわいい子のお泊まりは大歓迎！　眠たくなったらお座敷もあるからね」

かおるの心遣いにホッとする。

本当に、ここに来てよかった。お酒はそんなに強くないけど、今日はほろ酔い気分にあやかろう。

グラスに注《つ》がれた焼酎を一口飲んで、紗織は最近あったことを整理しつつ、カウンターを挟んですぐ目の前でグラスの整理をしていたかおるに尋ねた。

「かおるさんは、いつきさんのどんなとこが好きですか？」

次の瞬間「ぶっ」と、カウンターの中でいつきが噴き出す。

「ちょっと、あんた。飲食店の店主が何やってるのよ」

かおるが呆れたような声を上げた。

「すまねぇ。つい」

「まったく……まあ、こういうちょっと照れ屋なところよ」

かおるが笑顔で言うと、いつきが決まり悪そうに耳を赤くする。そんなふたりの様子に、紗織は思わず笑ってしまった。

「二人はどうやって知り合ったんですか?」

「私たちはねえ、お見合いだったのよ」

別の客のもとへ行ってしまったいつきを目で追いながら、かおるが答える。

「えー、なんだか意外です。じゃあ、第一印象はどんな感じだったんですか?」

「あの人はあんな感じだし、私もこんな感じよ」

照れくさいのか、かおるはいつきを見て頬を染めた。

「いつ来ても仲良さそうでいいなぁ。二人みたいな夫婦に憧れちゃう」

紗織はコップに口をつけながら、そう呟《つぶや》いた。

もしも紗織が将来家庭を持つとしたら、彼らのような夫婦になりたいと思っていた。

千尋とは普通と違った事情で、いきなり結婚してしまった。だから、どんなふうに接したらいいのかも、どう歩み寄っていけばいいのかもわからない。

「今日はずいぶんとよいしょするのね。サービスするわよ」

かおるが茶目っ気たっぷりに言うので、紗織もつられて微笑んでしまう。だが、千尋とのことを思い出すと、ため息がこぼれる。

「たとえばですけど、知り合いといきなり結婚することになったとして、そのうち相手のことを好きになれると思いますか?」

真剣に尋ねる紗織に、かおるは驚いた顔をする。

「やだ! 仕事ばっかりの紗織ちゃんから結婚の話が出てくるなんて」

がぜん興味を示したかおるが、なになに……とカウンターから身を乗り出してくる。

「なんていうか、夫婦にも相性っていうものがあるんじゃないかなって……。たとえば価値観の違いとか、夫婦の間でどうやって折り合いをつけていくんでしょう?」

紗織はうまく説明することができず、曖昧《あいまい》な微笑みを浮かべた。

かおるは紗織の様子から何かを感じたのか、「そうねえ」と考え込む。

「夫婦に大事なのはね、過程よ。その人とどんなふうに過ごしていくかだと思うの」

「どんなふうに過ごしていくか……」

「そう。一緒に生活していくうちに、お互いいいところも悪いところも知って、妥協したり我慢したり許したり認めたりしながら、いつの間にか夫婦になっていくものなの。

お見合いからだろうが、結婚からだろうが、はじまりはなんでもいいのよ。大事なのは過程。お互いに何も知らなければ、相手のことを知ろうと努力するでしょう？　そうやって歩み寄っていくことが大事だと思うの。そうするとね、自然と気持ちもついていくものなのよ」

かおるの表情はとても穏やかで慈愛に満ちている。いつきにもきっと聞こえていることだろう。くすぐったそうにしながらも同じ気持ちだといわんばかりに頬が緩《ゆる》んでいる。

「いいなぁ。私も、いつかはそうなれるのかな」

紗織はぽつりと呟《つぶや》いた。

千尋にも、好きになってほしいとか夫婦になってほしいと言われた。彼もかおるが言ったように紗織に歩み寄ろうとしてくれているのだろうか。

「あら、今気づいたけど、ずいぶんと綺麗な指輪してるのね」

「あっ」

「ふぅん。それって紗織ちゃんを悩ませているお相手から？　この立派な指輪はダイヤモンド？　じゃあ、紗織ちゃん婚約したの？　やだ、言ってくれたらお祝いしたのに！　今度、旦那さんになる人連れてきてよ」

かおるが声高に言うので、店にいたお客さんまで「お姉ちゃんおめでとう」と声をかけてくれた。さらに、いつきは、サービスでかつ丼を大盛にしてくれて、店中が祝福ムードいっぱいになってしまう。どうにもいたたまれなくて仕方ない。今さら、実はもう結婚しています、なんて訂正できる雰囲気じゃなくなってしまった。

紗織は言えない言葉を、あつあつのタレかつと一緒にほおばる。美味《おい》しくて、あたたかくて、だからちょっと涙が出た。

かおるが話してくれたみたいに、歩み寄って夫婦になっていける関係はとても素敵だと思う。

でも、紗織と千尋は、彼らと違って特別な事情からはじまった。

千尋は、結婚したからには大事にすると言ってくれたけれど……

(それでも、この結婚は契約なんでしょ？ 私を選んだのも単に都合がよかったからで……)

距離が近づくほどに、契約という名目と彼の行動のギャップに戸惑い、心が揺れる。

(本当にこのまま彼との新婚生活をはじめていいの？ 千尋くんの本心がわからないよ)

引っ越し当日――

千尋が手配してくれた引っ越し業者は、驚きの手際の良さで荷造りを済ませてくれた。

旧居での立ち会いが終わったあと、紗織は電車で新居に移動する。

家賃七万円の古いアパートから豪華新築一戸建てへ引っ越すという格差に、芸能人が急に売れっこになったときというのはこういう感じなのだろうか、と思ってみたり。

最寄り駅から地図を頼りに新居に到着すると、ちょうど千尋がガレージに車を停めているところだった。前日に引っ越しの時間を尋ねられ、立ち会うと言われていたのだ。

紗織としては豪邸にふさわしくない質素な家具を見られるのは恥ずかしかったが、家主がいない間に引っ越し作業をするというのも気が引ける。

紗織がアパートから持ってきた家具は、ソファ、ドレッサー、オーディオセット、衣類用のチェスト。それにシングルの布団一式と、お気に入りの食器などだ。家具類は持ってこなくてもいいと言われたが、やはり自分で稼いで買ったものには愛着がある。

紗織に用意された部屋に、手際よく家具が搬入されていく。さらに衣類、食器、雑貨が入った段ボール数箱が運び込まれれば、引っ越しは完了だ。あとはこちらで荷ほどきすればいい。

引っ越し業者が立ち去ると、部屋には二人きりだ。途端に気まずくなってしまう。

(なんて言えばいいの？　これからよろしくお願いします？)

「えっと……」

「これからよろしくな、奥さん」

紗織がかける言葉に詰まっていたら、千尋から先に言われてしまい拍子《ひょうし》抜けする。それどころか、今までとは違う自然体の飾らない笑みを向けられ、不覚にもきゅんとしてしまった。

（い、今のは気のせい！　本性悪魔にときめいてどうするの！）

「よ、よろしくお願いします」

そっぽを向いて、ぶっきらぼうに答える。そんな紗織に気分を害することなく、千尋は積み上がった荷物に近寄って行った。

「段ボールを運ぶのは僕がやるから、君はゆっくり開梱《かいこん》して片づけていいよ」

「あっ、いえ、自分のことは自分でやるので」

「これも夫の務めのひとつって思っておいて」

何かあると千尋はそう言う。軽々と荷物を運んでいく彼に、申し訳ないような頼りになるような複雑な気持ちになった。

（悪魔っていうのは、訂正してもいいかな。……でも、もとはといえば千尋くんが……）

悶々《もんもん》とした気持ちには、いつまでたっても決着がつかない。

「ん？」と千尋が振り返る。

「いえ。あの、ありがとうございます」

そう言って頭を下げる紗織に、千尋がため息をついた。

「あのさ。会社では仕方ないにしても、家では他人行儀はやめよう。僕も素を見せるし、君にももっとリラックスしてほしい。これは、互いに居心地よく過ごすために必要なことなんだ。いいね？」

「はい」

「じゃなくって……うん、だろ？」

千尋から促《うなが》されて、紗織はぎこちなく返事をした。

「……うん」

すると千尋が、ふわりと微笑む。その笑顔に見惚《みと》れそうになって、慌《あわ》てて顔を背けた。

「ＯＫ。じゃあ、さくっと進めようか」

段ボールを運んでもらいながら、紗織は気になっていたことを問いかける。

「……ねえ。千尋くんは、これまで本当に結婚したいって思う人はいなかったの？」

「んー？　目の前にいるでしょ」

よいしょ、と最後の段ボールを下ろして、千尋はさらりと言った。

「あの、だから、私じゃなくって……これまでに付き合った人で、誰かいなかったの？」

自分で言っておきながら、胸の中がなんだかもやもやする。

彼はいい大人だ。しかもこれだけ恵まれたルックスと社会的地位のある千尋に、いままで何もなかったという方がおかしい。だけど……

（やだ。私……これじゃ嫉妬《しっと》してるみたい）

ぽんっと頭に軽い衝撃があって、紗織は顔を上げた。

「心配しなくても、奥さん一筋でいかせてもらうよ」

考えを見抜かれたことが恥ずかしくて、紗織は慌てて訂正する。

「べ、別に……そういうつもりで言ったわけじゃないし」

「はいはい」

そう言って、千尋は軽やかに笑った。その屈託のない笑顔に、昔の面影《おもかげ》が重なる。胸の奥で鼓動がとくんとやわらかな音を立てた。

それに気づかなかったふりをして、紗織は彼に背を向け荷物の開梱《かいこん》をはじめる。

互いに、もう高校のときとは違う。けれど、こうして変わらないところを見つけてしまうと、あの頃の気持ちが引っ張り出されて心が揺れる。

（まさか十年も経って、こんな形で千尋くんと結婚することになるなんて……いまだに信じられないよ）

「紗織」と千尋に声をかけられて、ハッと我に返った。だいぶ長いことぼうっとしていたみたいだ。

様子を見に来たらしい千尋が、こちらを見ながらぽつりと呟《つぶや》く。

「それ、懐かしいな。お蔵入りになった君のアシンメトリーのデザインか」

紗織の周りには、高校時代のアルバムや被服部に所属していたときのデザイン集や課題表が開きっぱなしになっていた。そこには、千尋と疎遠になるきっかけとなった、アシンメトリーのドレスを描いたデザイン画もある。後悔しながら、ずっと捨てられなかったものだ。

「うん……」

千尋は何も言わず、紗織の隣に腰を下ろしてきた。

紗織の鼓動が速まる。紗織は高校時代、彼のプライドを傷つけたまま、面と向かってきちんと謝罪もしていない。送った謝罪の手紙にも、彼は返事をくれなかった。

千尋はあのときのことを、どう思っているのだろう……

十年も経てば、彼にとっても、あれは過去のことなのか。

二人は黙ってデザイン集を眺める。部屋がシンと静まり返る中、紗織は隣に座る千尋の横顔を、じっと見つめた。

再会したとき、彼が千尋だとすぐにわからなかったのは、彼が大人の男の顔をしていたからだ。それでも、こうして一緒にデザイン集を見ていると、確かに過去の記憶を共有していると感じる。

今ならちゃんと、あのときのことを謝れるだろうか。

でも、激しい怒りを見せた千尋を思い出すと、躊躇《ためら》ってしまう。

話題を切り出せずに悶々《もんもん》としていると、先に口を開いたのは千尋だった。

「もうひとつのデザインは、僕が破ってしまったんだよな」

その言葉を聞いた紗織は、弾かれたように口を開く。

「……っ私！　あの……私、あのときのこと……ずっと後悔してた。千尋くんを傷つけてしまったこと、ずっと、ちゃんと謝りたかったの。ごめんなさい……」

紗織は、勢いよく頭を下げた。何も言葉が返ってこなかったので、そろりと顔を上げる。

千尋は見ていたデザイン集を閉じ、まっすぐ紗織を見つめてきた。

「僕の方こそ……ごめん。あれは、ほとんど八つ当たりだった。自分がカッコ悪くて仕方なくて……。あのときの僕は、ほんと子どもだったと思う。今思い出しても恥ずかしいよ」

紗織はううんと首を横に振る。

「私だって、もしも千尋くんにそうされたら、きっと同じように感じたと思うもの。なのに私は、身勝手なエゴでひどいことをしてしまった」

紗織はあやまちを悔いて唇をきゅっと引き締める。

「君が送ってくれた手紙はちゃんと読んだよ。でも、うまく心の整理がつかなくて、返事を出すことができなかったんだ。でもパリに行くことになって後悔したよ。もっと君と話をすればよかった。君の気持ちをちゃんと考えればよかったって……」

そう言う千尋の瞳が揺れていた。紗織は胸に溢《あふ》れてくる想いのままに伝える。

「私も嫌われるのを怖がってないで、ちゃんと何度も話しに行けばよかった。千尋くんともっとたくさん話したいことがあったのに……」

すると千尋がせつなげに目を細めて、紗織に微笑みかける。その表情に、あの頃の彼の面影《おもかげ》が重なった。そこで初めて、自分と千尋がかなり近づいていたことに気づく。さりげなく離れようとした紗織の手を、千尋が掴《つか》んできて、どきりとする。

「あのときは、ごめん」

「……ううん。私の方こそ……ごめんなさい」

互いに頭を下げて、顔を上げると目が合った。どちらからともなく、微笑み合う。これまでとは違う、穏やかな空気が流れた。

「そういえばあの頃、君の眼鏡を取った顔が見てみたかったんだよな。十年経ってようやくその願いが叶えられて感慨深いよ」

千尋が悪戯《いたずら》っぽい顔で言う。

先日のことを思い出してしまった紗織の頬が赤くなった。

「なに、いきなり。からかわないでよね」

どうにも千尋を意識してしまい、自然にふるまえない。

「別にからかったつもりはないよ」

千尋の熱い手が、ぎゅっと強く紗織の手を握った。

「二人とも、あの頃とは違うところもあるだろう。けど、こうして結婚したんだ。君には、今の僕との未来を見てほしい」

「未来……」

とくとくと、紗織の鼓動が速くなる。

「これから少しずつ、お互いのことを知っていかないか。僕と君は……夫婦になったんだから」

千尋の熱っぽい視線にあてられ、紗織はその場から動けなくなる。

脳裏には、御飯処でかおるに言われたことが蘇《よみがえ》っていた。

歩み寄り、少しずつ夫婦になっていく、その過程が大事――

（契約結婚でも、かおるさんたちみたいな夫婦になれるのかな……）

高校生のときは、確かに千尋のことが好きだった。今もきっと、彼を心の底から嫌うことはできないだろう。

（……千尋くんの妻として、彼を好きになる努力をする、か……）

千尋が言ったように昔と今では、お互いに違うところの方が多い。正直、今の彼がどんな人なのか紗織にはまったくわからないのだ。

（けど、この結婚を受け入れた以上、私は目の前の現実を見ないといけない）

そう思った途端、すぐそばにいる千尋を強烈に意識してしまい、落ち着かなくなる。

「紗織？」

甘い声で名前を呼ばれ、心臓がますます早鐘を打った。頬が熱くて耳までじんとしてくる。恥ずかしくて俯《うつむ》いていると、千尋の手が紗織の髪をさらりと撫《な》でた。

ハッとして顔を上げると、目の前に斜めに傾けられた彼の顔が近づいてきていて、紗織はとっさに後ろに逃れる。

だが次の瞬間、強く手を引かれてドサリと床に倒された。すかさず千尋が、上に覆《おお》いかぶさってくる。いきなり押し倒されて、紗織はパニックに陥《おちい》った。

千尋は無言で手首に力を入れると、紗織の頬にちゅっとキスをする。

驚いた紗織は目を大きく見開いた。

千尋は真顔のまま表情を変えない。それどころか、まるで獲物を逃がさないといわんばかりの獣の目をしていた。その目にあてられ、紗織の心臓がどくりと大きく脈打つ。

「紗織、今の君が、どういう顔で僕を見てるかわかってる？」

「どういうって……」

「そんな顔されたら、普通は誘ってるって思うよ？」

言いながら千尋が、紗織の赤く熱を孕《はら》んだ耳にキスをする。湿ったリップ音が直《じか》に鼓膜をくすぐり、思わず「あっ」と声が漏れた。

「いいよ。妻の君が望むなら、かわいがってあげる」

耳殻《じかく》を辿《たど》るみたいに唇で耳を挟まれ、ぞくぞくと全身が粟立《あわだ》つ。

「ひゃっ……ち、千尋くん、待って……私、そういうつもりじゃ……」

しっ……と人差し指を唇に当てて、彼は悪魔のように微笑んだ。

「少し黙って。キス……したいから」

「だ、だめ」

「ん、だめ……じゃない」

その直後、唇と唇が触れ合う。それだけで、先日のキスの快感をリアルに思い出してしまい、全身の血液がざわりと滾《たぎ》りはじめた。

焦点の合わない距離で見つめ合いながら、千尋は紗織の唇を啄《ついば》む。角度を変えてキスされるたびに、サラサラした彼の髪や鼻先が頬を掠《かす》めてくすぐったい。

緊張で息を弾ませる紗織の唇を、千尋の濡れた舌先がいやらしくなぞる。その瞬間、紗織はびくんと背を戦慄《わなな》かせた。

「んンっ……！」

抗《あらが》おうと首を左右に振るが、もっと欲しいといわんばかりに激しく唇を吸われる。さらに、ぴったり身体を密着させ、動きを封じてきた。

唇を割って入ってきた舌が、唾液をかき回すように紗織の舌に絡《から》められる。

「ん、ぅ……んっ」

ちゅう、くちゅ、っと舌と舌が奏でる淫《みだ》らな音が、耳の奥に響く。身をよじって逃れようとしても、いつのまにか脚の間に千尋の身体が入っていて動くことができない。あまつさえ、下肢に当たる硬いもので、彼が反応していることがわかってしまった。

それに気づいた瞬間、かぁっと発火するみたいに全身が熱くなる。

どうしていいかわからないでいると、紗織の手首を掴《つか》んでいた手が離れた。ほっとしたのも束の間、服の上から胸を揉《も》まれて、ビクンと震える。

「んんっ……!」

キスだけで終わらないことに驚いて身をよじった。その間にも、キュロットからカットソーが引き出され、そのままめくり上げられる。ふと見るとブラジャーのアンダー部分まで露《あら》わになっていて、息を呑んだ。

「だめ……っ」

背に回された千尋の指先に焦りが募《つの》る。しかし、あっけなくブラのホックが外され、乳房がこぼれ落ちてきた。大きな手のひらがそっと包むように乳房を這《は》い回る。形が変わるぐらいに捏《こ》ね回され、ツンと尖《とが》った頂《いただき》を指先で弾かれた。

「やっ!　触っちゃ……やっ」

「いやじゃないでしょ。君の身体だって、ほら……期待してる。僕が触れるたびに反応してさ」

千尋の手はやわらかさを堪能するように丹念に胸を揉《も》む。さらに指先は、敏感な頂《いただき》を円を描くように潰したり、きゅっと摘《つま》んだりしてきた。

「や、んんっ……ぁっ」

「あっという間に硬くなったね。ここを触れられたのは初めて？」

どの刺激も紗織には初めての経験だ。キスのうっとりするような快感とは違った、ゾクゾクした刺激に身を震わせることしかできない。

千尋は飽きもせず、頂を指先で転がし、親指と人差し指で挟むようにしてきゅうっとひねり潰す。じわっと腰の奥に熱いものが広がっていくのを感じて、紗織は慌《あわ》てて腰を浮かせた。

「やあ、っ……それ、だめっ……」

「だめ、なんて言わせない。もっとって……言ってよ」

千尋の唇が首筋を辿《たど》り、無防備な耳朶《じだ》を挟む。

「あっ……！」

ふっと熱い吐息がかかり、ぞくりと背筋に震えが走った。

ちゅっと音を立てて首筋を吸われる。

「今日は、君だけが見える場所にキスマークをつけるよ。君が僕のものだってちゃんと自覚できる証《あかし》をつけておかないと……浮気しないように」

千尋の髪が鎖骨をくすぐったかと思うと、肩のあたりに痺《しび》れるような痛みが走った。

「浮気……なんか、しないわ」

「そうだね。しないように夢中にさせるのも、僕の務めだ」

くすくすと意地悪に笑う声が下がっていく。気づけば、露《あら》わになった胸が千尋の目の前にあった。

「おねがい、……千尋くん……見ないで」

「そのお願いは聞いてあげられないな」

そう言って千尋は、乳房の膨《ふく》らみを揉み上げ中央に寄せると、硬くなった頂に濡れた舌を這《は》わせた。

「ふ、あっ……」

指で弄《いじ》られたときとは違ったなめらかな感触に、紗織はかくんと白い喉を反《そ》らす。千尋の形のいい唇がやさしく頂に吸いついてきて、左右に舐《ねぶ》ったり、乳輪ごと円を描くように転がしたりする。

「あ、ぁっ！　そんなところ、舐《な》めちゃ……やぁっ」

片方の頂を舐めながら、もう片方を指の腹で擦《こす》り上げられた。

千尋のやわらかい唇に乳首を挟まれるのは、なんとも心地いい。濡れた舌が身体を這う感触は、途方に暮れそうなほど甘美な愉悦《ゆえつ》を生んだ。

「こういうこと、されたことない？」

こんなこと今まで経験したことなんてない。紗織は今まで恋すらまともにしたことがないのだから。

「……ないわ。おねがい、もう、やめてっ……」

「じゃあ、僕が初めてだ。大丈夫。やさしく教えてあげるよ」

紗織は力の入らない手で、それでも必死に千尋の肩を押し返そうとした。腰の奥がとても熱い。じわりじわりと蜜が溢《あふ》れるように滴《したた》っていくのが、自分でもわかる。

キスとは違う、手で触れられたときとも違う、経験したことのない快感に翻弄《ほんろう》されるうちに、頭がぼうっとして何も考えられなくなってきた。千尋は抵抗をつづける紗織の両手を掴《つか》んで押さえ込み、赤く濡れた頂《いただき》を執拗《しつよう》に愛《め》でつづける。

「はぁ……っ……あっ……んん……」

紗織の声が甘く乱れる。

いやだと抗《あらが》っていた方がまだ自分を保っていられた。ダメだと拒《こば》んでいる方がまだ恥ずかしくなかった。千尋の舌に散々弄《いじ》られた胸の先端は、ぷつりと硬く勃ち上がっている。呼吸するたびに上下に揺れて、まるで彼を誘っているように見えた。

それを証明するみたいに、千尋は紗織の乳房を揉《も》み上げ、硬くなった頂をちゅっと強く吸い上げた。

「ん、はっんん……」

尖《とが》らせた舌先で弾いては、甘く吸われる。紗織の唇からは、とめどなく喘《あえ》ぎ声がこぼれた。

「あ、ぁっ……あっン……千尋、くんっ……やっ……」

あまりの快感に涙が溢れ、視界が滲《にじ》む。

「紗織の声、ずいぶんと甘くなってきたね?」

紗織の状況など手に取るようにわかるのだろう。千尋がギラギラした視線を向けてきた。紗織はあまりの羞恥心《しゅうちしん》に耐え切れず、ぎゅっと目をつむる。

「はぁ……っ……だめっ……千尋くんっ……待って……」

紗織の手を拘束していた千尋の手が、いつの間にかショーツの中に忍び込んできた。

薄い繁《しげ》みをやさしくかきわけるようにくすぐられ、息を呑む。快感に蕩《とろ》けていた頭が、一気に冷静になった。紗織は強く千尋の腕を掴《つか》んで止める。

「待って!　おねがい!」

千尋の手が止まった次の瞬間、ぐーきゅるると紗織の腹の音が鳴り響いた。

紗織はその場で、思いっきり固まる。

そろりと視線を上げると、同じく動きを止めて紗織を見下ろす千尋と目が合った。直後、千尋がぶっと盛大に噴き出す。

「く、ははっ……今のって、腹の音？　だよな？」

一気にかぁっと顔に熱が集まってきた。死にそうなくらい恥ずかしい。

「や、やだ……」

色々なことがいたたまれず、紗織は慌《あわ》てて両手を交差するようにして自分の胸元を隠した。

「わかったよ。今日はここまでで止めておく」

やれやれ、と千尋が上体を起こし、紗織のブラジャーをもとに戻してくれる。

「まさか、こんな形でお預けされるとはね……」

面白がるように笑って千尋が言った。シリアスにならないで済んだことは幸いだが、恥ずかしさのあまり、紗織は今すぐにこの場から消えてしまいたくなる。

「……ち、千尋くんこそ、手早すぎ。こんな明るいところでなんて、まるでケダモノだよ……！」

「明るくなかったらいいの？　ああ、暗い方が好きとか？」

すぐに逆襲されてしまい、紗織は彼の声をさえぎるように叫んだ。

「そ、そういう意味じゃなくって！　意地悪なこと言わないで」

「もとはといえば、君があんなふうに僕を見つめるからだ。これでも一応、新婚なわけだし、新妻に誘われたら欲情くらいするさ」

「誘ってなんか……」

「はいはい。まずはおいで」

ほらっと手を引っ張られ、上体を起こされる。紗織は慌てて乱れた服や髪を直した。

「本音を聞かせて。さっきまでのこと、少しは歩み寄ってくれたんだと思っていいかな？」

紗織はすぐに答えられなかった。

過去のわだかまりが解けて心が軽くなったからなのか、かつての恋心を思い出しほだされてしまったのかは、正直わからない。でも、途中まではいえ、千尋にされるがままになっていたのだから、推して知るべしだろう。

「まあ、時間はたっぷりあるんだし、待てる限りは気長に待つよ」

千尋はくすっと口の端を上げて、紗織を促《うなが》す。

「僕は午後から仕事の打ち合わせがあって、帰りは遅くなると思う。戸締まりだけ気をつけて、先に休んでいていいから」

（本当に……調子が狂うよ。それとも今のは気まずくならないようにわざと？）

「まずはお腹を空かせた奥さんに、何か食べさせないとね」

千尋に揶揄《やゆ》するように言われて、紗織は顔を赤くしながら彼から視線を逸《そ》らした。

「何か食べたいものある？」

キッチンに歩いていく千尋に、紗織はそう声をかける。

「材料さえあれば作るよ」

「うーん？　何もないかも」

千尋が開けた冷蔵庫の中には、ミネラルウォーターと調味料以外、本当に何もなかった。

「食事って……いつもどうしているの？　パリの生活が長かったんだよね？」

「気が向けば自分で作るよ。ただ最近は、適当に外で済ませることが多いな」

「そうなんだ」

返事をしている間も、お腹の音がぐうぐう鳴る。千尋は笑って、紗織の頭をぽんと軽く撫《な》でた。

「今日は食べに行こう。近くにお薦めのレストランがあるんだ」

それから二人は、簡単に支度を済ませ、千尋お薦めの店に行くことになった。家から歩いて十五分ぐらいだろうか。赤レンガのおしゃれな外観をした店の前で千尋が足を止める。

「ここだよ」

カランとドアベルが小気味いい音を立てた。外観はパリのパン屋《ブーランジェリー》のようだが、店内は大正時代を思わせるレトロな雰囲気が漂《ただよ》っている。店の中にはバターのいい匂いがして、食欲が刺激された。

「すごく、素敵なお店」

わぁ、と感嘆の声を漏らし、紗織は店内を見渡す。

「昔からあるみたいなんだ、ここの洋食屋。日本に戻ってから頻繁《ひんぱん》に通ってる。自家製のデミグラスソースが美味《おい》しくてね」

「そうなんだ。私も会社の近くに何代もつづくお気に入りの定食屋さんがあるんだ。昔からあるお店って、なんかホッとするというか……第二の我が家っていう感じがしていいよね」

「そうだね」

紗織が興味深く店内を見回していると、中年の女性店員がやって来た。彼女はにこやかに、千尋に話しかけてくる。

「いらっしゃいませ。今日はかわいいお連れ様がご一緒ですね」

ふくよかな女性店員は、千尋の顔なじみらしい。

「結婚したんだよ、チエさん。彼女……紗織は僕の奥さん」

千尋がそう紹介すると、チエは驚いた顔をして紗織をまじまじと見てきた。

「まあ、そうなんですね！　それは、おめでとうございます！」

チエはうれしそうに頬を紅潮させて、千尋と紗織を交互に眺める。

「は、はじめまして。紗織と申します」

そうだ、ちゃんと奥さん、しなくては……と思ったら、かえって緊張した。

「はじめまして、紗織さん。どうぞ、ゆっくりしていってください。奥の席にご案内いたしますね」

こちらへどうぞ、と四人掛けのテーブルに案内される。

「あ、紗織さん。体調は大丈夫かしら？」

なぜかチエが、気遣うように紗織の近くに来て声を潜《ひそ》めた。

「はい。大丈夫です。さっきからお腹が空いて大変で……」

「そうなの。食べづわりタイプなのかしらね？」

「えっ！　あ、あの……」

(食べづわり、って……つわり!?)

紗織と千尋は思わず顔を見合わせる。何か勘違いされているらしい。千尋は紗織の真っ赤になっているだろう顔を見て、肩を震わせて笑っている。

(笑うなんてひどい。いつも夫の務めとか言うくせに、こういうときこそフォローすべきなんじゃないの！)

紗織の無言の非難に気づいたのか、千尋が笑うのを止めてチエに声をかけた。

「チエさん、気が早すぎ。僕たち入籍したばっかりで、結婚式もハネムーンもまだなんだよ」

「あら、そうなの。ごめんなさい。知り合いのおめでたい話を聞くと、つい」

チエが恥ずかしそうに笑って、おすすめのランチメニューを見せてくれた。ここはやっぱり自家製デミグラスというのが気になる。

「私はデミグラスソースのオムライスで」

「即決だね。じゃあ、僕も同じのにしよう。チエさん、お薦めのAランチを二つ」

「かしこまりました。ゆっくりしていってくださいね」

「は、はい。ありがとうございます」

千尋と再び目が合って、顔が熱くなる。

(気が早いとか言ってたけど、それって、いずれは作るってこと……?)

先ほど千尋に触れられた感触が蘇《よみがえ》ってきて、彼の顔がまともに見られなくなる。考えてみれば、すごく恥ずかしいことをしていたのだ。

テーブルに置かれている手だとか、コップに口をつける唇だとかを、どうしても意識してしまって、身体が熱くなってしまう。

(でも、もし本当に妊娠するようなことがあったら……)

ああいうとき、避妊をどうするとか事前に話し合っておくものなのだろうか？　大事なことだと思うのだが、奥手な紗織にはどうするのが普通なのかがわからない。

（……っていうか、さっきから私、そういうことばかり考えてる）

かあぁっと顔に集まってきそうな熱を冷まそうと、コップに口をつけたときだった。

「紗織」

名前を呼ばれて顔を上げると、涼し気な表情をした千尋に言われた。

「気長に待つとは言ったけど、それまで一切手を出さないっていう意味じゃないから」

まるで紗織の思考を読んだみたいな言葉に、思いっきり動揺した。

「わ、私は別に何も言ってないし、今のはチエさんの勘違いで……」

「君のことはそのうち、ちゃんと抱く。避妊は時と場合により、きちんとするよ」

千尋がきっぱりと言い直すので、誤魔化すこともできなくなった。隣の席のカップルがちらちらとこちらを見ている。自分ばかりが動揺しているみたいでなんだか悔しくなった。

（それにしても、時と場合によりって何？）

悶々《もんもん》としすぎて頭が沸騰しそうになる。

「そのうちっていうのは……ずっとずっと先にしてください」

「どうかな？」と白々しくとぼける千尋がうらめしい。

しばらくすると甘いバターの香りが立ちこめ、二人のもとにオムライスとサラダが運ばれてきた。湯気《ゆげ》に乗せられて食欲をそそるデミグラスソースの香ばしい匂いがする。

「お待ちどおさま。Aランチです」

「美味《おい》しそう……！」

匂いに刺激されて、ぐぅっと紗織のお腹がまた鳴ったが、なんとか雑音に紛《まぎ》れてホッとした。

「新婚さん、ごゆっくり」

チエが微笑んで、立ち去った。

「じゃあ食べようか」

「うん。いただきます」

スプーンいっぱいにすくって、ぱくりとほおばる。香ばしく濃厚なデミグラスソースととろとろの半熟卵の甘さがマッチして、すごく美味しい。

「君は食べるとき、本当に美味しそうにするんだな」

千尋が目を細めて見つめる。その視線に、紗織は思わずスプーンを運ぶ手を止めた。いくらお腹が空いているからって、がっつきすぎただろうか。

（これから一緒に食事をする機会が増えるのよね……）

今までみたいに、豪快にぱくついていいものか悩む。もう少しお淑《しと》やかにするべき？

そんなことを考えつつ、紗織はナプキンで口元を拭《ぬぐ》った。すると千尋がすかさず言い募《つの》る。

「ああ、もちろんいい意味でだよ。仕事以外で、誰かと向かい合って食事する機会が僕にはあまりなかったからね。母と食事をした記憶も、小学校低学年くらいまでだ」

どこか寂しそうに言う千尋に、なんだか胸が詰まってご飯が喉を通らなくなる。

「悪い。こんなこと言うつもりじゃなかったのに」

紗織は首を横に振った。高校時代、小さな頃から両親が不仲だったと、千尋から聞いた。父親の暴力や不貞のせいでノイローゼぎみだったお母さんを、彼が一生懸命支えていたことを紗織は知っている。そのとき、できることなら、子どもの頃の千尋を抱きしめてあげたいと思ったのだ。

「聞いてもいい？　今のお父さんとは仲良くしているの？」

「ああ。母が立ち直れたのは、義父《ちち》がいてくれたおかげだし、僕は息子として義父に感謝している。仕事の方向性を見つけられたこの会社にも恩を感じている」

「そっか……」

「君にもそのうち会わせるよ。それまでに、早く僕の奥さんっていう環境に慣れるようにね」

千尋の両親は、この結婚をどう思っているのだろう。縁談を避けるためとはいえ、こんなふうに結婚してよかったのだろうか……

そこで紗織は、考えるのを止めた。契約結婚を受け入れた以上、紗織も立場は同じだ。今はこの美味《おい》しいご飯を味わうことに集中しよう。

自家製のデミグラスソースがたっぷりかけられたオムライスは、ほっぺが落ちるほど美味しかった。中のチキンライスにはバジルとチーズとマイタケが入っていて、トマトソースと絶妙なハーモニーを奏でている。お洒落《しゃれ》だけど、どこか懐かしい。紗織の行きつけの定食屋と同じ、ほんわりとあたたかくなるような料理だった。言ってみれば『おふくろの味』洋食版だ。

もしかしたら紗織と同じように、千尋もこの店に癒《いや》しを求めているのかもしれない……と、ぼんやり思った。

食後のコーヒーが運ばれてきて一服する。そこで、千尋が思い立ったみたいに鞄《かばん》から封筒を取り出し、紗織の目の前に置いた。

「休みに仕事の話で悪いんだけど、今のうちに渡しておくよ。中を見てもらえるかな?」

言われるままに、紗織は封筒から書類を引き出す。

そこには『来春開催ブランドコレクション向け社内コンペ』という文字が大きく書かれていた。

「ブランドコレクションのコンペ……」

「ああ。まずはいくつかチームを作って、それぞれに新ブランドを見越した作品を作ってもらう。秋の社内コンペで代表を選び、冬に開催される社外コンペにエントリーする。そこで勝ち、春のブランドコレクションで新ブランドを発表できる権利を得ることが当面の目的だ。他の社員にはすでに通達済み。君も月曜日までに概要を読み込んでおいてほしい」

「……わかりました」

紗織は渡された資料の『私らしさを魅せる』というテーマに目を落とした。

どうやら、女性の自分らしさを引き出してみせる作品が求められているようだ。

おまけにこのブランドコレクションには、CMやファッションショーなど、様々なタイアップ企画があるらしい。アパレル会社にとって、たくさんの人の目に留まるというのは、それだけで大きな意味を持つ。思っていた以上に、責任重大な仕事のようだ。

「さしあたってコンペを競うチーム編成をデザイン部の部長が考えているところだ。テーマはあるものの、型にはまったものばかりじゃなく冒険もしたい。ロワゾ・ブルーを代表するブランドをいち早く認知させるために、このコレクションを最大限に利用するつもりだ」

千尋の顔が社長に戻っている。

紗織がデザイナーとして崖っぷちであることに変わりはない。

だが、千尋がロワゾ・ブルーのために春のコレクションを利用するのなら、紗織は自分の夢を終わらせないために、このチャンスを活かしてみせる。

自分を信じてチャンスを与えてくれた千尋のためにも、絶対に結果を出さなくてはいけない。そう思ったら、気持ちが引き締まった。

食事を終え新居に戻ると、千尋はそのまま車で出かけて行った。

一人になった紗織は、ガランとした室内を眺める。改めて広い家だと思う。

(今日から私、ここで千尋くんと暮らすんだ……)

瞼《まぶた》を閉じると、千尋と再会した日から今日までのことが浮かんだ。その途中で、彼に何度もキスされたことを思い出してしまい、頭が沸騰しそうになる。

(いけない、いけない。ナシナシ!)

紗織は煩悩《ぼんのう》を振り払い、さっそくコンペの資料を読みはじめた。

(私らしさを魅せる……かぁ。どんなコンセプトがいいだろう)

考えに没頭しリビングをうろうろする。ひとたび考えはじめると夕飯も忘れてしまう。

休憩ついでに風呂に入った。途端にアイデアが閃《ひらめ》き、急いでリビングに駆け込んだ。

夜遅くまで仕事道具を広げ、簡単なデザインをいくつも描いた。そうしてイメージを膨《ふく》らませているうちに、いつの間にかうとうとしていたようだ。

だから、帰って来た千尋がそばに来たことにもまったく気づかなかった。

「こんなところで寝てたら、風邪引くだろ」

「ん……ち、ひろ……くん、あとすこし……」

瞼《まぶた》を開けようとするけれど、強烈な睡魔には逆らえない。

——夢うつつに、高校生の千尋を見た。夢の中で彼は楽しそうに、無邪気に笑っている。

ふわりとあたたかな体温に包まれるのを感じながら、紗織は深い夢の中に誘われていった。

4　家庭内恋人のススメ

瞼の裏が明るく染められていくのを感じて、紗織は眉を寄せた。寝返りを打とうとしても、身体が重くて動かない。だんだんと意識が覚醒し――紗織はハッと瞼を開いた。

身体が重くて動けないのは、疲れているからではない。なんと紗織は、ベッドの中で千尋に抱きしめられていた。しかも千尋は、上半身何も身につけていない。カーテンの隙間からこぼれてくる光に、筋肉が美しく浮き上がっている。

「なっ……！」

驚いて声も出せずにいると、伏せられた長い睫毛《まつげ》がピクリと動き、ゆっくりと瞼が開いた。

「おはよう」

普段よりも低く掠《かす》れた声が耳をくすぐり、紗織の混乱はピークを迎える。

「どうして、千尋くんがここにいるの!?　なんで裸なのっ！」

紗織は直視に耐えず、彼の手を逃れて背中を向けた。ちょうど眼鏡がすぐそばにあったので、慌《あわ》てて装着する。

「ひどい言いようだな……人を変質者みたいに。僕は、うたた寝していた君が風邪でも引いたらいけないと思って、ここに連れてきたんだよ」

千尋は拗《す》ねたように言って、ため息をつく。

「連れてきたって……」

「風呂から上がったまま、夢中でデザイン案でも考えてたんだろ？　帰って来たら、君がリビングに突っ伏して寝てるから驚いたよ。身体が冷たくなってるし……」

「じゃあ、私あのまま……」

「寝ているところを襲うほど、僕は野蛮じゃないよ」

「わ、私にとっては同じだよ」

一刻も早く千尋から離れなくてはと思うのに、情けないことに彼の裸に動揺して腰が抜けてしまったようだ。細身だけれど、意外としっかり筋肉がついていて、彼は大人の「男の人」なのだと改めて意識する。

「紗織、こっち向いて」

「ひゃっ……」

耳に吐息がかかり、びくりと飛び上がる。背中に自分より高い体温を感じて、硬直した。

「むむっ……無理！」

男の人の身体はなんて体温が高いのだろう。ずっとこうしていたら、溶けてしまいそうだ。彼を意識して、心臓をバクバクさせていると悟られるのも困る。

「じゃあ僕がこっちにこよっか」

よいしょ、と紗織をまたいで目の前にやって来た千尋に、ぎょっとする。

「あ～眼鏡かけちゃったのか。明るいところで君の目が見たかったんだけど」

「へ？　もしかしてそれを見たいがために？」

「それもあるけど、ちょっと落ち着いて」

千尋はそう言い、紗織の頬を両手でそっと持ち上げ、こつんと互いの額《ひたい》を合わせた。

「こ、こんな状態で落ち着けるわけないでしょ」

「黙らないとキスするよ？　それでもいいなら騒いでいればいい」

紗織はごくんと生唾を呑んで口をつぐんだ。すると千尋は、ふっとあどけない笑みを見せる。

「夫婦なんだから、こういうの、もうちょっと慣れなよ」

「でも、私たちは他の人たちとは違うし……なんていったって交際歴ゼロなんだからね！」

「その責任を僕に取れというなら、喜んで取るよ」

「そ、そういうことじゃないってば！」

とにかく離れてほしい。上半身裸の色男に、こんな至近距離で見つめられているのに耐えられなくなってきた。

「千尋くん……お願いだから、もう離れて」

「わかってくれるまで、離れない」

「これ以上、何をわかれって言うの？」

千尋が離してくれないので、紗織は視線を逸《そ》らす。

「契約結婚とはいえ、夫婦は夫婦だ。互いを知ることも必要。僕は事前に伝えたと思うけど、形ばかりのギスギスした関係を結びたいわけじゃない。できるなら君に好きになってもらいたいし、僕も君のことをもっとよく知りたいんだ」

「普通の結婚と同じようにしろって言いたいの？」

「ああ、契約に囚《とら》われて、構えないでほしいんだ。できればもっと、僕に甘えてほしい」

そう言って千尋が紗織の身体に腕を回して、そっと抱きしめた。

「……ひゃっ」

「もちろん、仕事では容赦しない。その代わり、夫婦でいる時間は、新婚生活を楽しもうよ。そういうわけで……とりあえず、仲直りのキスをしようか？」

紗織の眼鏡を外そうとする千尋を、慌《あわ》てて阻止する。

「ダ、ダメ！　何がとりあえずよ。喧嘩してるわけでもないし……運んでくれたことには感謝します。ありがとう。でも今私が困ってるのは、千尋くんが、は、裸だからなの！」

意識していることを知られるのは癪《しゃく》だったけれど、もう心臓がもたない。

「君に拒否権はないんだけどな？」

千尋が顔を近づけながら微笑む。

「そういうときだけ権力を使おうとするの、ずるいよ。普通の結婚と同じようにするって言ったばかりでしょう？」

「そうだね。僕には努力する義務がある。君を……僕に夢中にさせるためにね」

甘く見つめる綺麗な瞳にくらくらした。

押し問答を繰り返した末、結局千尋が折れてくれる。

「まったく、どっちが余裕ないと思ってるんだろうな……」

はぁ、とため息をついて、抱きしめていた腕を解《ほど》いた。

「え？」

「いや。そろそろ支度しないと、出勤時間に間に合わなくなるんじゃないか？」

時計を見たら七時過ぎ。会社には八時半までには行かないといけない。

月曜日の朝からまったりしている場合ではなかった。

焦って起き上がろうとした紗織は、隣で同じように起きようとしている千尋を慌てて止めた。

（その下はまさか……見られない！）

「私が先に行くから。そのあとにちゃんと服を着てから出てきて！」

紗織はそう言い捨てて急いでベッドから出ると、一目散にドアに向かった。

寝室のドアを閉めて、はぁっとため息をつく。

『できればもっと、僕に甘えてほしい』

千尋に言われた言葉が蘇《よみがえ》ってきて、顔が火照《ほて》ってくる。

（甘えてほしいなんて……どうしてそんなこと言うんだろう）

結婚してから、千尋は事あるごとに紗織にやさしい言葉をかけてくれる。再会した日に、あれだけ傲慢《ごうまん》に契約結婚を突きつけてきた人とは思えないほど甘々だ。

だけど千尋は、権力を目当てに群がってくる人たちとの縁談に辟易《へきえき》し、カムフラージュのため紗織に契約結婚を迫った。その代わりとして、紗織にデザイナーとしてのチャンスを与え、両親の会社を援助すると約束してくれたのだ。

でも、昔の千尋のことを思い出したり、今の千尋に大切にされたりするたびに、契約結婚だからと相手を拒絶している自分の態度を考えてしまう。

彼には感謝こそすれ、嫌いになる事なんてないのではないか。

むしろ恩ばかりだ。

彼の言うとおり、きっかけはどうであれ、普通の夫婦として相手のことを好きになる努力をした方がいいのだろうか。でも……

「あー、もうぐちゃぐちゃ考えるのはやめ！」

紗織は洗面所で顔を洗ってすっきりする。部屋に戻って着替えたあと、身だしなみ程度に化粧をした。地味なりに清潔感は意識しないといけない。

リビングに向かいながら、昨日描いたデザイン案について思い出す。

（もしかして、リビングに広げたままかな？）

そう思ってリビングに顔を出すと、すでにきっちりとスーツに身を包んだ千尋がいた。

その姿に、うっかりどきっとしてしまう。どうやら、裸じゃなくても千尋の存在自体が、紗織の目の毒になっているようだ。

「君が広げていた資料とスケッチはまとめておいたよ」

「重ね重ね、ありがとう……ございます」

彼の顔が見られず、かしこまって頭を下げると「変なやつ」と言われてしまった。

「朝食にクロワッサンはどうかな？　冷めても美味《おい》しく食べられるって、取引先にもらったんだ。奥さんと一緒にどうぞってね」

千尋が言って、テーブルにパン屋さんの袋を広げて見せた。三種類ぐらいのクロワッサンが入っている。袋の中から漂《ただよ》ってくる甘いバターの香りに食欲をそそられた。

「美味《おい》しそう……」

美味しいものには目がない紗織は、素直に声に出していた。そんな紗織を見て、千尋がうれしそうに微笑む。

「でしょ?」

「じゃあ、私、コーヒー淹《い》れるね?」

「うん。頼むよ。そっちの扉に色々あったと思うから」

キッチンに二人で並んで、朝食の用意をはじめた。ケトルでお湯を沸かし、ドリップ式のコーヒーに注《そそ》ぐと辺りに香ばしい香りが漂う。

ちらりと横を窺《うかが》うと、スーツを着た千尋は、すでに仕事モードになっているみたいだ。

さっきまでの甘い雰囲気はなく、ぴりっとした緊張感を漂わせている。

会社に行けば、千尋は社長で紗織はいち社員だ。紗織も自然と気持ちを引き締め、仕事のことを考えはじめた。

「デザイン案を見させてもらったけど、雰囲気としては悪くないと思う」

ダイニングチェアに腰を下ろし、カップに口をつけながら千尋が言った。

「悪くないということは、良くもないってことだよね?」

紗織は向かいの席に座り、千尋の意見を聞く。

「『私らしさを魅せる』というテーマに対して、コンセプトが曖昧《あいまい》な印象だった。今回のコレクションでは、ターゲットは主に十代から三十代の若い女性になる。君のデザインには、『これ』という突き抜けた要素を感じないな」

千尋が考え込むような顔をして言う。紗織もそれは同感だったので頷《うなず》いた。

「うん……私らしさって具体的になんだろうって、まだはっきりイメージできなくて」

昨晩、色々とコンセプトを考えながら、気持ちの赴《おもむ》くままイメージを描いていったのだが、途中から行き詰まって鉛筆が動かなくなってしまった。

「まあ、まだプロジェクトははじまってないし、コンセプトやデザインについてもじっくり考えればいいけどね。ただ君は、もっと冒険してもいいかもしれないな」

「どういうこと？」

紗織は千尋の言いたいことの意味を知りたくて、彼の顔をじっと見つめる。

「ありがちな型を持ってきて、ディテールばかり凝《こ》っているように見える。これでは、君のデザインが活かされない」

シンプルすぎるものは目に留まらない。けれど、過剰な装飾はデザインを殺しかねない。

売れ筋のラインや見た目の華やかさも無視できないが、流行とはこちらから仕掛けるものだ。

自分から仕掛けていくことが必要。でも、まだ自分の中でこれというものがない。

「考えれば考えるほど嵌《はま》っていくだろうけど、焦る必要は全然ないよ。じっくりデザインを練ってほしい」

カップから、ゆっくりと湯気《ゆげ》が立ち上る。

社長の顔をした千尋と、彼の長い指先をぼんやりと眺めながら、紗織は思わず問いかけた。

「もう……デザインはしないの？」

ピクリと千尋の指先が動く。

「僕は、デザインよりマネジメントの素質があるみたいだからね」

そう言って、彼は空になったカップをテーブルに置いた。

どうしてだろう、彼の言葉には、未練のようなものを感じる。

「努力をすれば大抵のことはなんとかなる。けど、努力だけでは才能を超えられない。僕はデザイナーにはなりきれなかった。でも、君は違う。才能も感性も優れている。他の人にはないものを持っている」

思いがけず千尋に評価され、紗織は目を見開いた。

「か、かいかぶりすぎだよ。高校のときとは違うもの。努力だけでは才能を超えられないって今言ったじゃない。私がまさにそうなのよ。だから、親会社からも出されたんだし……」

「違うよ。君に足りないものは、自信だ。それも、迷いのない自信」

「迷いのない自信……」

紗織は、千尋の言葉を繰り返す。

「そう。君のデザインには迷いが見えるんだよ。それと焦りもね」

それは図星だった。悄然《しょうぜん》と俯《うつむ》く紗織に、千尋ははっきりと告げる。

「けど、期待してなかったら、端《はな》からロワゾ・ブルーに呼んだりしない。僕には会社を軌道に乗せなくちゃならない責任があるからね。だから、会社として君が欲しいっていうのは本当だ。適当な人材に、大切なコンペのデザインを頼もうなんて思わない」

初めて聞かされた千尋の本心に、紗織は言葉が出なかった。揺るぎない自信を込めて自分を見つめる千尋を、ただ見つめ返す。

うれしかった。デザイナーとして自信を無くしかけている自分を、そんなふうに思ってくれていたなんて……涙が出るほどうれしい。

だが、そんな紗織に彼は不満そうな顔をした。

「夫として君のことが欲しいって言ったときは、必死に拒《こば》むくせに、仕事だとうれしそうだね？」

「そ、それは……仕事で褒《ほ》められるのはうれしいに決まってます！」

わざとツンとしてクロワッサンをほおばる。

「……そのうち、どっちも喜んでもらえるようにするよ」

肩を竦《すく》めた千尋は、そう言って笑った。


千尋と結婚してから一週間が経過した。早いもので、同居して今日で四日目になる。

あれから千尋は、紗織の両親にもちゃんと挨拶をしてくれた。両親は疑うことなく二人を祝福してくれ、千尋の提案に心から感謝していた。

戸惑いながらはじまった新婚生活ではあるが、一人の時間に紗織の頭を占めているのは、ブランドコレクションのことだ。

「テーマは、私らしさを魅せる……どんなコンセプトを持ってこようか」

紗織は湯船に浸《つ》かりながら、頭の中にイメージを思い浮かべた。メインテーマは決まっている。ならその下に三つぐらいコンセプトを設定したらどうだろうか。

私らしさと言っても様々だろう。大人の華やかさ、キュートな女の子らしさ。フェミニン、ガーリッシュ、カジュアル、ボーイッシュ……。デザイナーが得意としている分野をそれぞれ違った方向で活かすのも手だ。

「もっと冒険してみた方がいい……かぁ」

千尋に言われた言葉を思い出す。高校時代いつもそうしていたからか、彼の言葉はすんなりと紗織の中に入ってくる。

確かに一般受けする王道ファッションばかりを狙っていては、その他大勢に埋もれていた今までの自分のままだ。何かこれまでとは違った、斬新な切り口をもっと考えてみよう。

千尋との生活は、当初の心配が嘘のように快適だった。

朝起きると千尋はシャワーを浴びる。その間に紗織は、出勤の準備をしてキッチンで簡単な朝食の支度をした。そして、リビングにやって来た千尋がワイシャツにネクタイを通すのを眺めながらコーヒーを淹《い》れる。朝食の支度ができると、彼は運ぶのを手伝ってくれた。一緒に食事をしつつ、料理の好みを聞いたり、仕事の話をしたり、他愛のない会話をしたりする。

終業時間が同じなら、会社帰りに一緒にレストランに行った。バラバラのときは料理を作っておくと、帰ってきてから食べてくれる。

本当にごく普通の新婚家庭みたいだった。夜は寝るまで、それぞれ好きなことをして過ごしている。今日はというと、仕事が遅くまでかかっているのか、千尋はまだ帰ってきていなかった。

「すっかり、手懐《てなず》けられてる感じ……？」

紗織は自嘲《じちょう》気味に呟《つぶや》いて、ため息をつく。

再会した日は契約結婚を持ちかけられて散々だったが、それから千尋の色々な表情や感情を見てきた。彼は二人の関係はカムフラージュだと告げながら、一方で、好きになってほしい、できればもっと甘えてほしい、と言う。

（……どうしたらいいんだろう。私は彼と、どうなりたいんだろう……）

紗織は、このもやもやした感情に名前をつけられない。でも、昔の彼に対する思慕とは明らかに違う。

今の彼のことが嫌いなわけではない。だけど、こんな状態で彼に身を預けたら、きっと紗織は後悔するような気がするのだ。

だけど、もし……もし本当に千尋が紗織との未来を真剣に考え、心の底から紗織を望んでくれているのだとしたら——甘い期待が、炭酸の泡のように胸に迫《せ》り上がってくる。

答えが出せないまま、どれくらいそうして考えていただろうか。

長時間湯船に浸《つ》かっていたせいか、だんだんぼうっとしてきた。視界がどんどん薄れて、くらくら眩暈《めまい》がする。

（いけない。のぼせたかも……）

一呼吸おいて、湯船からゆっくり立ち上がろうとしたときだった。

「紗織！」

声と共に、ガチャッと浴室のドアが開く。そして、血相を変えた千尋が中に入ってきたから、飛び上がるほど驚いた。

「……きゃああっ」

紗織は悲鳴を上げ、胸まで出ていた身体を慌《あわ》てて湯に沈めた。

「よかった。無事か……」

よろめくように彼はバスタブにすがりつく。

「千尋くん、いきなりどうしたのっ？　なんで中に入ってくるの⁉」

「なんでって、それはこっちのセリフだ」

千尋はワイシャツが濡れるのも構わず、身を乗り出してきた。

「帰宅して君が風呂に入っているのはわかったけど、一時間経っても出てこないから心配になったんだよ」

千尋は疲れたような顔をして、大きなため息をつく。

「一時間以上……そんなに入ってたんだ。で、でも、そのぐらい女の子なら普通だよっ」

顎《あご》のあたりまで湯に沈み込んで、紗織は目の前の千尋に言った。

「悪い。そうじゃないんだ。前にもこういうことがあって……」

千尋の表情が、暗く沈む。

「……前って？」

「ああ、違う。昔な。母親が、風呂で死にかけたことがあったんだ。そのときのことを思い出したから……」

ぽつりと、千尋が小さな声で言った。紗織はハッとして、青ざめた彼の顔を覗《のぞ》き込んだ。バスタブに置かれた彼の手がわずかに震えている。

紗織は思わず千尋の手に自分の手を重ねた。それで千尋は、我に返ったらしい。顔を上げ、じっと紗織を見てくる。

「あ、……ごめん」

紗織が手を引っ込めようとしたら、その手を握り込まれてどきっとした。さっきまで千尋のことを考えていたから、意識してしまって困る。

「その……ごめんね。知らなくて。これからは気をつけるよ。だから、とりあえず、あの……出て行ってくれないかな。ほんとに、のぼせちゃうよ」

紗織がおずおずと申し出た。すると、彼はなぜか突然すくっと立ち上がり、シャツのボタンを外しはじめる。

「……決めた。これからは一緒に入ることにしよう」

「へっ？　何言ってるのっ……」

「君はすぐに考え事に没頭するだろ。万が一のことがあったら困るから」

「だ、大丈夫よ。今度から気をつけるから。ちょっ！　ここで脱がないで！」

本気で裸になろうとしている千尋を、紗織は慌《あわ》てて制止した。

「どのみち濡れたから、シャワー浴びるよ。このままじゃ戻れない」

恥ずかしげもなくシャツを脱ぎ捨て、均整の取れた上半身が露《あら》わになる。直視するには目に毒すぎた。

「だったらそう言ってよ。シャワーは私が上がってからにして！」

そうは言っても、ここに千尋が居すわっていては上がるに上がれない。

「わかった。見ないでおくから、その間に出て」

「絶対だからね？」

「はいはい」

千尋が背中を向けているのを確認して、紗織はさっと湯船から上がり、慌ててバスルームを出て行った。

（……びっくりした。千尋くんが、あんな顔するなんて……）

握られた手がちょっとだけ痛い。もしも自分が彼と同じ経験をしていたら、確かに彼と同じように心配になったかもしれない。

『……決めた。これからは一緒に入ることにしよう』

（だからって、一緒にお風呂に入るって言い出すなんて……無理に決まってる）

かあっと頬に熱が集まり、手でパタパタと扇《あお》いだ。

喉が渇いて仕方なかったので、髪を軽くタオルで拭《ふ》き水を飲みにキッチンへ向かう。その途中、リビングのテーブルに広げられていたものに目を奪われた。

やわらかなタッチの繊細なデザイン画。おそらくバスルームに来るまでの間、千尋がここで広げていたのだろう。勝手に見てもいいものだろうかと躊躇《ためら》いながらも、好奇心に負けてページをめくった。

桜の花びらを彷彿《ほうふつ》とさせる淡い色使いが、懐かしい気持ちを呼び起こす。

「cherie/cherry《シェリ・チェリー》……」

デザイン画の右端に押されたロゴは、ブランド名だろうか。ここにあるデザイン画、一枚一枚に刻印されている。

(もしかして、これは……千尋くんの?)

鼓動が速まる。最初からもう一度デザイン画を見たくて手を伸ばした。そのとき、ふわっと頭にやわらかい布がかけられ、紗織はハッとする。

「髪乾かさないと風邪引くぞ。……ああ、それ、見てたのか」

濡れた髪をかき上げつつ、千尋がテーブルに置かれたデザイン画に視線を落とした。

「ごめんなさい。勝手に見たらダメだった?」

紗織は千尋がかけてくれたタオルで髪を拭きながらも、繊細なデザイン画から目が離せない。

「いや、僕がそのままにしておいたんだし、構わないよ」

「これって千尋くんのデザインだよね？」

千尋は決まり悪そうな顔をした。

「ずいぶん昔に手がけたやつ。だけどこれは、処分しようと思ってたんだ」

「えっ！　どうして？　私、このデザイン好きだよ。絶対に千尋くんのだと思ったの」

不意を突かれた顔をして、千尋は瞳を揺るがせた。珍しく照れているのか、彼はふいっと視線を逸《そ》らす。

「わかったから、こっちおいでよ」

千尋は紗織の腕を引っ張って、ソファに座らせた。

「そのままじゃ風邪引く。ドライヤーあててやるからここに座って」

「そしたら、他のも見せてくれる？」

顎《あご》を上げて後ろにいる彼と視線を合わせようとすると、熱風にかき混ぜられた髪が顔を覆《おお》ってきた。どうやら千尋は顔を見られたくないらしい。

「……べつに、いいけど。人のよりも自分のデザインは進んでるの？」

「お風呂で色々考えてたよ。そしたら千尋くんが突然入って来るから……」

そこまで言って、しまったと思う。

「考え事はあんまり風呂でするな。頼むから」

「わかった……気をつける」

紗織は素直に頷《うなず》いた。

「次やったら、一緒に入るからな」

「それはイヤ」

「もう決めたからダメ」

言い合っているうちに少しずつ気持ちがほぐれていく。

髪を乾かしてくれる手がやさしい。それに、見れば見るほど、彼が手がけたデザインには、人を想うあたたかな気持ちが溢《あふ》れている。再会初日に感じた傲慢《ごうまん》さなどどこにもない。デザインは正直だ。デザイナーの感情や人柄がすべて表れる。

彼の昔と変わっていない部分を見つけて、胸に甘酸っぱい想いが広がっていく。

「私、このデザイン好きだなぁ……すごく」

見惚《みと》れるように呟《つぶや》くと、いつの間にかドライヤーの音が止まっていた。隣に千尋が座り、手元を覗《のぞ》き込んでくる。

「どれが一番いい？」

「私は、えっと、これかな」

一枚のデザインを指さすと、千尋が真剣な顔をして頷き、そして別のデザインに顎《あご》をしゃくった。

「……そっちのは?」

「そっちも素敵だと思うんだけど、こっちの繊細なラインにすごく惹かれるの。私だったら色の組み合わせを逆にしてみるかなぁ」

夢中になって説明していたら、頬杖をついてじっとこちらを見つめる千尋に気づいた。まるで、娘を見守る父親のような視線を向けられて、なんだか落ち着かなくなる。

「ごめんね。あれこれ好き放題言って」

「いや。デザインのことになると地味子はキラキラするなって思ってただけ」

「地味子って言わないでよ。私が気にしてたこと、知ってるくせに」

「なんで? かわいいじゃん、地味子。僕はいいと思うけど」

髪の毛をそっと指で手繰《たぐ》り寄せて、キスをする。

「……っ、な、何。千尋くんてば、お酒でも飲んだ?」

「飲んでない。本心を言っただけ」

千尋はそう言って、至近距離から紗織を見つめた。その熱っぽい瞳に、鼓動が高鳴る。

伸ばされた手で唇をつっとなぞられ、どきっとした。

「デザインのことに夢中になっている君の顔は、かわいい」

「……っ」

ふっとやさしく微笑みかけられて、顔がじわりと熱くなった。

「他の誰も、君の魅力に気づかないでいてほしいって思うよ」

「千尋、くん……？」

「やばいな。無性に……すごく、君のことが抱きたくなった」

紗織の頬を手のひらで包み、唇が触れそうな距離で甘く囁《ささや》く。

「なっ、何言ってるの」

紗織が彼から距離を取ろうと動くよりも、彼の動きの方が早かった。千尋は紗織の腕を引っ張り、素早く抱き上げる。

「ひゃっ」

「ああ、もうだめだ。我慢できない……君を抱きたい」

「ま、待って、千尋くん、急に何っ」

「急にじゃない。ずっと、したかった」

千尋は紗織を抱きかかえたまま、寝室に入って行く。

ベッドに下ろされて、すぐに上から伸しかかってこられた。突然のことに、紗織はパニックになる。千尋は紗織の手首を片手で押さえながら、自分のシャツのボタンを外していった。

冗談なんかじゃない。彼は、本気だ。

「夫婦になるっていうことは、形式はもちろんだが、なにより……必要なことがあると思うんだ」

「それが……これと、なんの関係があるの……」

いつもと違う千尋の雰囲気に、声が震えてしまう。

「関係あるよ。必要なことは、君と僕が互いを見つめ合い……恋をすることだ」

そう言って、千尋は紗織の唇をちゅっと軽く啄《ついば》んだ。紗織を見下ろす瞳は獣のそれと同じ。前に触れられたときのことを思い出し、紗織は危機感を抱く。

「っ……千尋くん、待って……やだっ」

とっさに顔を横に向けると、無防備になった耳に甘く囁かれた。

「僕にこうされるのは、いや？」

耳朶《じだ》を食《は》まれ熱い吐息がかかる。そのたびに、ぞくぞくして身体が跳ねそうになった。どきどきと早鐘を打つ心臓の音が、自分でもわかる。

「んっ……ず、ずるいよ。そんなふうに、耳の近くで……しゃべらないで」

「いやかどうか聞いてるんだよ？　ちゃんと答えてくれたら離れる」

「……こ、答えられない」

「じゃあ、十数えるうちに答えて。君が答えないなら、少しずつ君にキスするよ」

千尋は紗織の耳のそばでカウントをはじめた。

「いーち……」

熱い吐息と共に、紗織の耳に千尋のやわらかい唇が触れる。

「そんな、待ってよ」

紗織は焦った。けれど、なんて言ったらいいか言葉が見つからない。

正直に言うといやじゃない。だけど、このまま先に進んでしまうのが怖いのだ。

物理的な意味とか、儀式的な意味とかではなく、彼にすべてを許していいのかわからない。

気持ちに迷いがあるなら、拒絶するべきだ。でも、彼への気持ちを、いやという言葉で片づけたくない気持ちもあった。

「にー」

カウントをつづけながら、千尋がこめかみに唇を這《は》わせる。「さん」と言って、頬に唇を滑らせ、耳を指先で嬲《なぶ》った。その刺激に、紗織の口から思わず吐息が漏れた。

「あっ、おねが、待って……」

急《せ》かされれば急かされるほどに、考えがまとまらなくなってくる。

「……待ってるよ。君が答えるのをカウントしながら、ね」

四で耳に口づけられ、五で再び頬に触れられた。

肌に触れる彼の吐息がくすぐったい。手首を掴《つか》んでいる千尋の手が熱を帯び、キスのたびに彼の息も上がっていく。

「千尋くんっ……」

「……あと何回カウントすればいい？　百回？　身体の隅々にキスするまで、言わないつもり？」

挑発的な視線を向けながら、千尋が噛みつくように紗織の唇を奪ってきた。

「ん、んっ！」

貪《むさぼ》るように重なる唇は、何度も角度を変え紗織を翻弄《ほんろう》する。

「ん、はっ……んん……」

「ほら、もうとっくに十を超えてるよ。これでも、まだ答えられないの？」

「……いや……じゃない。けどっ」

「いやじゃないなら、僕を受け入れて」

千尋の低く掠《かす》れるような甘い声はなによりの武器だと思う。やさしく囁《ささや》かれると、つい応じてしまいたくなるのだ。

「んっ……」

千尋の熱い手が、紗織のルームウエアの中に入ってくる。やわらかいコットンブラの上から胸を揉《も》まれ、吐息が乱れた。

今までよりも荒々しい動きが、彼の強い欲求を表しているようだ。重たい千尋の身体に組み敷かれる。ぴったりと密着し擦《こす》れ合う肌が熱い。

「……ん、……ぅっ……んんっ」

抗《あらが》おうとすれば、唇を深く合わされ、舌と舌がいやらしく絡《から》まり合った。巧みな舌使いに翻弄《ほんろう》され、だんだんと抗うことすらできなくなってくる。

「ん、ふ、ぁっ……」

ブラのホックを外されて、露《あら》わになった胸を触られた瞬間、びくんと背筋が震えた。自然と反《そ》った喉に、千尋はしゃぶりつくように舌を這《は》わせる。

「ふ、あっ……！」

紗織の反応を楽しむみたいに、千尋の手が胸をやさしく揉《も》み上げた。かと思いきや、指をいっぱいに広げて荒々しく捏《こ》ね回しながら、先端の敏感な部分を指先でなぞる。

「ん、あっ、あっ……」

堪《こら》え切れずに声が漏れてしまい、紗織は自分の手の甲で唇を塞《ふさ》ごうとした。けれど、千尋がその手を引き離し、指先にキスしてくる。

「恥じらう君もいいけど、もっと声を聞かせて……」

指の腹で胸の頂《いただき》をころころと転がし扱《しご》かれると、快感で瞼《まぶた》が熱くなる。

「あ、ぁっ……んっ……」

形が変わるほど丹念に胸を揉まれ中心を弄《いじ》られる。それが気持ちよくて、中心がきゅっと硬く勃ち上がるのがわかった。硬くなったそこを千尋の指先がいやらしく擦《こす》ってくる。

「ん、あっ……そこばっかり、やっ……っ」

甘くもどかしい快感が、泡のようにふわふわと込み上げてきては、パチンと弾ける。

さらに熱い何かが秘めた場所からじわりと溢《あふ》れてくる気がして、紗織の息が乱れた。

「あ、やだっ……私、へんになっちゃう……」

むずむずとした甘美な愉悦《ゆえつ》に耐え切れなくなって、紗織はいやいやとかぶりを振る。

けれど、千尋は聞きいれてくれなかった。

「そのまま素直に感じていて。恥ずかしがる顔も、感じてる顔も、かわいいから」

耳のそばで囁《ささや》かれ、鼓動が速まる。

いつの間にか、ルームウエアを脱がされ、ブラジャーも外されていた。露わにされた胸の中心が、見たこともないほど赤く色づいている。

もどかしげに千尋が自分のシャツを脱ぎ捨て、引き締まった上半身を晒《さら》す。獲物を捕らえんばかりのギラギラした視線にどきりとした。

互いの素肌が触れ合い、さらに密着するように体重をかけられる。熱い吐息で濡れた唇を再び重ねられ、隙間から舌を入れられた。

「ん、……んっ」

千尋は両手で双方の乳房を揉み上げつつ、指の腹で頂を擦る。さらにその間も、激しく舌を絡《から》ませ口腔《こうこう》を舐《ねぶ》ってきた。込み上げる快感に耐え切れず、紗織の腰が自然と動いてしまう。

それに気づいた千尋が唇を離し、首筋や脇の下を辿《たど》って胸へと唇を滑らせた。

「……あっ、あっ！」

さらりとした千尋の黒髪が肌に触れるだけでピクリと反応してしまう。それほど、紗織は強く感じていた。

これから彼がしようとしていることを、本能的に期待している自分がいる——

上下に胸を喘《あえ》がせていると、胸の頂《いただき》にじゅっと吸いつかれた。その、快楽は紗織の想像を遥かに超えていた。

「や、あっ……あんっ」

ぬめった熱い舌の感触に身を戦慄《わなな》かせる。自分でも聞いたことのない甘い喘ぎ声が出た。

濡れた舌で胸の頂を攻められるのは、指とは違ったもっと甘やかな官能を刺激してくるらしい。唾液を絡めて吸う音が、紗織をいっそう蕩《とろ》けさせた。

「どうされるとイイか教えて」

忙《せわ》しない息を吐き、千尋が聞いてくる。彼に求められていると実感すればするほど、秘めたところが熱を持つ。奥からとろり、と何かが溢《あふ》れてくるのがわかって、たまらなくなった。

「……わかんないっ。こんなの、……やっ……したこと、ない……ものっ」

千尋はしゃぶっていた右の胸から唇を離し、左の胸にも同じように舌を這《は》わせる。硬く尖《とが》った粒に吸いつかれると、さらに熱く奥が潤《うる》み、下肢に居心地の悪さを感じた。

「んんっ……あ、ぁっ……」

「じゃあ、すごく気持ちよくしてあげないとね」

言いながら、乳輪ごとじゅっと強く吸い上げ、舌をねっとりと這わせてくる。

「はっぁん……あっぁ……いやっ……おかしくなっちゃう」

「ん……言ったでしょ？　本心でいやじゃないならやめない」

もう片方の頂を指で摘《つま》み、お仕置きといわんばかりに、きゅうっと捻《ひね》った。

「あぁっ……！　ずるい、いやって言ったのに」

「君のいやは、恥ずかしがってるだけ……それぐらいわかるよ」

「はぁ、……はっ……んん、……千尋く、……」

紗織は心細くなり、千尋の手を握った。すると、千尋が移動し、再び顔を合わせてくる。

「……君を抱きたい。かわいがりたい」

「……どうして？」

「今の君を好きになりたいし、君にも僕を好きになってもらいたいから」

「……っ」

(千尋くんを、好きに……なっていいの？)

「怖くなったらやめるから、もっと僕を許して」

そう言って千尋が紗織のルームパンツの中に手を入れて、ショーツ越しに指を動かす。

「あっ……っ！」

とっさに内腿を閉じるが遅かった。下着の中はたっぷりと蜜液が染み出て濡れている。

「下着越しでもわかるよ。中、ぬるぬるだ……。僕に触れられて、気持ちいいって感じてる証拠だね」

面と向かって言われると、あまりの恥ずかしさにどうにかなりそうだ。

「い、言わないで」

「恥ずかしがるその顔を、もっと見たい。もっと……気持ちよくしたい」

そうして千尋は、再び紗織の胸を愛《め》ではじめる。執拗《しつよう》に頂《いただき》を舐《な》められ、頭の先まで甘いものが込み上げてきた。その甘さに、だんだんともどかしさを感じて、別のところに触れられたい欲求が湧いてくる。

お腹の奥が、じんじんと疼《うず》いて仕方ない。

「あ、あ、っ……」

千尋の唇がみぞおちからお臍《へそ》のあたりまで滑っていく。その途中、腰に触れた彼の指に下着を脱がされそうになって最後の抵抗を試《こころ》みる。

「やだっ……だめっ……」

しかし、あっけなくショーツが足首から抜かれる。内腿をぎゅっと閉じて彼の手の侵入を阻《はば》もうとするも、ぐいっとこじ開けられてしまった。

「こわい、よっ……」

泣きそうになりながら訴えると、千尋が紗織の膝にそっとキスをする。

「いきなり挿《い》れたりしないよ。大丈夫だから、僕に任せて」

「で、でも……見るんでしょう……？　恥ずかしい……よ」

「大丈夫……ほら、脚、開いて」

言葉はやさしいのに、食事を邪魔するなといわんばかりの獣の視線にぞくりとした。

千尋は赤く濡れた舌を出して、紗織の内腿に這《は》わせていく。官能的なその仕草から目が離せず、どきどきしながら見つめていた。

膝の裏を持ち上げられ、胸につくぐらい折り曲げられる。そうして晒《さら》された濡れそぼった秘所に、千尋の舌が這《は》わされた。

「あっ……！」

びくんと震える紗織の臀部《でんぶ》を掴《つか》み、千尋は上下に往復するように舌を動かす。くちゅ、ぴちゃ、と淫《みだ》らな水音を立てつつ、溢《あふ》れる蜜をこぼす隙間全体をねっとりと舐《な》め上げた。

「ん、はぁ、……んんっ……」

まさか、こんなところを舐められるなんて思わなかった。

こんな愛し方があることも、これほど甘美な快感があることも、紗織は知らない。

ひくんひくんと痙攣《けいれん》する花芽をいきなりしゃぶられて、紗織はたまらず仰《の》け反《ぞ》った。

「あっ……ぁっ！」

今までと比べものにならない激しい刺激に、ただ身を震わせる。千尋は舌をくりくりと動かし、丁寧にそこを舐めしゃぶる。何度も、何度も、執拗《しつよう》に舌を這《は》わされて、紗織の目から涙がこぼれた。

あまりの愉悦《ゆえつ》から逃げようともがくが、千尋の大きな手が臀部をがっしり掴んで離さない。それどころか、さらに引き寄せられ、濡れそぼった入り口に舌を挿れられる。

「ふ、ああっ！　そんなとこに、舌、挿れちゃ、やぁっ……」

ひくん、と中が蠢《うごめ》き、熱い蜜液が溢れてきた。千尋は、音を立ててそれを啜《すす》り、舌を使って秘所全体をやさしく舐め上げる。

甘い疼《うず》きがどんどんひどくなる。どうしようもないもどかしさを感じて、勝手に腰がくねくねと淫らに揺れてしまった。

「あ、ぁっん……はぁ、……ぁっっ……」

「紗織は、こっちを弄《いじ》られた方が、イイみたいだね」

そう言って、千尋はひくついた花芯を舌先で擦《こす》るように嬲《なぶ》り、蜜液を絡《から》めながらくちゅくちゅと音を立てて吸う。ぞくり、と臀部が震えた。なにか、今までと違った大きな波が押し寄せ、さらわれてしまうような予感がする。

だが、甘美な愉悦に搦《から》め取られた意識は、ただただ彼の愛撫に溺《おぼ》れた。

赤く硬くなった花芯をじゅうっと吸われた瞬間、頭の中が真っ白に染まっていく。

「やっぁあっあっ……」

あまりの快感に意識が飛びそうになった。自分で自分がコントロールできない——

なのに、千尋は、敏感なところを攻めるのを止めてくれない。

泣きたくなるような愉悦がさざ波みたいに込み上げ、紗織を追い立てていく。

「あっあんっ……なんかきちゃうっ！　や、あっ……ぁっあっ！」

全身が甘い痺《しび》れに冒《おか》され、つま先がピンと伸びる。大きく背がしなり、紗織は無意識に千尋の唇に秘所を押しつけていた。

「……んっ」

千尋のくぐもった声を振動で感じる。彼に、秘粒を吸い上げられた瞬間、ドクンと腹の中が大きく脈打った。

「……あ、あああっ——！」

頭の中が真っ白に染まり、何が起きたのかわからないまま胴がビクンビクンと震える。耳鳴りと共に、ふわふわした意識が混沌とした世界を彷徨《さまよ》う。

千尋は溢《あふ》れた蜜を丁寧に啜《すす》ったあと、紗織の内腿や脇腹や胸にキスをして、耳元で囁《ささや》いた。

「イッたね。紗織……」

その声で、紗織は我に返った。

「すごく、かわいかったよ」

甘ったるい声にまで感じてしまい、びくりと全身が震える。千尋は紗織の頬にそっと口づけ、耳朶《じだ》をやさしく食《は》んだ。

「ん……っ……はぁ、……は、っ……」

鼓動が激しいリズムを刻んでいる。は、はっ……と、息が細切れになり、呼吸もままならない。

ぴったりと密着した互いの胸から、千尋の激しい鼓動が伝わってくる。絶頂を迎えたばかりの紗織の鼓動と、どこまでも重なって寄り添うように。

「千尋く……ん」

千尋の手が紗織の髪を撫《な》でる。紗織は自然と千尋に抱きついた。応えるように、彼に抱きしめられ知らず安堵のため息がこぼれる。

身体がしっとりと汗ばみ、脱力して動けない。

そんな紗織に、千尋はやさしく唇を重ね、何度も、何度も、愛おしそうに口づけてくる。その行為から、彼の紗織を思う気持ちが感じられて、胸がきゅんと悲鳴を上げた。

千尋は唇から熱い吐息をこぼし、紗織から少し身体を離した。

そこで初めて、紗織は自分の太腿のあたりに硬く張り詰めたものが当たっていることに気づく。どきりとして彼を見上げると、彼の眼差しには強い欲望の色が宿っていた。

両手をついて紗織を見下ろしている千尋が、これからしたがっていることを察して緊張する。

「千尋、くん……」

膨《ふく》れ上がった彼自身は、紗織が感じているよりも、ずっと大きくそそり立っている。

(どうしよう。こんなに大きいものが、本当に入るの……?)

彼はプラスチックの包みをちぎって避妊具を自身につけると、紗織に覆《おお》いかぶさってきた。

「……紗織。もっと、僕を受け入れて」

硬く張り詰めたものが、濡れた花びらを擦《こす》るようにして潤《うる》んだ窪《くぼ》みにあてがわれる。

直後、ぐぷ……と中に埋《うず》められて、紗織は思わず千尋の腕を強く掴《つか》んだ。

「あっ……」

瞼《まぶた》をぎゅっと閉じて、紗織は痛みに耐えた。

正直に言えば、すごく怖い。だけど、紗織も、千尋を受け入れたいと思っていた。むしろ、強くそう望んでいる。

「紗織……」

耳元でせつなげに名前を呼ばれ、瞼を開く。濡れた瞳で見つめる彼がそっと唇を重ねてきた。やわらかな唇を受け入れながら、彼の先端が紗織とひとつになろうとぐっと中に挿入《はい》ってくる。

「……っぁっ」

皮膚が引き裂かれる痛みが紗織を襲う。狭いところを無理やりこじ開けようとする鈍い痛みを必死に堪《こら》えた。紗織の中に挿入ってきた熱の塊《かたまり》は、なかなか先に進んでくれない。

ぎゅうっと目をつむって痛みに耐えていると、千尋がため息をつくのが聞こえた。

涙で潤んだ目を開けると、頬を上気させどこか途方に暮れたみたいな千尋の顔が見える。

「ごめん。急ぎすぎた……君のこと大事にするって約束だったよな」

そう言うと、脱力した身体を預けるように、紗織に覆《おお》いかぶさってくる。

もしかして、泣いたから、いやがっていると誤解させてしまったのだろうか。

「あの、私……」

焦って身を起こそうとするのを、止められる。

「ちょっと落ち着くまで、このままでいて」

千尋は何か耐えるように、紗織をぎゅっと抱きしめてきた。

「今、僕を受け入れようとしてくれたのは、義務とかじゃなく、君の本心だって思っていい？」

こめかみにやさしくキスをして、千尋が尋ねてくる。紗織は、恥じらいながらもこくりと頷《うなず》いた。

いやじゃない、と頭の中ではっきり答えが導き出される。

そう、千尋にキスされるのも、触れられるのも、いやじゃない。どきどきするし、気持ちがいい。もちろん、それを素直に受け止めていいのか戸惑う自分がいるのも確かだ。

それでも、この気持ちに嘘はない。

「怖くて、痛かったけど……千尋くんならって……思ったのは本当だよ」

おずおずと言うと、千尋がうれしそうに紗織の瞼にキスを落とす。

「ありがとう。大丈夫。今夜はここまでにするから」

そう言われた紗織は、ホッとしてしまった。受け入れると決めても、やっぱり怖いものは怖い。

「……というか、このまま続行したら、僕の方がもたないだろうし」

ぽそっと呟《つぶや》く声が聞こえて、紗織はきょとんとする。

「え？」

「なんでもない。こっちの話だよ。先にシャワー浴びる？」

「わ、私はまだ、動けなくて……」

すっかり脱力して動けなかった。

「わかった。じゃあ僕が先に行くよ。このままだと寝られないし」

今も下半身に当たる千尋の熱を感じて、紗織はどうにもいたたまれなくなる。

「ご、ごめん……」

申し訳なさに、紗織はシーツにもぐり込んだ。

「待つことにするよ。その代わり、今夜はここで僕と一緒に寝て」

千尋は笑って、紗織をシーツの上からやさしく抱きしめる。

「じゃあ、行ってくる」

そう言ってベッドから出て行く千尋の背を見送った。

まだ千尋に愛撫されたところがじんじんと熱をもって痺《しび》れている。

紗織にとって、なにもかもが初めての経験だった。あんなふうに我を忘れ快楽に身を委《ゆだ》ねてしまったことが恥ずかしくて仕方ない。

羞恥《しゅうち》に悶《もだ》えているうちに、いつの間にか眠くなってふわふわと意識が薄れていく。
夢うつつに、耳元で、「好きだよ……」と千尋にやさしく囁《ささや》かれたような気がした。

5　溺愛と戸惑い

翌日、来春開催のブランドコレクションに向けた社内プロジェクトが発表された。

ブランドコレクションに参加するためには、十二月に行われる社外コンペで勝つ必要がある。そのため、社内で四つのチームを作り、その中から最も優秀な一チームを選び出すことになった。

チーム編成は、デザイナー三人にパタンナー一人の計四人。必要に応じてアシスタントを要請することになった。

まずは四チームがそれぞれ、ブランドコレクションのテーマである『私らしさを魅せる』に沿ったコンセプトを設定し、最低十種類以上のデザインと三着以上の衣装を作成する。

そして、十一月の社内コンペで、チームごとにポートフォリオを使ったプレゼンと簡単なショーを行い競うことになった。

プロジェクトの目的は、来春のブランドコレクションでロワゾ・ブルーの新ブランドを発表する権利を勝ち取ること。チームは代表を競うライバルだが、ロワゾ・ブルーの新ブランドを担《にな》う仲間でもある。チームに選ばれた社員たちは、みんな自信とやる気に顔を輝かせていた。

そんな中、紗織は部長にチームリーダーを命じられた。経験を考慮した人選だと言われたが、緊張で倒れそうになった。本当に自分で大丈夫だろうか、という不安が拭《ぬぐ》えない。

(いけない！　そんな弱気なこと考えている場合じゃないよね。自信よ、自信を持つの。これが私の最後のチャンスかもしれないんだから……)

紗織は千尋の言葉を思い出しながら、気持ちを奮《ふる》い立たせる。

「紗織、よろしくね。リーダーを補佐するからさ」

同じチームとなった澄玲に肩を叩かれて、紗織は微笑んだ。

「ありがとう。澄玲ちゃんがいると心強いよ」

もう一人のデザイナーは、二人の同期でもある反田雅人《はんだまさと》だ。

「親会社組のお二人さんよろしく」

明るい茶色の髪に目鼻立ちのはっきりした反田は、声もはきはきしていて自信に満ちている。明朗闊達《めいろうかったつ》そうな彼の方がよほどリーダーに向いているように思えた。

もう一人のメンバーであるパタンナーは、反田と出身大学が一緒だという芹沢由美《せりざわゆみ》だ。ほとんど交流したことはないが、彼女も同期だった。

「チームの皆さんのデザインに応えられるようにがんばります」

ツンと澄ましたところが、ちょっととっつきにくかったりする。だが、それぞれ歩んできた道は違うが同期だ。親近感と同じくらいライバルという緊張感もあり、チームの士気が高まるに違いない。

三人の視線が自分に集まり、紗織はハッとした。

まずはリーダーの一言がなければ始まらないだろう。

「えっと……」

一瞬で頭が真っ白になり、言葉に詰まった。

「やだ、いきなりあがんないでよ、紗織」

澄玲が場を和ませるように茶化してくる。

「そうそう、緊張感は大事だけど、まずはチームの結束力を上げていこうぜ」

すかさず反田もフォローしてくれた。

そんな二人に感謝しつつ、紗織は深呼吸して口を開く。

「はい。至らないところもあるけど、リーダーとしてみんなをまとめていけるようがんばります」

紗織の一言に、盛大な拍手が送られる。「いいぞ」と反田が盛り上げると、澄玲が「グッジョブ」と親指を立てる。残る芹沢も、控えめだが拍手してくれていたのでホッとした。

「では、さっそくですが、第一回目の企画会議をはじめましょう。できるだけ、来週中頃までにチームのコンセプトや方向性を決めていきたいと思います。パタンナーの芹沢さんから見た提案も期待しています」

芹沢は頷《うなず》くだけだったが、誰も否定はしなかった。

「うん、がんばろう」

紗織は心の中で自分に言い聞かせる。ところが、心の声が漏れてしまっていたらしい。

「おう、がんばろうな！」

反田が返事をし、つられたように澄玲からも「おう！」と声をかけられて、紗織は慌《あわ》てふためく。

「えっと、ごめん、違うの。今のは自分に言ったつもりだったんだけどね」

「はは、いいじゃん。なんか面白いよな、細谷さんって」

反田が紗織を見て屈託なく笑う。

気負いすぎているのがバレバレで恥ずかしくなる。

「あ、社長……」

後ろを向いた芹沢が、そう言う。つられて三人が会議室の出入り口を見た。

千尋がにこやかに立っているのを見て、紗織の心臓が音を立てる。

「いい雰囲気みたいだね。期待しているから、がんばって」

「はい！」

反田が勢いよく返事をする。紗織も頷《うなず》いた。どうやら千尋は、それぞれのチームの様子を見に来たようだ。すぐに踵《きびす》を返して別のチームのところへ行ってしまう。

「びっくりした。っていうか、すごくいい声。いつ見てもイイ男よね……見つめられるとどきどきしちゃう」

澄玲がとろんとした顔をして、千尋の去った方向を見つめた。そんな澄玲を、芹沢がクールに切り捨てる。

「社長は結婚してますよ。指輪嵌《は》めてたし」

社長は結婚、という言葉に、紗織は過剰反応しそうになったが、なんとか顔に出さないように堪《こら》える。

「うっそ。そうなの⁉　知らなかった……。っていうか、顔とか声ばっかり意識してたからなぁ。もっと遊んでてもいいのにーもったいない」

「澄玲ちゃん、彼氏いるじゃない」

そう突っ込みつつ、なんとなく後ろめたさを感じていると、反田が急に話を振ってくる。

「細谷さんも、社長みたいな色男がタイプ？」

「えっ！　わ、私は特には……」

条件反射で顔が熱くなる。

「じゃあ、彼氏は？　好きな人とかいるの？」

反田がここぞとばかりに質問してくるので、たじろいでいると、澄玲がフォローしてくれた。

「ダメダメ。これでも紗織は人妻よ。この間、電撃結婚したばっかりなんだから」

「え、マジ……？」

意外だと言いたげに反田は紗織を眺めたあと、慌《あわ》てて「ああいや、悪い意味じゃないから」とフォローする。

「その、あんまり公《おおやけ》にしてるわけじゃなんだけど……」

紗織はなんとなく言葉を濁《にご》した。今しがた千尋と遭遇したばかりだし、へんに関連付けられたりされては心臓に悪すぎる。

「だから～、変な気おこしてうちのリーダー誘惑しちゃダメだからね？」

わざとらしく釘を刺すふりをする澄玲に、反田が「そりゃ、ざーんねん」とがっかりした顔をする。その様子を見る限り、彼もノリで言っているだけのようだ。

隣にいた芹沢と目が合い、紗織は肩を竦《すく》めて苦笑したのだが、なぜかふいっと顔を背けられた。そんな彼女の視線の先には、反田がいる。

(あれ、もしかして芹沢さんって反田くんのこと……?)

雑談をしはじめた澄玲たちと芹沢の咳払いに、紗織はハッと我に返った。

「はい、顔合わせはここまでにして、さっそく第一回目の会議をはじめましょう」

「はーい」

『いい雰囲気みたいだね。期待しているから、がんばって』

千尋の声が鼓膜に蘇《よみがえ》ってくる。

とにかく今は、チャンスをくれた千尋に応えるためにも、目の前のことを精一杯がんばるしかない。

会議では、まず『私らしさを魅せる』というテーマについて、それぞれの思うイメージを出し合う。それを次の会議までに精査して具体的にまとめていくことにした。

初顔合わせがいい刺激になったらしく、各々さっそくコンセプト案にとりかかっている。それを頼もしく思いながら、紗織はチームリーダーとして会議の内容をまとめた。

そして、今後のスケジュールと役割分担を考えつつ、コンペまでの作業をリストアップし、今後の工程表をパソコンで作成していく。他にも、モデルの手配やスタイリストの選別等々、やることは山積みだ。

ひとまず、次回の会議予定をみんなのアドレスに送付し、一息つく。そうしてようやく、自分の仕事をはじめるため、紗織はスケッチブックを開いた。

イメージだけをさらうつもりが、だいぶ長いこと没頭していたらしい。

澄玲に声をかけられてハッと時計に目をやった。すでに退社時間から一時間も過ぎている。

「紗織、まだ残るの？」

「うん。もうちょっとだけ。日報も終わってないんだ」

「じゃあ、お先するね」

「うん。お疲れ様」

笑顔で手を振る澄玲を見送ってから、紗織は手元のスケッチを眺め、ほうっとため息をつく。急いで部長に日報を提出して、つづきは家に帰ってやろう。

いつになく充実していて、心が満たされているのを感じる。混乱も戸惑いもすべてがやる気に繋《つな》がっていくようだ。

(目の前の仕事、デザイン、コンペ……自分の納得のいく結果が出せるようにがんばりたい)

今まで忘れかけていた何かが、カチッと自分の中ではまった気がした。

週末、気合を入れて一時間早く出社すると、すでに反田の姿があった。

気配を感じたらしい反田が、振り返ってくる。

「おお、おはよう」

彼のからっとした笑顔は見ていて気持ちがいい。

「おはよう。早いね、もう仕事してるの？」

「みんなのイメージ聞いたら、色々閃《ひらめ》いて止まらなくなってさ」

そう言って、パソコン画面を見せてくれた。そこには、彼のアイデアから生まれたデザインのサムネイルがすでに何個も並べられている。

「実は私も同じ。気分が高揚してるみたいで、早く目が覚めちゃって」

「そっか。同じだな」

「うん」

笑顔がこぼれる。同じ目標に向かう同志がいることは心強く、またいい刺激になる。

こんなふうに仕事を楽しいと感じるのは久しぶりかもしれない。

紗織が仕事をする上で一番必要なことは、このモチベーションなのだと思う。

親会社にいたときは、デザインを考えるにもどこか殺伐《さつばつ》としていた。売れるものを作らなくてはいけないと、常に自分を追い込んでいたと思う。そうしているうちにどんどん焦りが生まれ、スランプという燻《くすぶ》った状態に陥《おちい》った。

でも今は、気分が晴れやかで、いいものを作ろうという創作意欲が湧いてくる。

崖っぷちであることには変わりないが、せっかくチャンスを与えられたのだ。

気持ちを新たに、結果に繋《つな》げたい。

「なあ。細谷だったら、どの方向がいいと思う？」

パソコンの画面を見せられ、うーんと唸《うな》る。

「もう絞りこんじゃうの？　次の会議までもう少し考えてみたら？」

あれこれ反田と話していると、アイデアが次々に浮かんできた。まるで高校時代、千尋と一緒に被服部で過ごした日々のようだ。

（楽しいな。こんな気持ちになるの、本当に久しぶり）

この仕事が好きだ、と改めて思う。

だからこそ、これからもつづけていくために、このチャンスを生かすのだ。

後悔だけはしないように……

デスクに向かってひととおり案をまとめていると、反田が「なあ」と声をかけてきた。

「……細谷って、コンタクトにしたりしないの？」

「え、なんで？」

思いがけないことを言われて目を丸くする。ついでに軽くずれていた眼鏡のブリッジを押し上げた。

「や、なんていうか、綺麗な色の目してるからさ。そういう宝石あったよなぁって」

反田は照れたように髪をかき上げた。

「ああ。えっと、曾祖母《そうそぼ》が欧州の血を引いているんだって、うちの家系はみんな、少し目の色が薄いんだよね」

普段は眼鏡のせいか、あまり瞳の色が違うことに気づかれることはない。だが、陽の光の下だとその違いが顕著になるようだ。そんなとき、ガラス玉みたいだとか、猫の目みたいだとかよく言われた。実は髪の色も、陽の光に照らされると薄茶色に透けて見える。

「へえ、そうなんだ」

顔を近づけた反田が、興味深そうに紗織の目を覗《のぞ》き込んできた。

反田に穴があくほど見つめられ、紗織はたじたじになる。ただでさえ男性にあまり免疫《めんえき》のない紗織は、こういうときどう反応していいか困ってしまう。

「あの、反田くん?」

控えめに声をかけると、反田が慌《あわ》てて身体を離した。

「……っ、ごめん」

「いいよ、気にしないで。さあ、仕事しよっか」

紗織は場をとりなすように言った。

日々、社内コンペの準備に追われているうちに、あっという間に一ヶ月が経過した。無事にチームのコンセプトも決まり、紗織たちはそれに合わせたデザインをはじめている。気づけばオフィスのカレンダーも六月に突入していた。

そんな中、千尋とはすれ違いの日々がつづいている。親会社の海外事業部にも籍を置いている千尋は、このところ出張が重なり駅前のシティホテルに泊まることが多い。紗織もまた、本格的にプロジェクトが始動したことで、会社の仮眠室と作業部屋を往復しており、家に帰らない日が多くなった。

会社ですれ違っても、社長と社員である以上、個人的な会話をすることはできない。こまめにメールはくれるけど『今日はホテルに泊まります。戸締りに気をつけて』とか、業務連絡みたいな内容ばかりだ。

二人でゆっくり過ごす時間がほとんどないまま、季節が変わろうとしていた。

(私、なんで不満に感じているんだろう。つい最近までは、結婚なんて信じられないとか、一緒に住むなんて冗談じゃないって思ってたのに。今は、いない方が寂しいなんて……)

家に帰っても千尋がいないと、広い部屋が余計がらんと見えて落ち着かないのだ。昨日も仕事で疲れているのに、ベッドがやけにひんやりと感じて寝た気がしなかった。

もどかしくて苛々《いらいら》する。まるで物語に出てくる、恋人に会えなくて不安を募《つの》らせる女の子のようだ。と考えて、それを自分に置き換えた紗織は、恥ずかしさに悶《もだ》える羽目になった。

そんなある日、昼休みにケータイを確認すると、千尋からメールが入っていた。

『今夜ゆっくり食事でもどうですか？』

まるで交際前のカップルみたいだ、と文面を見てくすぐったい気持ちになった。

こんなふうに誘ってもらえることを、素直にうれしいと感じる。

（そうだ。あそこに千尋くんを連れていってもいいかな……）

紗織は、『御飯処』のことを思い浮かべた。

お互いに最近は外食つづきだし、御飯処の食事でホッとしてもらいたい……と考えて、はたと我に返る。考えてみれば、これまで自分は、奥さんらしいことをしてこなかったかもしれない。

洗濯は各自でやっているし、スーツはクリーニングサービスを使っている。掃除は自動ロボットがほとんどやってくれているし、料理といっても時間のあるときに適当にあるもので済ませるだけだ。

最初の頃みたいに、夫の務めがどうの、妻の務めがどうの、と千尋は言わなくなった。けれど、それにしたって自分は、あまりにさぼりすぎていると反省する。

（だめだ、私。千尋くんに甘えすぎじゃない？）

千尋が歩み寄ってくれたように、紗織もちゃんと彼のために努力すべきだ。

たとえ形からはじまったことでも、ちゃんとしたい。

千尋のことを意識している。彼のことを考えると、胸がくすぐったくなったりあたたかくなったりした。気づけば……いつも彼のことを考えている。

――彼の奥さんとして、ふさわしくなりたい。一緒にいたい、と思ってもらいたい。

すとんっと答えが胸に落ちてきた。

（私、千尋くんと、ちゃんと夫婦になりたいって思ってる……）

その瞬間、紗織の中に欲求が湧き上がる。

千尋の笑顔が見たい。会いたい。無性に彼が恋しい。

この気持ちは『恋』と呼んでもいいのだろうか。

「細谷さん」

声をかけられて、紗織はハッと我に返った。

「昼まだなら、一緒に社食に行かない？」

声をかけてきたのは反田だった。

「うん。いいよ」

紗織が笑顔で返事をすると、反田が不思議そうに首をかしげる。

「なんかいいことでもあった？」

「え？」

「幸せそうな顔してケータイ握りしめてたからさ」

「私、へんな顔してた？」

動揺した紗織が、あたふたと頬に手を当てる。

「いや、なんていうかペットがご主人様に褒《ほ》められて喜んでるとか、ご主人様の帰りを待ちわびてるとか、そういう感じっつーか」

当たらずとも遠からずの意見に、紗織は顔がみるみる熱くなるのを感じた。

「あーあ、お幸せなことで。うらやましいぜ」

理由に思い当たったらしい反田が、げんなりした様子でため息をつく。

すると、すぐ後ろからゴホンとわざとらしい咳払いが聞こえて、二人揃って振り返った。

「あ、澄玲ちゃん」

「ちょっと、後ろから見てたら、あんたたちまるで初々《ういうい》しいカップルみたいだったわよ」

「えっ」と紗織が目を丸くすると、澄玲は反田をじろりと一瞥《いちべつ》する。

「バカ、そういうつもりないって」と、反田がすぐに反論した。

「大体、細谷は旦那さんとラブラブでつけ入る隙間なんてねーよ。さっきもケータイ見てにやにやしてたし」

ちらっと反田に悪戯《いたずら》っぽい視線を向けられ、紗織は顔を赤くする。

「し、してないってば。私はただ、ご飯を食べに行こうって約束しただけだよ」

必死に訂正したのがかえって怪しく見えたらしく、澄玲がにやついている。紗織は思わず手をうちわのようにして顔を扇《あお》いだ。

「ほんと、うらやましいわぁ、新婚さんは。幸せのお裾わけしてほしいわよねーってことで、私もランチの仲間に入れて」

「ん、一緒に行こう」

三人で歩いていると、芹沢が通り過ぎていく。紗織は彼女も誘おうと声をかけた。

「あ、芹沢さん、よかったらみんなでお昼食べに行かない？」

「私はいい。休憩時間まで、なかよしこよししたくないわ」

振り向くことすらせず、芹沢は行ってしまった。

「相変わらずですこと」

澄玲がため息をつく。

紗織としては、もうちょっと芹沢とも仲良くなりたいと思っているのだが、彼女は必要最低限の会話しかしてくれない。それを寂しく思う。

「気にすることないよ。芹沢って昔からあーいう感じだし、やるときはやるやつだからさ。距離感って人それぞれじゃん？」

「うん。そうだね」

（だけど、やっぱり芹沢さんとも、少しずつでいいから、仲良くなっていきたいな）

退社後、千尋との待ち合わせ場所に向かった紗織は、ずっとそわそわしていた。

考えてみれば、こうして男の人とデートをするのは初めてだ。

（……というか、抱きしめられたり、キスされたりするのも千尋くんが初めて……）

そう思うと、なんだか不思議な気がした。無自覚だったとはいえ、初恋の相手だった千尋と、いきなり結婚して、そこから、付き合いはじめの恋人みたいなことをしているのだから。

けれど、今はそれがいやじゃなくて、なんだかくすぐったい感じ。この「くすぐったさ」をこの頃やたら感じるのは、千尋に対する想いの変化だろう。

そんなことを考えていたら、こちらへやって来る千尋の姿を見つけた。そして紗織は、彼に対する想いをいっそう自覚する。

会いたい、と恋しく思っていた。そして今、会えた喜びに胸が弾んでいる。

「おかえりなさい」

紗織は思わず彼のそばに駆け寄った。

「ただいま」

千尋が微笑み、紗織を腕の中にすっぽりと抱きしめる。

千尋のいつもつけている香り、それから彼自身の匂いを感じてホッとする。ぎゅっと強く抱きしめられながら、紗織は素直に彼の胸に頬を埋《うず》め、そっと背中に腕を回した。

（なんでだろう。すごく……安心する）

手触りのいいスーツに指を這《は》わせる。翼のような肩甲骨に触れ、その輪郭をなぞった。

なぜだか守られているような幸せを感じて、胸がきゅんと絞られるように苦しくなる。

（ああ、私……この人のことが好きだ）

目をつむりながら千尋のぬくもりを感じて、漠然とそんなことを思った。

どのくらいそうしていたのか、紗織はハッと我に返って千尋と身体を離す。

（やだ、私、思わず、抱きついちゃった）

千尋の顔がうまく見られない。

「い、今のは別に深い意味はなくて……そ、その……久しぶりに会ったから、だから……」

紗織はしどろもどろに言い訳をした。

思いきり抱きついたせいで、眼鏡のブリッジが押されてしまって、鼻のところがじんじんする。

「挨拶のハグぐらいで意識しすぎだろ」

珍しく、千尋はぶっきらぼうに言って、紗織の髪をくしゃりと撫《な》でる。

「う、うん。そうだよね。ごめん。じゃ、じゃあ、案内します」

何をやっているんだろう。自分で自分にがっかりする。

ショーウインドウに映る不釣り合いな二人のシルエットにさらに落ち込んでいると、千尋の照れたような表情に気がついた。紗織は、弾かれたように隣を見上げる。

彼の耳がほんのり赤くなっていた。さっきは挨拶のハグぐらいで……と、すげなく返されたけれど、もしかして彼も意識してくれたのだろうか。そう思ったら、なんだかうれしくて自然と頬が緩《ゆる》んでしまった。

「紗織？　何ににやにやしてるの」

視線に気づいたのか、千尋が怪訝《けげん》な表情を浮かべ、こちらを見る。

「だって、千尋くんの照れた顔、貴重だなぁって思って」

そう伝えると、千尋は何かに耐えるみたいな表情をしている。そしてとうとう片手で自分の顔を覆《おお》うように隠した。

「だめだな。今夜は色々とダダ漏れになりそうだ。君が調子狂うような行動するから……」

千尋はため息をつき、ごく自然に紗織と手を繋《つな》いだ。恋人にするように。

「あの、千尋くん」

紗織は背の高い彼を見上げ、ずれかかった眼鏡を直す。

「初デートを楽しみにしてる……みたいだった、さっきの君。なんていうか、予想外にかわいくて……参った」

愛しそうに見つめる千尋にどきっとする。

「えっ」

（色々とダダ漏れって……！）

かぁっと頬に熱が集まる。

繋いだ手が汗ばんできてしまい、気になって離したいと思った。けれど、千尋はぎゅっと握って離してくれない。

「たまにはいいかもね。こうして手を繋いで……ただブラブラ歩くっていうのも」

「あ、でも、お店、すぐそこだよ」

通り過ぎそうになって、紗織は慌《あわ》てて千尋に声をかけた。

「せっかくだから、少し遠回りして行こう」

千尋はそう言って、歩くスピードを緩めない。

「それなら、帰りも手を繋《つな》げば……」と思わず口走って、慌《あわ》てて紗織は言葉を呑み込んだ。

（なんかもう……私も、ダダ漏れみたい……）

「了解。今言ったこと、取り消させないから」

「さ、最後まで言ってないし」

「僕にはちゃんと聞こえたよ。帰りも手を繋ぎたいって」

笑顔で覗《のぞ》き込んでくるので、紗織は髪の毛で顔を隠し、消え入るような声で反論する。

「繋ぎたい、とは言ってない」

「同じでしょ。僕もそう考えてたんだから」

と言って、千尋はふっと笑った。

「いい大人が二人して何やってるんだろうな」

「ほんとだよ……もう」

互いに顔を見合わせて、ぷっと笑い合う。

「じゃあ、ご飯食べようか」

これからも千尋とはこんなふうに過ごしていけたらいい。そんなふうに思う。

『御飯処』の暖簾《のれん》をくぐると、いつものように元気いっぱいの店主の声が飛んできた。

「いらっしゃい、お、紗織ちゃん」

いつきが笑顔で迎えると、配膳を済ませたかおるも、こちらを振り向いた。

「あら……っ。今日は、お二人さん？」

かおるの声が普段よりもやや高くなる。紗織が千尋を連れて来たことに驚いているらしい。

「こんばんは。妻がいつもお世話になっております」

紗織の隣で、千尋は愛想よく挨拶すると、上品な微笑を浮かべた。

紗織は、まさか店に入るなりそんな挨拶をされるとは思わなくてちょっと焦った。

「まぁまぁ、素敵な旦那さん。紗織ちゃん、やるじゃないの！」

かおるにひやかされて、赤くなる。

さらに、店にいた女性客が「あの人カッコイイ」とか「ドラマの撮影じゃないよね？」とか噂話をしはじめて、いたたまれなくなった。

「新婚さん、カウンターでもいいかしら？」

「テーブル席なら今、空いたぞ」

いつきが顎《あご》をしゃくるものの、かおるは首を横に振った。

「いいのよ。やっぱり二人の話を聞きたいじゃないの」

「何言ってんだ。新婚さんの邪魔すんじゃないよ」

しかめっ面を浮かべて、いつきがかおるを窘《たしな》める。

「人聞き悪いわね。紗織ちゃんが、わざわざうちに連れて来てくれたのよ。この間ちょうどそういう話をしていたのよねえ？　紗織ちゃん」

「は、はい」

紗織はかおるの勢いに押されて思わず返事をしてしまった。いつきが「すまん」と目で謝ってくる。

「初々《ういうい》しいわあ。新婚さん、こちらへどうぞ」

かおるが「新婚さん」を連発するものだから、店内のお客さんまで振り返り、あたたかな視線を向けてくる。

紗織はますます恥ずかしくなってしまった。千尋の背に隠れながら、案内された席に座ろうとした、そのとき――

「紗織⁉」

声のする方を振り向くと、驚いた顔をした澄玲がこちらを見ていた。

「わ、澄玲ちゃん」

普段澄玲は、あまりこういう店には来ず、誘っても断られることが多かったのに。よりにもよって、どうして今日という感じだ。

「今日は旦那さんとご飯って言ってなかったっけ？　なんで社長と一緒なの？　っていうか、新婚って……ええっ、まさか社長が紗織の旦那さんなのっ⁉」

紗織は千尋と顔を見合わせる。

（どうしよう……）

「ええと、これは、その……」

紗織があたふた言い訳を考えていると、隣にいる千尋はふっと小さく笑った。

「まあ、いずれはバレるだろうし、いいんじゃない。木島さんには知られても。その方が君の負担も減るだろうし」

「で、でも……」

「ちょっと、紗織。どういうことか、詳しく経緯を聞かせてよね。ほら、ここにきて」

澄玲がテーブルを叩き、席の向かいを指してくる。どうやら彼女は、一人でご飯を食べていたみたいだ。ほろ酔いテンションの彼女からは、逃げられそうにない。

仕方なく紗織は、千尋と別れ澄玲の向かいに座った。そして、契約結婚の流れはぼかしつつ、かいつまんでこれまでのことを説明する。

澄玲は一応納得してくれたものの、なんで教えてくれなかったんだと散々絡《から》まれた。

その上、店では、千尋と紗織はすっかり『新婚さん』と盛り上げられていて、かおるといつきからは鯛《たい》のお吸い物までご馳走になってしまった。

そんな中、千尋は、昔のクールさが嘘のように物腰穏やかに、いつきやかおると会話している。その外面《そとづら》の良さに感心してしまう。

（さすが……再会したときの印象が、微笑みの悪魔なだけあるわ……）

「すっごい熱視線、送ってますなー」

澄玲に小声で揶揄《やゆ》され、紗織はお酒をほとんど飲んでいないのに真っ赤になる。

「べ、別に熱視線を送っていたわけじゃ……。会社ではそうやってからかうのはやめてね？」

「はいはい。喜んで共犯者になりますよー」

しばらくは、このネタで遊ばれそうだ。そう思ったら、乾いた笑いが出る。

それからも、澄玲から根ほり葉ほり千尋のことを聞かれて時間が過ぎていく。二時間ぐらい経って、ようやくお開きになったときには、さすがにぐったりしてしまった。

帰り際、澄玲が紗織の肩を抱いて、こそこそと耳打ちしてくる。

「まったく紗織ってば。会社ではまったくそんな雰囲気ないから、びっくりしたよ。ほんとうらやましすぎ」

「黙っててごめんね。色々あって……」

「いいよ。その分、今夜のいい肴《さかな》になったから」

澄玲は笑って、千尋に視線を向けた。

「社長、安心してください。二人のことはちゃんと秘密にしますから。仕事とプライベートは切り離して当然だと思いますし、何かあればフォローしますから任せてください」

「うん。そうしてくれると助かるよ。今回のプロジェクトが落ち着くまでは、公表するつもりはないから」

「紗織、それじゃあ、また会社で」

「うん。またね。おやすみ」

澄玲に手を振って別れたあと、千尋が紗織の手を握ってきた。

帰りも繋《つな》ごうと言ったのを覚えていたらしい。そんな千尋の気持ちがうれしくて、自然と胸が弾む。

「僕たちも帰ろうか」

「……うん」

ここへ来たときよりもずっと、こうしているのが当たり前に思える。それどころか、ごく自然に指を絡めたくなった。

（こういうの……恋人繋ぎって言うんだっけ）

意識すると、手のひらがちょっとだけ汗ばんでくる。自分の気持ちが、どんどん千尋に向いていくのを感じる。

千尋に紗織のことだけを見てほしい。彼にもっと束縛されたい。契約じゃなく、指輪という形だけの夫婦でもなく、互いに歩み寄り想い合う関係になりたい。

「そういえば、チームの出来はどう?」

「上々だと思う。コンセプトもまとまって、すごくいい感じよ。これからどんどん内容を詰めていけたらいいなって思ってる」

「そっか。期待してるよ」

「うん。絶対にいいものにしてみせるよ。だから、楽しみにしてて」

紗織は満面の笑みでそう宣言した。千尋もうれしそうに微笑んでいる。

見上げた夜空には、ふっくらと丸みを帯びてきた月が浮かんでいた。もうすぐまん丸に満ちるだろう形が、今の自分の気持ちを表しているように思える。

帰り道は、電車を待つ時間も、電車に乗ってからも手を繋《つな》いでいた。駅から家に歩く間も、ずっと手を離さずにいる。

「こうして一緒に家に帰るのもいいもんだな」

千尋がぽつりと言い、紗織の手をぎゅっと強く握り直した。

足元には、街灯に照らされた二人の影が仲良く並んでいる。寄り添う二つの影が、とても愛おしく思えた。千尋も、紗織と同じように感じてくれているだろうか……

「中学や高校のときは家に帰るのが苦痛だった」

千尋が遠い目をして言う。

「……家で、誰かが自分の帰りを待っていてくれるって、うれしいものだなって……君の顔を見ていて思ったよ」

千尋がこちらを向いて、やさしく微笑みかける。その笑顔を見られて、紗織の方こそうれしいと思う。

「紗織は、最近僕と会えなくて寂しかった？」

直球で聞かれてしまい、ぼっと耳まで熱くなる。素直に寂しかったと言いたいのに、恥ずかしさが上回ってうまく言葉にすることができない。

赤くなって黙り込んでいると、千尋が照れたように言った。

「僕は寂しかったよ。ねえ、紗織。君も僕と会って、つい抱きついてくるほどうれしかったって思ってもいいのかな？」

「あ、あれは……」

心臓が少しずつ早鐘を打っていく。もう、自分の気持ちを誤魔化すことはできない。

紗織は俯《うつむ》くと、千尋に向かって正直に告げた。

「ん、寂しかった。どんなに仕事が忙しくても、一人でいるときも、いつの間にか……千尋くんのこと考えてた。今日、会えて、ほんとにうれしかった」

(好きだと伝えたい。この気持ちを……恋と呼んでいいのなら。ううん、きっとこの気持ちは……紛《まぎ》れもなく、恋だ)

どうしても込み上げてくるものが止められない。

自宅の近くまでやってきたとき、ついに紗織は決心した。

（今、言わなきゃ）

「あの」「あのさ」

二人ほぼ同時に声を出して、互いに見つめ合う。

「な、何？」

「君こそ、何か言いかけた？」

「私はあとでいいよ。千尋くん、先に言って？　仕事のこと？」

心臓がバクバクと激しい音を立てる。手に汗が滲《にじ》んでくるし、声も震えてしまう。

今の紗織は、明らかに挙動不審になっているだろう。

「仕事のこと……というか。君と離れている間、ずっと考えていた」

決まり悪そうに千尋が空いた方の手で髪をかき上げる。そして彼は、立ち止まって、紗織を正面から見てきた。

「社内コンペが終わるまで待とうと思ってた。けど……」

凛《りん》とした瞳が向けられる。どこか熱を孕《はら》んだ眼差しに、紗織の鼓動が大きく波打つ。

「君が好きだ。どうしようもなく……君が欲しくてたまらない」

――息が止まりそうになった。知らず、唇が震える。

「あ、私……」

あれほど伝えたかった言葉が出てこない。

私も同じだと伝えたいのに、感情が先走るあまりに、大事な言葉が喉元でせき止められてしまう。

「えっと、私も言いたいことがあるのに、なんか胸がいっぱいで……」

「紗織」

千尋の手が紗織の頬を撫《な》でる。その親指が、紗織の震える唇をなぞった。

「今度こそ、君に触れたい。僕のものにしたい」

「千尋くん……」

身体が熱くて、顔から火が出そうなほど火照《ほて》っている。

「私も……千尋くんが好き……っ」

今度は自然と言葉が出た。

千尋は驚いたような顔をしたあと、うれしそうに顔を綻《ほころ》ばせる。そして、紗織の頬を両手で包み、唇が触れそうなほど顔を近づけた。

「今キスしたら、もう止められないよ。いい？」

囁《ささや》く声が甘く、胸が震える。

紗織がこくりと頷《うなず》くと、千尋の唇がやさしく触れてきた。もう一度、確かめるように互いの唇を重ねてくる。

……してほしい。もっとキスしてほしい。彼にぎゅっと抱きしめてほしい。

「……私をちゃんと、千尋くんの奥さんにしてほしい」

今さらかもしれない。けれど、身も心も、ちゃんと彼の奥さんになりたかった。

次の瞬間、かき抱くように彼の胸に引き寄せられる。ぎゅうっときつく抱きしめられながら、紗織は自分の中に芽生えた気持ちを尊《とうと》く思った。

「はぁ……。なんで君は、そんなにかわいくなっちゃうかな。あー……もう、参った」

千尋は紗織の顔を覗《のぞ》き込み、ちゅっと唇を啄《ついば》んだ。

「君を、ちゃんと奥さんにする。今まで以上に、大切にするよ」

千尋が想いを込めて言って、紗織を大切そうに抱きしめる。その言葉が、彼の心からのものだと伝わってきて、胸がじんと熱く満たされていく。

「私も千尋くんのこと、ちゃんと大切するよ」

紗織も彼の気持ちに応えるようにぎゅっと抱きしめ返した。


自宅に着き、玄関の扉が閉まるなり千尋からキスをされた。

唇の表面がそっと重なっただけで、全身が痺《しび》れた。こうなることをずっと前から望んでいたように、紗織の身体が熱を帯びていく。

紗織はキスを受けとめながら、彼の広い背中にしがみついた。

角度を変えつつ、キスの密度がどんどん深くなっていく。今までの衝動をぶつけるみたいに、激しく唇を貪《むさぼ》ってくる彼が愛おしい。

もっと欲しいといわんばかりに唇を割って入ってきた舌が、荒々しく紗織の舌を絡《から》め取る。

舌先を擦《こす》られると、お腹の中心が疼《うず》いて熱くなった。互いの唇を吸い、舌を絡め合うたびに、瑞々《みずみず》しいリップ音と熱っぽい吐息が辺りに響く。それにより、いっそう官能的な欲求が駆り立てられた。

「ん、ん……は、ぁ」

苦しくなって唇を離すと、千尋が「寝室に行こう」と耳にキスして促《うなが》してくる。

「待って、シャワー。私、きっと汗かいて……」

「……ごめん。たぶん僕も。だけど、もう待てない」

強引に手を引っ張られ、紗織は前のめりになってしまい、慌《あわ》ててパンプスを脱ぐ。

寝室に連れて行かれたあとも、千尋の勢いは止まらなかった。離れている時間が少しでも惜しいとキスをしながら、紗織の着ている服を脱がす。同時に、自分のシャツも一気に脱ぎ捨てた。

引き締まった美しい裸体が露《あら》わになり、どきどきする。

綺麗に筋肉のついた彼の身体は、まるで芸術品のようだ。だけど、見ているだけでは物足りない。その逞《たくま》しい身体に触れたい、そんな欲求が湧いてくる。生まれて初めての気持ちだった。

互いに一糸まとわぬ姿になったのち、紗織はベッドに押し倒される。そしてギシリと軋《きし》んだ音と共に、千尋が覆《おお》いかぶさってきた。密着した身体が熱い。

紗織を見下ろしてくる千尋の表情には、いつもの余裕がなかった。

今にも獲物を喰らわんとする獣の瞳。それが怖くもあり、愛しくもあり、紗織の胸が喜びでいっぱいになる。

「千尋くん……」

紗織は千尋の頬に手を伸ばした。どちらからともなく、互いの唇を触れ合わせる。上唇と下唇を、やさしく啄《ついば》んだ千尋が、紗織の髪に指を絡《から》めた。そして耳元で囁《ささや》く。

「できるだけ、やさしくする。紗織は、僕をいっぱい感じて……」

「ん、……」

紗織がこくりと頷《うなず》くと、千尋はうれしそうに微笑んで、再び唇を重ねてきた。何度も、何度も、角度を変えて、口づけが交わされる。

ねっとりと絡み合う舌が気持ちいい。

紗織は千尋の背にしがみつきながら、彼から与えられるキスに没頭した。やっぱり彼のキスは甘い。唇で愛されることが心地よくて、もっともっとしていたくなる。

「ん……」

千尋の身体が熱い。密着した胸から、紗織と同じか、あるいはそれ以上に速い鼓動が伝わってくる。彼が自分を欲している証《あかし》だと思うと、うれしかった。

「紗織……」

名前を呼び、愛しげに髪を撫《な》でて、キスをする。低く掠《かす》れた声が、いっそう紗織の中の熱を昂《たかぶ》らせた。

もっと、もっと、自分を欲してほしい――

紗織の呼吸も、だんだん甘く乱れていく。

「ん、……んっ」

唇を啄まれ、瑞々《みずみず》しいリップ音が響くたびに、ぞくぞくと身体が震える。

紗織の背中を這《は》う、千尋の熱く骨張った手の動きを感じとり、甘い期待に吐息がこぼれた。

しかし、キスをやめた千尋の視線が、紗織の乳房に寄せられると、急に恥ずかしくなる。紗織は思わず、両手で胸を隠した。

「だめ。隠さないで……見せて」

千尋は、紗織の手をやさしく、それでいて少し強引に外した。そして、露《あら》わになった小ぶりな胸を丁寧に揉《も》み上げる。形が変わるほど捏《こ》ね回されると、中心がむずむず疼《うず》いてくる。

中心に触れるか触れないかギリギリを掠《かす》める指先に、びくんと反応すると、ようやくそこに触れられた。たちまち硬くなった頂《いただき》をくすぐられ、目頭がじんと熱くなる。

「あ、あっ……千尋く、……ん」

くすぐったいぐらいの力加減で頂を左右に擦《こす》られたり、円を描くように弄《いじ》られると、もどかしくて腰が揺れてしまう。

千尋は紗織の首筋を舐《な》めながら、乳房をゆったりと揉み、勃ち上がった粒を丁寧にかわいがる。

「ん、……あ、ぁっ……んん」

紗織がたまらず喘《あえ》ぎ声を漏らすと、遠慮がちだった千尋の手が次第に大胆になっていく。五指をいっぱいに広げて、荒々しく胸を揉みしだきつつ、慈《いつく》しむように頂を愛撫してきた。

「は、ぁ……っ、あっ……ぁンっ……」

「かわいい、紗織……」

千尋の熱っぽい吐息が肌にかかる。欲情を滲《にじ》ませた瞳で見つめられてどきどきが止まらない。

言葉にせずに、紗織が欲しいと訴えているみたいだ。

「もっと、かわいい顔を見せて……」

そう耳元で囁《ささや》いた千尋の唇が、紗織の首筋から肩へ伝い落ちていく。ちゅ、ちゅ、とわざと音を立てながら、花を散らすようにやわらかな肌に赤い痕《あと》を残す。

「あ、ん、……千尋くん、……」

千尋は乳房を揉み上げ、うっすらと色づく乳輪ごと、ちゅうっと吸った。

「あっ、ン、あぁぁっ……！」

びくん、びくんと大げさなくらい身体が震える。指で弄《いじ》られるのよりも何倍も気持ちよかった。

紗織の敏感な反応を喜んでか、千尋は濡れた舌先をさらに擦りつけてくる。

「あっ、ぁっ……あっ……」

濡れた舌の感触がまとわりつくのが気持ちいい。頂を唇に含まれ、くちゅくちゅと舐《な》められたり、きつく吸われるのが、途方に暮れそうなほど気持ちよかった。

紗織の喘ぎ声が、どんどん甘くなっていく。

千尋は紗織が感じるのを見てとり、ちゅうっと何度もそこに吸いついてくる。

「は、ぁっ……あっ……」

胸の先端が、くっきりと紅く勃ち上がった。千尋はそこを執拗《しつよう》に舐めて攻め立てる。

方も同じようにする。

「ん、ぁん、……あっ……だめ、……んん」

千尋に向かって無意識に伸ばした手は、彼のさらさらした髪の毛を撫《な》でるように滑っていく。その間にも、千尋の濡れた唇は、小さな粒を甘やかすみたいに愛撫し、もう片方も同じようにする。

「は、ぁん、……あっ……」

あまりに感じすぎて涙が溢《あふ》れてきた。

「紗織の胸、かわいい。舐《な》めるたびに……勃ってくる」

その声にさえ、感じてしまうぐらい敏感になっている。仰《の》け反《ぞ》りながら、紗織は千尋に懇願した。

「恥ずかしいこと、言っちゃやっ……」

「僕だけが君のこういうところを知ってるんだって思うと、うれしいんだよ」

そう言って、紗織が感じるところを執拗《しつよう》に攻める。ちゅっちゅうっとわざと音を立てて肌に吸いつかれると、感じすぎて意識が飛びそうになってしまう。

さらに、さっきからずきずきと痛いぐらいに疼《うず》いている場所があった。

無意識に腰をうずうず動かしていると、察したらしい千尋の手が、紗織の背中から臀《でん》部《ぶ》へと降りていく。そのまま撫でるように付け根に指が触れた。

その瞬間、びくりと腰が跳ねる。

「してほしいところあるでしょ？」

そう言い、千尋の長い指が繁《しげ》みをやさしく撫でた。そうしながら、胸の先を舐めていた彼は、ゆっくりとみぞおちから脇腹にキスを落としていく。

「んっ……はぁ、ん、……」

千尋の細くてきれいな指に、ぬるりと割れ目をなぞられ、腰がビクビクッと大きく震えた。

「すごいね。こんなにいっぱい……濡らして」

濡れた淫唇の割れ目をくすぐるように指を上下に動かされ、ますます蜜が溢れてくる。

「あっ……やっ……んんっ……はあ、……あんっ」

千尋の指が、蜜液を塗り広げるように割れ目を擦《こす》るたび、くちゅ、くちゅ……と淫《みだ》らな水音が響く。その指に、先端の花芽をそろりと撫でられた瞬間、頭が焼き切れそうなほど甘美な愉悦《ゆえつ》が走った。

「あ、ぁ、っ……んん……やぁっ……」

紗織がたまらず仰《の》け反《ぞ》ると、さらに、くにくにと花芽を左右に嬲《なぶ》られた。

「やっ……んっ……そこ、弄《いじ》っちゃ、だめっ……」

感じすぎて目から涙をこぼし、紗織は震えて身をよじる。

千尋は制止に構わず、紗織の膝を左右に大きく開き、自分の顔をそこへ埋《うず》めた。

「あ、あっ……だめ、……っ……見ちゃいやっ……」

「大丈夫。かわいいよ」

なめらかな舌が恥骨に触れるのを感じて、身体が熱くなる。与えられる甘美な愉悦《ゆえつ》を期待して、内腿がびくりと震えた。

「脚、いっぱい開いて……もっと見せて」

熱い吐息がかかったと思ったら、とろりと潤《うる》んだ蜜口に熱い舌を這《は》わされる。音を立てて蜜を啜《すす》りながら、やわらかい唇で尖《とが》った先端をちゅっと挟まれた。

その艶《なま》めかしい感触が、じわじわと紗織を追い立てていく。

「あ、あんっ……んんっ……ふぁっ……」

入り口がひくひくと痙攣《けいれん》した。ちゅ……ちゅっと丁寧に吸われるたび、奥が蠢《うごめ》いて熱くなる。指で弄《いじ》られるのとは異なる強い快感に、紗織の呼吸が激しく乱れた。

散々舐《な》められ皮を剥《む》かれた花芽が、ぷっくりと紅く熟《う》れた姿を現す。そこをねとねとと舐《ねぶ》られ、紗織は耐えがたいほど激しい快感に腰を揺らした。

「あ、あ、っ……だめ、やっ……」

「いや？　舐められるの……だめ？」

そう言いながらも、千尋の舌は紗織の敏感な場所への愛撫をやめない。

「ちが、んん……きもち、よくって……はぁ、おかしく、なっちゃう」

「いいよ、もっと……もっと、僕を感じて、乱れて」

千尋の指が、ぬぷ……と蜜口に挿しこまれ、ゆっくりと中に沈んできた。

「あ、ぁっ……！」

いきなり襲ってきた圧迫感に、紗織は思わず腰を引く。だが、逃げる腰を掴《つか》まれ、とろとろに花芯を舐められると、身体の力が抜けてしまう。

「は、はん、ぁっ……」

心臓がどきどきと激しく脈打ち、額《ひたい》に汗が流れる。千尋に愛される下半身は、唾液と蜜液にまみれ、シーツが濡れるほどどろどろだ。

くちゅ、くちゅ、と絶えず聞こえてくる水音が、眩暈《めまい》がするほど恥ずかしい。

紗織の中を出たり入ったりする指の感触を、はっきりと感じる。

「大丈夫……たくさん、濡れてる。ほら、こんなに深く僕の指を呑みこんでいくよ？」

そう言って、指を徐々に深く入れていく。いったん抜いては、再びゆっくり入れてきて、蕩《とろ》けた蜜壁を痛くない程度に擦《こす》り上げた。

一本の指がスムーズに入るようになると二本に指が増やされ、紗織の圧迫感が増す。

さらに、ぬちゅ、ぬちゅ、と中の指の角度を巧みに変えられると、じんと甘く疼《うず》くところに当たり、むくむくと花芯のあたりが興奮してくる。

「は、ぁっ……指、だめっ……」

「だめ……本当に？　それなら、やめるけど？」

千尋は意地悪に笑って、ぬぷ……と指を抜こうとした。すると、紗織の意思とは裏腹に中がうねって、彼の指に絡《から》みつく。

引き留められた指が再び中に入ってくると、あまりの快感に溢《あふ》れた涙が目尻からこぼれた。

「あっ、あっ……」

「ほら、すごく欲しがってる。だから、もっと……指や、舌で、いっぱいしてあげる」

指の抽送《ちゅうそう》がさっきよりもスムーズになる。ぬちゅぬちゅと淫《みだ》らな音を立てて指の抜き差しを繰り返し、ひくひくと震える先端の突起をじゅうっとしゃぶった。

「ふぁ、っんっ……あぁっ！　それ、いっぱい、しちゃ……だめぇっ……」

紗織は思わず泣き叫ぶように喘《あえ》いだ。その瞬間、きゅんっと中が締まり、異物感に臀《でん》部《ぶ》がすぼんでしまう。怯《おび》えて固くなった紗織の身体を、千尋はやさしく舌や唇で宥《なだ》めてくる。

外側と中側を同時に甘く攻められて、ぐずぐずとお腹の奥が蕩《とろ》けていった。

「あ、あ、っ……千尋くんっ……」

ちゅう、ちゅうと唇で吸われ、舌で嬲《なぶ》られる感触が気持ちよく、快楽を求めてひとりでに腰が揺れる。

「んっ……あっ……ん、はっ……ぁん……やっ……っ！」

ゆっくり、ゆっくり、千尋はけっして無茶をしない。けれど、確実に隘路《あいろ》を拓《ひら》いていく。それを証明するように、二本の指が濡れた襞《ひだ》を広げてかき回すようになぞった。

「ん、ぁん、……千尋く、ん」

はぁ、はぁ、と呼吸が乱れる。恥じらいはとうに失せて、感じるままに声を上げていた。

瞼《まぶた》の裏に火花のようなものがパチパチと弾け、今にも導火線に火がつきそうな感じがする。

大好きな人に愛されることが、こんなにも至福に思えるなんて、知らなかった。

千尋は指の抽送を徐々に速めながら、紗織の快楽をさらに引き出そうとする。

ざわりと全身が粟立《あわだ》ち、切羽詰《せっぱつ》まった衝動が押し寄せてくる。紗織が無我夢中で千尋の手を握ると、彼もその手を握り返してくれた。

紗織の身に、何かが襲いかかってこようとしている――

「……はっ……ぁん、……いいっ……んんっ……」

以前にも感じたことのある絶頂感が、すぐそばまで迫っていた。

それを促《うなが》すように、千尋がぐちゅぐちゅと激しく指を動かし、中を蕩けさせていく。

甘い愉悦《ゆえつ》が紗織の中でどんどん膨《ふく》れ上がり、逃れられない衝動に呑まれそうになる。

自分が自分でなくなるような強烈な高揚感に怯《おび》え、紗織は強くシーツを握りしめた。

「あ、あっ……千尋く、んっ……私、ヘンなのっ……っ……や、あっあっん」

何かがきてしまう――本能的に察知した紗織は、必死に腰を揺らして抗《あらが》う。

しかし、指の動きはより大胆に、じゅぷじゅぷと蜜壺を抉《えぐ》ってきた。そうしながら、千尋の吐息が熱く乱れているのに気づく。紗織と一緒に、彼も興奮しているのだと思ったら、ますます気持ちが昂《たかぶ》った。

「ふ、ぁっ……んんっ……」

紗織の割れ目の先端がひくんっと痙攣《けいれん》する。それを見た千尋が荒々しくしゃぶりついてきた。

「ああっ！」

艶《つや》やかに充血していた紅玉を、千尋は転がすように舌で突《つつ》いて、余すところなく舐《な》め上げる。同時に、紗織の中に沈めた指を、快感を煽《あお》るように強く深く動かした。

「はぁ、あっン、あっ……ああっ！」

ぐぷ、ぐちゅ、と淫《みだ》らな水音と、互いの荒々しい息遣いが交わる。

紗織は忙《せわ》しなく息を吐きながら、下肢に顔を埋《うず》める千尋を見た。

赤い舌を伸ばして、敏感な粒や、蜜口から溢《あふ》れる蜜を啜《すす》る彼を……

千尋が一心に紗織を愛してくれるのだとわかって、胸の奥が甘く疼《うず》いた。

「あ、あ、っ……千尋、くんっ……はぁ、あっ……あっ」

迫りくる絶頂感に、胸を上下に喘《あえ》がせる。胸の先はツンと尖《とが》って、まるで触ってください、とでも言いたげに妖しく揺れる。伸ばされた千尋の指が、その先端をきゅっと摘《つま》んで捻《ひね》った。

「ひっぅ、あっ……!」

千尋は、花芯をちゅっと吸いながら、中の指をバラバラに動かし紗織をいっそう快楽の高みへ誘《いざな》う。

「やっあっ……それ、だめっ……んん、ああ!」

つま先がぴんと伸び、無意識に、腰を浮かして千尋の唇へ押しつけてしまった。

「いいよ、紗織。イッて……」

囁《ささや》く声が蕩《とろ》けそうに甘く、紗織の背筋をぞくぞくさせる。

千尋がぐいっと強く腰を掴《つか》んで、蜜口に深く指を埋めてきた。

「は、ぁっ……ん、ダメっ……そんな、激しくされたらっ……やぁぁっ……イッちゃうっ……!」

もう、何も考えられなかった。わけもわからず嬌声《きょうせい》を上げ、ビクビクッと身体が震える。

その刹那《せつな》、頭の中が真っ白に染まった。中が激しく収斂《しゅうれん》し、千尋の指をいっぱいに締めつける。ひくん、ひくん、と花芯が震えた。

はぁ、はぁ……と荒い息を吐きながら、くたりと身体を横に倒す。千尋の指がゆっくり中から抜かれ、その拍子《ひょうし》にどっと熱い蜜がシーツに流れていくのがわかった。

混沌とした世界をしばし彷徨《さまよ》っていると、すぐそばで千尋の声がする。彼は紗織を見下ろし、頬にやさしくキスをしながら、愛おしそうに囁《ささや》いた。

「紗織、もう一度、ゆっくり脚を開くよ」

「ん、っ」

達したばかりの身体は、わずかな刺激に大げさなぐらい反応するほど敏感になっている。

「あっぁ……！」

膝の裏を持ち上げられ、左右にぐいっと開かれ、千尋の胴体が近づく。それが何を意味しているのか、ふやけた頭でもわかった。下半身に、脈を打ってそそりたつ彼の昂《たかぶ》りを感じる。

初めての経験だから、不安で怖い。けれど、それ以上に、千尋と一つになりたい気持ちの方が強かった。

(千尋くんと、ちゃんと結ばれたい。夫婦になりたい……だから……)

「紗織……好きだよ」

千尋が愛おしそうに見つめてくる。その言葉がうれしくて、紗織は瞳を潤《うる》ませた。

「私も、千尋くんが、好き……」

「……挿《い》れるよ」

紗織がこくりと頷《うなず》くと、千尋が熱いため息をついた。心なしか彼のものがびくりと震えたように感じる。

猛々《たけだけ》しくそそりたった彼自身に避妊具がかぶせられ、紗織の濡れた蜜口にあてがわれた。

ぐぷ……と小さく波立ったような音とともに先端が埋まり、ぐっと深く沈んでくる。

指二本でも苦しかったそこが、簡単に受け入れられるわけもなく、すぐに引《ひ》き攣《つ》れるような痛みが走った。

「……っあっ」

思わず紗織は内腿に力を入れ、千尋の腕を掴《つか》んだ。

「ゆっくり……力を抜いて」

「ん、……はぁ、……」

先端はなんとか挿入《はい》った。けれど、指とは比べものにならない圧迫感に、紗織は身を強張《こわば》らせ痛みに呻《うめ》く。

「ごめん。もうちょっとだけ我慢して。できるだけ、やさしくするから」

千尋がぐっと腰を沈めてくる。

どうしたら力を抜けるのかわからなくて、紗織は千尋の手をぎゅっと握った。両手をしっかり繋《つな》ぎ、キスをしながら、痛みを共有する。

「はっ……あっん」

千尋はゆっくりと腰を前後に動かしつつ、自身の昂《たかぶ》りを奥へ進めていく。痛みに眉をひそめる紗織の髪を、やさしく撫《な》でてくる彼の仕草が愛しい。

時折顔を歪《ゆが》め、せつない吐息をこぼす彼がかわいくてたまらない。

ベッドが二人の重みでぎしぎしと揺れる。徐々に中が広がり、彼の昂りを受け入れていった。

紗織は、千尋の逞《たくま》しい腕や広い背中にぎゅっとしがみつく。紗織だけではなく、千尋も苦しいのだ。そう思えば、この痛みにも耐えられる。

「……っ、紗織……っ」

千尋の腕に力がこもり、倒れるように体重がかかる。

「あっあっ……！」

ぐぐっと、いっそう深く挿入《はい》ってきた感触がした。最奥《さいおう》に異物感があり、月のもののときみたいな鈍い痛みが、腰全体にじんじんと広がっていく。

中が蠢《うごめ》き、ドクンドクンと脈を打つ千尋の昂りを膜越しに感じた。

千尋がふうっと息を吐き、何かを堪《こら》えるように眉を寄せる。そのまま、紗織に体重をかけないよう、そっと上体を浮かせた。紗織の汗ばんだ額《ひたい》にキスをして、やさしく見つめる。

「……っ……ぜんぶ、入ったよ。はぁ、……痛い、よな?」

「ん、でも……うれしいの……千尋くんと、こうできて……」

(やっと、千尋くんとひとつになれたんだ……)

「……もう、かわいすぎ……我慢できなくなるから、あんまり煽《あお》らないで」

そうだ、これで終わりではないのだ。経験のない紗織にだってそれぐらいわかる。

「千尋くんにも、もっと感じてほしい……」

「だから、煽るなって……もう、たまんない」

そう言って、千尋は紗織の手をやさしく握り直しながら、腰をゆっくりと動かしはじめた。

はちきれんばかりに膨《ふく》れ上がった彼の熱が、内壁を擦《こす》るようにギリギリまで引き抜かれ、再び挿入される。抽送《ちゅうそう》のたびに、千尋の吐息が苦しげに乱れていった。

「だめだって思ったら言って……無理はしないようにする、つもり」

「ん、……ぁあっ」

何度か最奥を突かれ、痛みとは違う甘美な愉悦《ゆえつ》が溢《あふ》れてくる。敏感にそれを察した千きた。


尋が、何度もそこへ、自身を突き入れた。

「はっ、あん……あっ」

快感と共に、狭くてぎちぎちだった中が徐々にほぐれていく。気遣うようにゆっくり抽送《ちゅうそう》を繰り返す彼の動きが、次第に切羽詰《せっぱつ》まったものになって
「ごめん。これ以上は……君が辛くならないように、したいんだけど……」

遠慮がちに千尋が腰を大きく揺らす。

紗織の中は、すでに痛みは治まり、それとは別の不思議な感覚が芽生えてきていた。

もっと強く、もっと彼が思うままに、求めてほしい――

「だいじょう、ぶ……だから。千尋くん、の好きなように、動いて……」

躊躇《ためら》いつつもはっきり言うと、千尋が激しく腰を動かしはじめる。

「……紗織、……だから煽《あお》るなって……もうっ……」

紗織の中で一段と彼が大きくなった気がした。臀部《でんぶ》をやさしく撫《な》でながら、粘膜を擦《こす》り上げるように、奥を突いてくる。ずんっと重い刺激が伝わり、目頭が熱くなった。激しく擦れ合う結合部が、じんじんと甘く疼《うず》く。

「あっ……だって、いっぱい……感じたい……」

「……はぁ、たまんない」

熱く、硬く、張り詰めた楔《くさび》が、何度も、何度も、最奥《さいおう》を突くたび、紗織の腰がうねるように揺れる。乳房を揉《も》み上げながら、千尋はリズミカルに腰を打ちつけてきた。

「あっ……あんっ……あっ……ちひろ、くっん……」

「紗織……っ好きだよ」

千尋は腰の動きを速め、熱く欲望の滲《にじ》んだ瞳で見下ろしている。

「……っ……私も、好き……」

言葉だけじゃなく、身体ごと、余すところなく好きだと伝えたい。そんな思いで、いつしか紗織も腰を動かしていた。

千尋が、紗織の痛みを紛《まぎ》らわせようと敏感な花芯を愛撫する。外側と中側を同時に愛されて、身体の奥がじわりと熱くなってきた。

「んんっ……あっ……ぁっ」

千尋が紗織を穿《うが》つ動きが、はっきりと伝わってくる。

「も、限界……」

荒々しい息遣いと共に、耳元で聞こえた熱っぽい声。それは、これから迎える絶頂への予告だった。

「……紗織、今度は……一緒にイッて……」

強くかき抱き、膨《ふく》れ上がった切っ先を激しく突き入れる。まるで熱の塊《かたまり》を押し込まれたみたいな衝撃を受けた。

叩きつけるように抽送《ちゅうそう》が速まり、ぱちんぱちんと身体同士がぶつかる音がする。

「あ、ぁんっ……はぁっ……あっんんっ」

何度も、何度も、求められるうちに、何も考えられなくなっていく。聞こえてくるのは互いの荒々しい息遣いと、肌や肉を打ち合う淫《みだ》らな打擲音《ちょうちゃくおん》だけ。

ビクッと腰が震え、痙攣《けいれん》したように奥が蠢《うごめ》く。中が激しく収斂《しゅうれん》して、千尋の熱棒をぎゅうぎゅうに締めつけた。彼のせつなげな声が聞こえて、背筋がぞくりと戦慄《わなな》く。

断続的に抽送がつづけられ、彼がよりいっそう膨れ上がり硬く張り詰めていくのを感じた。彼の限界も近いのだろう。腰を打ち付ける間隔も短くなってくる。

そして、紗織にも、あの荒れ狂うような高波が再び襲ってきた。

「あ、ぁっ……んんんっ……イッちゃうっ……！」

ビクビクッと全身に震えが走り、思わず腰を浮かせて仰《の》け反《ぞ》った。打ち付ける腰の動きがさらに激しくなった、次の刹那《せつな》――

「……くっ」

ドクリと彼の昂《たかぶ》りが脈打ち、最奥《さいおう》で熱い飛沫《しぶき》が迸《ほとばし》った。身体の中に、熱い何かが二度、三度と、膜越しに流れ込んでくる。

忙《せわ》しなく繰り返される千尋の息遣いに、彼が吐精したのだとわかった。

千尋の身体がゆっくりと弛緩《しかん》し、紗織もまた脱力する。

体重をかけないように覆《おお》いかぶさりながら、千尋が甘えるみたいに唇を重ねてきた。紗織も応じて唇を合わせる。

互いに汗ばんだ身体を抱きしめ合うと、密着した胸から激しい鼓動が伝わってきた。繰り返されるキスに苦しくなって唇を離すと、はぁ、はぁ……と荒々しい吐息が混じり合う。

目尻に口づけられ、目の前の彼に焦点を合わせると、愛おしそうに紗織を見つめていた。

身体の奥にまだ千尋がいる。そう意識した瞬間、きゅんと中に力が入り、彼がびくりと震えた。恥ずかしいけれど、うれしくて、前よりももっと、彼のことが愛おしく思えた。

千尋が、紗織の額《ひたい》に自分の額をこつりと合わせ、困ったような顔をする。

「君は意外に魔性だな。どれだけ僕を翻弄《ほんろう》するつもりなんだか。もうちょっと我慢できると思っていたのに……」

さっきまでのことが蘇《よみがえ》り、かぁっと顔が熱くなる。

「そんな、つもりじゃ。あ、あんまり……じっと見ないで」

紗織は思わず千尋の首に自分の顔を埋《うず》めた。

さっきまでは夢中だったから気にならなかったけれど、やっぱり恥ずかしいものは恥ずかしい。

「……っと、まだ恥ずかしいの？　あれほど僕を誘惑しておきながら」

「うっ……誘惑したのは、千尋くんの方でしょう……」

「そりゃあ、さすがに我慢できないよ。あんなふうにかわいく言われたら」

ほら、顔を見せて、と千尋が紗織の肩を引きはがす。

「でも……うれしい」

恥ずかしかったけれど、それが紛《まぎ》れもない紗織の本音だった。

「ああ、僕も君が僕を受け入れてくれたのがうれしい」

千尋がやさしく微笑み、紗織の頬をそっと両手で包み込む。

「これから、ゆっくり夫婦になっていこう」

「……うん」

紗織は千尋の想いに応えるように彼の唇を受けとめた。

（互いに歩み寄れる……いい夫婦になっていけたらいいな……）

そう願いながら、また二人で顔を見合わせて、微笑み合う。

とても甘く、幸せな夜だった。

6　天国と地獄

社内コンペに向けてチームで会議を重ね、七月の半ばにはメインとなるデザインがほぼ決定した。チームは残りのデザイン案を考える傍《かたわ》ら、役割分担した作業へ移る。

紗織は反田と一緒に、プレゼンとショーの概要を考え、澄玲はできあがったデザインをまとめてポートフォリオを作成している。芹沢はデザインをもとにパターン制作に取りかかっていた。

「そろそろ休憩に入らない？」

澄玲の声で、紗織と反田は会議室のデスクから顔を上げた。

「あっという間にお昼かぁ。時間がいくらあっても足りないね」

紗織は十二時半を過ぎた時計をうらめしく眺める。その横で、反田は肩をぐるぐる回して背伸びをしていた。

「気分転換に、みんなで社食にでも行こうか？」

反田がそう言って誘ってきたが、紗織は腕時計に目をやり首を振る。

「ごめん。そうしたいのは山々なんだけど、私、午後から外で打ち合わせが入っているんだ。すぐに出なくちゃ。もし戻りが遅くなるようだったら、ここの作業を進めておいてもらえる？」

紗織はテーブルの上に工程表を広げ、マーカーで丸をつけた。

「ん、了解」と反田が頷《うなず》き、澄玲が「せめて、これ食べていきなよ」と栄養補助食品のクッキーを恵んでくれた。

「ありがとう、澄玲ちゃん。反田くん、よろしくね」

紗織は二人に手を振って会議室を出ると、ティーラウンジに向かう。そこでコーヒーを淹《い》れ、澄玲からもらったクッキーを食べながらスマートフォンで今後のスケジュールを確認した。

衣装に合わせる小物を決めるため、これからスタイリストと打ち合わせが入っている。候補をピックアップし、写真を撮らせてもらうつもりだ。戻ってきたら、さっそく衣装デザインとの組み合わせを考え、詳細を詰めていく。

リーダーとしてチームを引っ張っていくのは大変だ、と改めて実感していた。それと同時に、すごく充実している。作品がどんどん形になっていくのがうれしかった。

「よしっ！」

午後からもがんばろうと気合を入れ、紗織はロビーに下りる。すると、ランチに向かう女子社員の集団の向こうに、頭ひとつ分、背の高い男性の姿を見つけた。

千尋だと、すぐにわかった。ちょうど外出から戻ってきたところらしい。

こんなところで会えるなんて、とどきどきしながら見つめていると、彼の隣に見たことのない女性がいた。

（……誰だろう？　すごく綺麗な人）

二人はとても親しげな雰囲気だ。上品に微笑む女性に、千尋がやさしい笑みを向けている。そうして並ぶ二人は、なんとも言えずお似合いに見えた。

「すごい美男美女。なんかあそこだけ世界が違うみたい」

ちょうど紗織が思っていたことを、近くにいた女子社員が言葉にする。すると彼女の周りの同僚たちも、ひそひそ噂しはじめた。

「ねえ、社長って指輪してるでしょ？　奥さんいるんだよね？　もしかして、あの人がそう？」

奥さん、と聞いてどきっとする。

彼の奥さんは、ここにいる地味な眼鏡女子だと知ったら、彼女たちはどう思うだろうか。この場にいるのがいたたまれなくて、紗織はこそこそロビーから出て行こうとした。

しかし、別のところから聞こえてきた声に、足が止まる。

「なんか、パリから追いかけてきた人なんだって。社長の元恋人なんじゃないかって噂だよ」

（……え？）

一瞬、頭の中が真っ白になった。

（千尋くんと、あの人が……元恋人？）

茫然と立ち尽くしていると、紗織のそばを千尋が通りかかる。いつもの彼は、会社ではだいたいすれ違っても会釈《えしゃく》をするだけに留めていた。けれど、今日に限って、「細谷さん」と呼び止めてくる。

彼は、笑顔で隣にいる女性を紗織に紹介してきた。

「黒木《くろき》、彼女はデザイン部の細谷紗織さん」

黒木と呼ばれた女性が紗織に頭を下げる。紗織は慌《あわ》てて挨拶した。

「デザイナーの細谷です。はじめまして」

「はじめまして。本日付けで社長秘書に着任しました黒木里桜《りお》と申します」

やわらかな女性らしい声色だ。見た目だけではなく、所作のひとつひとつが美しく、いかにも大和撫子《やまとなでしこ》といった感じだ。彼女は丁寧に挨拶したあと、悪戯《いたずら》っぽく微笑む。

「でも、私はあんまり、初めて会ったという感じがしないの。貴女のお話は、よく聞かされていたから。地味子ちゃん……でしょう？」

「え？」

ふふっと黒木が微笑む。

「黒木、余計なことは言わないでいいから」

千尋が間髪《かんはつ》を容《い》れずにそう言った。紗織は困惑しながら二人の様子を見つめる。

秘書となる彼女には、結婚相手が紗織であることを打ち明けているのだろうか。秘書なら、状況によって社長の家族について知っておいた方がいい場合もあるかもしれないから。

けれど、二人の雰囲気は、それ以上に親密そうに見えた。さっき、へんな噂話を聞いてしまったこともあって、紗織の胸に不安が広がる。

「足止めしてごめん。これから打ち合わせ？　がんばって」

千尋が社長の顔で笑いかけてくれる。紗織が言葉もなくじっと見つめると「ん？」という顔をされた。ハッとした紗織は、急いで首を振る。

「は、はい。ありがとうございます」

黒木にも会釈《えしゃく》する。彼女は上品に微笑んで「失礼します」と通り過ぎていった。

紗織は、並んで歩いていく千尋と黒木を目で追いながら、女子社員が噂していたことを思い出す。

元恋人——と、言われれば誰もが納得してしまうほど、千尋と黒木はお似合いの美男美女だ。

それに、二人の間には他にも何か親密な雰囲気があるような気がした。

後ろ姿までお似合いの二人を見ているうちに、もやもやしたものが胸に広がっていく。

紗織はそれ以上考えたくなくて、思考を振り切るように会社を出た。


翌日の午前中、会議室でプレゼンとショーの企画について打ち合わせをしていたところだ。


「おい、細谷、大丈夫か？」

反田に顔を覗《のぞ》き込まれ、紗織はハッとする。エアコンの風が頬をひんやりと撫《な》でていった。


ぼんやりしてしまっていた紗織は「ごめん、どこまで話してたっけ？」と、慌《あわ》てて資料に目を落とす。

「一着目のあと、二着目と三着目をどっちでいくかって話」

「ああ、そうだった」と紗織が苦笑すると、心配そうに声をかけられた。

「もしかして、プレッシャーを感じて、一人で無理してない？」

「ううん、大丈夫。ちょっとぼーっとしちゃってただけ。ごめんね」

「ほんとに大丈夫？　大変なときは、周りを頼っていいんだぜ」

「うん。ありがとう。でもほんとに大丈夫だよ。本番はこれからだし、泣きごと言ってられないよ」

紗織は反田を心配させないように、笑顔を見せた。

実を言うと、紗織を悩ませているのは仕事の事ではない。昨夜遅く、千尋から急な出張が入ったから駅近くのホテルに泊まるとメールがあった。社長秘書の黒木と一緒だったらどうしようと、へんな不安を募《つの》らせてしまい、なかなか眠れなかったのだ。

(胸がもやもやする……)

どうして元恋人だと噂が流れたのか。二人がそんなふうに見えるのは理解できるが、火のないところに煙は立たないと言うし……パリから追いかけてきたという話もやたら信憑性《しんぴょうせい》がある。

考えはじめると、どんどん胸が苦しくなって、いやな気持ちでいっぱいになってしまった。誰かのことで、こんな気持ちになるのは初めてだ。

(考えてみたら、私は……高校を卒業してからの千尋くんのことを何ひとつ知らない……)

千尋ほど恵まれた容姿に素晴らしい経歴を持った素敵な人なら、過去に付き合った人の一人や二人いない方が不自然だ。そうやって自分に言い聞かせようとするが、うまくいかない。

(私以外の人と手を繋《つな》いだり、キスをしたり、それ以上のこと……いやだ、考えたくない……！）

紗織は、思い浮かんだことを無理やりシャットアウトする。

（今は……余計なことを考えてる場合じゃない。仕事、仕事！）

紗織はテーブルの上に置いてあったアイスコーヒーを一気に飲み干し、資料をめくる。

「よし、じゃあ、次に進めよう」

そう言って、話を進めようとしたときだった。会議室の扉が乱暴に開かれ、芹沢が入ってくる。そして、書類を前に突き出した。

「この指示書って誰が書いたの？」

芹沢は不機嫌さを露《あら》わにして言う。

「あ、私だ。何かわからないところがあった？」

「すごくわかりにくい。縫製《ほうせい》の数値とか、装飾品の位置とか、アバウトすぎよ」

紗織は書類を受け取り、赤い鉛筆で丸をつけられている項目を確認する。デザインの担当をした紗織が芹沢に指示を出していた箇所だった。

縫製や装飾品の位置は、デザイナーがＣＡＤなどを使ってあらかじめ指定するが、最終的にはパタンナーと一緒に細部をチェックして決めるか、パタンナーの意見を聞いて最終決定することが多い。チーム編成が少人数のため、紗織は後者のつもりで指示を出していた。だが、うまく伝わっていなかったらしい。

「できたら、芹沢さんの意見が欲しいと思って、あえて絞らなかったの。最終的に、調整しながら細部を決めていけたらいいなって。もし今一緒に見た方がよければ、手が空くから行くよ」

紗織が申し出ると、芹沢は腰に手を当ててため息をついた。

「私が言いたいのはそういうことじゃないの。毎回そうしていたら仕事が捗《はかど》らないでしょ。なんのための役割分担なのって話。ある程度、デザイナーが決めてくれないと、こっちの手が回らないわ。今回は時間が限られてるんだから、曖昧《あいまい》な指示で何度もやり直しさせられたらたまらない」

芹沢の苛立った様子が、その場に気まずい空気を漂《ただよ》わせる。そこへ反田が口を挟んだ。

「芹沢の言うこともわかるけど、そういうのはお前が臨機応変に対応すればいい話なんじゃねえの？　おかしなところがあったら、その都度確認すればいいわけだし」

反田がフォローするが、芹沢はますます不満を募《つの》らせたようだ。

「パタンナーの意見が欲しいって言うなら、今から要望を言うわ。細谷さん、リーダーなんだったら、もっとしっかりしてくれない？」

それを聞いて、紗織はハッとした。確かにそのとおりだ。

それぞれに役割を振ったとはいえ、それらをうまく誘導するのも、チームを統括するリーダーの役目なのだ。もしかしたら自分は、目の前の作業にばかり気を取られていたかもしれない。

「たしかに、芹沢さんの言うとおりね。至らないところがあったことは謝るわ。ごめんなさい」

紗織としても反省するところがあったので、素直に謝ったのだが、逆効果だったらしい。

「あなたにはプライドってものがないの？　そんなんだからいやなのよ。他の人がリーダーだったらよかったのに」

苛立ったような視線を向けられ、紗織は言葉を失う。

「おい、芹沢！　さすがにそれは言い過ぎだろ」

反田がすかさず間に割って入ってきた。

「反田くん、すっかりリーダーの言いなりね。デレデレしちゃってみっともない」

「バ、バカ！　デレデレって何言ってるんだ。俺はそんなつもりじゃ……」

反撃された反田が慌《あわ》てふためく。そんな彼を、芹沢は呆れたように見つめ、ため息をついた。

「まともに受け取らないでよ。そういう意味じゃないわ。とにかく、細谷さん、その指示書ちゃんと直して」

「……了解。あとで様子を見に行くね」

「必要ないわ。かえって邪魔になるから、今は来ないで」

芹沢は言いたいことだけ言うと会議室を出て行った。取り残された二人は顔を見合わせてため息をつく。

「……はぁ。なんだよ、あいつは、一人でツンツンしやがって」

反田は疲れたように髪をかき上げると、紗織を気遣ってくれた。

「俺は細谷さんがリーダーでよかったと思ってるよ。だから、あんま気にするなよ」

「ありがとう。でも、芹沢さんに言われて、私も身が引き締まったよ」

紗織は反田に感謝しつつ、自分の至らなさを反省する。

「芹沢も、悪いやつじゃないんだよ。ただ、ストイックっていうか率直っていうか……もうちょっと言い方があるのにな〜」

一応チームの作業は順調にいっているのだが、どうにも芹沢とはうまく交流が図れない。

それが、目下の紗織の悩みでもあった。

「あ、いたいた。ポートフォリオのページラフができたわよ……って、どうしたの？　なんか暗いわね、あんたたち」

会議室を訪ねてくるなり、澄玲が紗織と反田の沈んだ表情を交互に見て、首をかしげる。

「何？　なんかあった？」

「あー……まあ、ちょっとね」と反田が言葉を濁《にご》した。

「なんとなく、原因がわかった気がした。あの子でしょう？　ちょっととっつきにくいところがあるわよね。仕事はデキるんだけど愛想がないっていうか」

芹沢の態度に思うところはあるが、みんな彼女の仕事ぶりについては感心しているのだ。なにしろ、パタンナーは、デザイナーを支える何より大切な存在なのだし。

より良い作品を作るためにも、このチームをひとつにまとめなくてはいけない。紗織にはその責任がある。

紗織はこの問題に、どう対処したらいいか頭を悩ませた。

しかし、なんとか歩み寄ろうと努力するのだが、次の日もそのまた次の日も、芹沢の態度は頑《かたく》なままだ。ここまでくると、さすがに紗織のモチベーションも下がってくる。

「はぁ……」とデスクに突っ伏していたら、ころんっと目の前にキャンディが転がってきた。

顔を上げると、反田が心配そうな顔で立っていた。

「それやる」

「あ、ありがとう」

「あんま自分を追いつめるなよ……って言っても、参るよな。芹沢の件は、俺たちもフォローするからさ。リーダーには他にやることがあるんだし、俺たちにできることがあったら、なんでも言って」

「大丈夫。このぐらいでめげてられないよ」

むしろみんなの足を引っ張らないようにしないといけないのは紗織の方だ。心配してくれるのはうれしいけれど、甘えてばかりはいられない。

「頼りないリーダーでごめんね」

紗織がそう言うと、「何言ってるんだよ」と眉間を指でトンと押された。

「何？　痛いよ」

反田は悪戯《いたずら》っ子のような顔をして笑った。

「細谷さんに眉間の皺《しわ》は似合わないよ。とにかく、あんま気負いすぎるなって」

「反田」と部長から声がかかり、「それじゃあ」と彼は立ち去った。紗織はそんな彼を、笑顔で見送る。彼のおかげで少し気持ちが楽になった。

(関係を修復するいい方法はないかな？　ああ、もしかして……仕事がどうのっていうより、私自身が嫌われてる可能性があったりして？)

考えれば考えるほど、前途多難な気がして落ち込みそうになる。

紗織は一旦考えるのをやめて、気分転換に澄玲と一緒にランチに行くことにした。そう思って彼女を捜していたら、急に部署内がざわつきはじめる。

なんだろうと思ってみんなの視線を辿《たど》ると、そこには千尋の姿があった。

彼を見つめる女子社員の表情が、たちまち蕩《とろ》けていく。気のせいか、周りの温度が一度ぐらい上昇したように感じた。我先に声をかけにいく女子社員に穏やかに対応しながら、千尋がこちらにやって来る。そして紗織の目の前で止まった。

「細谷さん、昼休憩の前に、ちょっと時間もらっていいかな？　コンペの件で相談があるんだ」

「あ、はい」

条件反射で頬が熱くなるのを感じつつも、紗織は慌《あわ》てて立ち上がる。

「いいなー細谷さん」

「私も社長と話したいー」

ひそひそと女子社員の声が聞こえてきた。男子社員にも千尋に憧れる者は多く、うらやましがるような声がちらほら耳に入ってくる。

紗織は、羨望《せんぼう》の眼差しを一身に受けながら、千尋のあとを小走りでついていった。

千尋はとにかく目立つ。艶《つや》やかな前髪からのぞく端整な目元に、色気のある形のいい唇。すらっとした長身の彼がスーツに身を包んでいるのを見ると、やっぱり見惚《みと》れてしまう。どれほど見つづけても、見慣れることはない。

彼は、ロワゾ・インターナショナルのＣＥＯの息子という立場に甘んじることなく、精力的に仕事をこなし素晴らしい結果を出している。まさに理想の御曹司《おんぞうし》だ。

彼が旦那様であることが誇らしいような、不釣り合いな自分が寂しいような……そんな複雑な心境になる。

（黒木さんのこともあるし……って、ダメダメ、これ以上ネガティブになってどうするの）

紗織はぶんっと頭を横に振る。

それにしても、コンペの相談ってなんだろう……そんなことを思いながら、紗織は千尋に付き従った。途中、千尋は、ティーラウンジに立ち寄りコーヒーを淹《い》れる。それぞれ手に持ち歩いていくと、非常階段に辿《たど》り着いた。

まさか非常階段で仕事の話をするとは思っていなかったので、びっくりする。

しかし、心地よく頬を撫《な》でる風に、自然と気持ちがほぐれた。連日、外はじりじりする暑さだが、ここは風が入るせいか涼しい。

「わぁ、なんか気持ちいいですね、ここ」

紗織は思わず深呼吸した。細胞の隅々まで清々《すがすが》しい風がいきわたり、すっきりする。

そんな紗織を見て千尋はやさしく微笑んだ。

「実は、特別話があったわけじゃないんだ。けど、君がなんか落ち込んでるみたいだったから」

千尋は非常階段の踊り場に立ち、壁に寄りかかって、コーヒーに口をつける。彼は紗織を気にかけ、わざわざここに連れてきてくれたのだ。彼の気遣いに、ホッと肩の力が抜ける。

「うれしい。ありがとう……千尋くん」

「いや。次の予定まで時間が空いたから、僕の話し相手になってもらえて助かる」

紗織が気を遣わないように、そんなことを言う千尋が愛おしい。

「で、何か落ち込むことでもあったのか？」

「うん、実はね……」

紗織は、自分が至らず、芹沢とうまくコミュニケーションが取れずに苦慮していることを話した。

「なるほどね。君はどこか芹沢に対して遠慮してるところがあるんじゃないか？　嫌われたらどうしようとか、リーダーの自分さえ我慢すれば、チームは平和でいられるとか考えてないか？」

いきなり図星を指されて、言葉を失う。

「そう、かも……ううん、そのとおり」

「彼女のような頑固なタイプには、遠回しの言葉じゃ伝わらない。真正面からぶつかるくらいじゃないとダメだ。嫌われてもいいくらいの覚悟で、君の意思をはっきり伝えなきゃいけない。表面的なあたりさわりのない付き合いをしていたら、いつまで経っても関係は変わらないぞ。そんなことは君も望んでいないだろう？　きっと芹沢だって望んでいないはずだ」

紗織が神妙に頷《うなず》くと、千尋はつづけて言った。

「前に言ったよね？　君には自信が必要だって。極論を言えば、他人に遠慮するのは、自信のなさの表れだ。君はもっと自分の意見を他人にぶつけて、とことんやり合う必要があると思うよ」

「ぶつかって、ますます壊れたりしないかな……」

「大丈夫だ。自分の主張を自信を持って相手にぶつけることができれば、相手も本気で向き合おうとしてくれる。君と芹沢にはそれが足りないんじゃないかな？」

「リーダーとして、もっとしっかりしてくれないと……か」

以前、芹沢に言われた言葉が蘇《よみがえ》ってくる。もしかしたら、彼女は紗織に、そういうことが言いたかったのかもしれない。

千尋は考え込む紗織を見て、微笑んだ。

「だからって、気負う必要はない。リーダーとして、責任感を持つことは大切だ。だが、それ以上に、君は自分の発言にもっと自信を持って、怖がらずにぶつかっていくべきだ」

千尋の言葉に胸を打たれ、紗織は瞳を揺らした。厳しくもあたたかい彼の言葉が、頬に感じる爽《さわ》やかな風のように、紗織を包んでいく。

「ありがとう……なんか、目が覚めた気がする。やっぱり、すごいな……千尋くんの言葉は。いつも私の心にすとんと落ちてくるの。初めて会ったときもそうだった」

そこまで言って、紗織はハッと我に返る。

「ごめん。会社でこんなこと言ったらいけないんだった」

すると、千尋の手がそっと頬に伸びてきた。顔が近づいてきて、紗織はぎょっとする。

「ち、千尋くん……あ、あの、ここ会社……!」

非常階段とはいえ、誰がどこで見ているかわからないのだ。ひとまず社内コンペが終わるまでは、二人の関係は公《おおやけ》にしないと言ったのは千尋なのに。

紗織があわあわしていると、千尋がぷっと噴き出した。

「……もしかして勘違いした？　君の目の下のクマを見てただけだよ」

「な、なんだ。私ったら……」

キスされると思い込んで、一人で焦っていた自分が恥ずかしく顔が熱くなる。

「それはまあ、帰宅したらゆっくりね」

そんな紗織に向かって、千尋が意味ありげに微笑んだ。だが、すぐに不満げなため息をつく。

「まったく。夫としては、妻の交友関係が気になって仕方ないよ。……反田とは仲が良すぎるぐらいだし」

　千尋がそう言って、紗織をじっと見下ろしてくる。

「え？　反田くんはそういうんじゃないよ」

「どうかな？　君は自分のことには疎《うと》いみたいだから。男がその気でいても、気づかなさそうだ」

　呆れたように千尋にため息をつかれ、紗織は焦って自分の気持ちを伝えた。

「わ、わかってるでしょう？　私には大切な旦那様がいるんだし……」

　言ってるそばから顔が熱くなってしまう。その表情に満足したのか、千尋はくすっと笑った。

「いいよ。困ったことがあれば言って。僕にできることがあれば力になるよ」

「ありがとう。元気もらったから、もう大丈夫」

　紗織は満面の笑みを浮かべて言った。

「そう？　ならよかった。あとくれぐれも、僕以外には隙を見せないように」

　はっきりと独占欲を見せられて、紗織は喜びと共に「わかった」と頷《うなず》く。

「相談に乗ってくれてありがとう」

「ん。じゃあ、僕はそろそろ行くよ」

「千尋くんも、あまり無理しないでね」

笑顔で手を振りながら、紗織は外の空気を胸いっぱいに吸い込んだ。

そして、決意を新たにする。芹沢と腹を割って話をしよう。

(関係修復の第一歩は、私の思っていることを彼女にはっきり伝えることだ)

そう決めて、さっそく午後の予定を調整するのだった。


昼食を済ませたあと、紗織は芹沢が使用している作業場に顔を出した。彼女はあからさまにいやな表情を浮かべる。それでも怯《ひる》まずに紗織は芹沢が衣装を着せているトルソーに近づいていった。

「芹沢さん、作業お疲れ様」

「なんの用？　無駄話してる時間はないんだけど」

衣装にメジャーを当てながら、芹沢はこちらを見ることなく作業を進める。

「無駄なんかじゃないよ。大事な話をしにきたの」

紗織ははっきり言った。すると、何かを感じたのだろう。芹沢がこちらを向いた。

「何？　大事な話って」

「私、芹沢さんと仲良くなりたいの」

「何を言い出すのかと思ったら、わざわざここに来て言うことがそれ？　呆れたわ」

「本気よ。私は芹沢さんの主張もちゃんとわかるし、言ってもらってすごく感謝してる。だけど、チームの輪を乱すような態度をいつまでも許しているわけにはいかないの」

言葉を選びながら、紗織は思っていることをぶつける。だが、芹沢の心にはまだ届かないようで、挑発的な視線を向けられた。

「ふうん。で、許さなかったらどうするの？　私じゃない他の人を入れる？　それともあなたが辞めるわけ？」

「私は辞めないわ。それに、芹沢さんの代わりを入れるつもりもない」

「何それ。それじゃ、なんの解決にもならないじゃない。だから私、あなたのことが嫌いなのよ」

「嫌われてたっていいよ。私も、これからは遠慮しない。それを伝えにきたの」

芹沢は紗織の言葉を無視して、作業を開始した。紗織は構わず、言葉をぶつける。

「譲れないことは譲らない。芹沢さんが自分勝手な態度を取るなら、その理由を話してもらう。私だけじゃなくってみんなの前でね」

「はん、結局は他の人に頼るんじゃない。あなた一人じゃ何もできないんでしょ？」

芹沢は紗織を見下すように、鼻を鳴らす。その態度に、紗織もだんだんと腹が立ってきた。

「そうだよ。一人でできないのなんて当たり前じゃない！　なんのためのチームだと思ってるの？　デザイナーが一人でなんでもできると思ってるわけ？　もしそんなこと考えているんだったら、私の方こそ芹沢さんにがっかりだわ」

「だったら」と芹沢が反論しようとするのを遮《さえぎ》り、紗織は言葉をつづけた。

「だったら、芹沢さん以外の誰かを入れればいいって？　そんなの許さない。逃げるなんて一番ずるくて卑怯《ひきょう》だわ。いつもそう。あなたは一方的に自分の意見を言い逃げして、みんなの言葉を無視する。自分の殻に閉じこもって、理解されるのを拒否してるのは誰だと思ってるの！」

一気に言いきる。本当は、もっと順序立てて丁寧に話し合うつもりだったのに、気づいたら感情のままに思いをぶつけてしまった。

でも、これでよかったと思う。遠慮していたら、きっと芹沢の心には届かない。嫌われる覚悟というのはこういうことなのだろう。

「……っずるいのはあなたじゃない。いつだってそばに人がいて、反田くんにもちやほやされて……」

そう主張する芹沢の声がだんだんと弱々しく掠《かす》れていく。

「私には味方になってくれる人なんていないもの。パタンナーは孤独よ。あんたたちデザイナーとは違うもの。言われたことをハイハイ受け入れるしかない。歩み寄るだけ無駄なのよ！」

　芹沢はそう言って、ふいっと視線を逸《そ》らした。いつも冷静な彼女の瞳が揺れている。もしかしたら……彼女はずっと寂しかったのではないだろうか。

「ねえ、これから思ったことは何でも言い合おうよ。できるだけ、みんなの抱えている意見をぶつけ合う場をもうけたいと思うの。芹沢さんも気を遣わず、気になったことがあったら、意見をどんどんぶつけてきて」

「そんなこと言ったら、私ダメ出しばかりするわよ」

　そっぽを向いたまま、芹沢はムスッと答える。

「いいよ。いっぱいダメ出ししてもらって構わない。私、こう見えて結構打たれ強いんだよ。昔からダサ子だとか地味子だとか散々言われてきたし、崖っぷちでリーダー任されたりするしね」

　紗織が自虐ぎみに笑って言うと、毒気を抜かれたのか芹沢が振り返ってきた。そして、紗織を見て呆れたようにため息をつく。

「いびられ慣れてるってこと？　そんなの自慢にならないわよ。バカね」

　芹沢は紗織の手を軽くタッチするように触った。

「私、これからもっとバシバシ言うから、覚悟しといてよね」

「うん。どんと構えて待ってるわ」

「ふん。地味子のくせに調子いいんだから」

「あ、そんなこと言っていいわけ？　芹沢さんなんて、好きな人の前で素直になれない、ツンデレ女子のくせに」

「……なっ何がよ！　意味わかんないこと言わないで。もう、あんたのせいで時間が少なくなったわ。暇なら、ちょっと手伝っていきなさいよね」

芹沢が誤魔化すようにそう言って、そばにあったレースの生地《きじ》を紗織の手に押しつけてくる。紗織は笑って、「もちろん」と答えた。やっぱり芹沢さんは、ツンデレ女子だ。

問題がすべて解決したわけではないけれど、彼女の心に触れることはできたみたい。

「改めてよろしくね、芹沢さん」

芹沢は返事をくれなかったけれど、ほんのり紅潮した頬を見ると、まんざらでもないとわかる。

「おーい、そっちの調子はどうだ？」

声がした方を振り返ると、反田が「よお」と手を上げて作業場に入ってくる。

芹沢はぎょっとしたように目を丸くし、その場で固まってしまった。

反田につづいて「おつかれー」と澄玲までやって来て、固まったままの芹沢の肩に手を置く。

「差し入れ持ってきたよー。どうせ芹沢のことだから、お昼返上してやってたんでしょ？」

そう言って、澄玲はパンを幾つか作業台の横に置いた。

紗織が芹沢を見る。なんとも言えない顔をしていた彼女は、視線に気づいた途端ツンとそっぽを向いた。

「何にやにやしてるのよ」

やっぱり、彼女は素直になれないだけなのだ。そう思ったら、つい頬が緩《ゆる》んでしまうのを止められなかった。

「なーにー？　二人してこそこそ、なんの話してたのよ」

澄玲が興味津々《きょうみしんしん》に尋ねてくる。

「えっとね」と答えようとしたら、「細谷さん、こっち手伝って」と芹沢に手を引っ張られた。

「おぉ！　珍しいな、芹沢が細谷さんに頼るの。ようやく和解した？」

反田が大げさに言って芹沢の隣に立ち、瞳をきらきらさせている。すると芹沢の頬がたちまち赤くなっていった。

澄玲が紗織に目配せをする。

「ま、男っていうのはさ、女心には鈍感なのよねえ」

そう言って、澄玲がちらりと反田の方を見た。紗織はそれで、彼女の言わんとするところを悟った。とっくに澄玲も気づいていたのだろう。

「は？　何？　俺がなんかした？」

芹沢は無反応を決め込んでいる。というよりも意識しすぎて言葉が出なくなっているようだ。

紗織はついおかしくて噴き出しそうになったが、芹沢に睨《にら》まれて慌《あわ》てて口を押さえる。

「頼むよ、チームワークが大事なんだから。肩身が狭いぞ、男は俺一人なんだし」

「反田くん、大丈夫よ。この調子なら、ねえ？　紗織」

澄玲に話を振られて、紗織は頷《うなず》く。

「社内コンペまであと少し。お互いにフォローし合ってがんばろうね」

「うっす」と反田が応え、澄玲が「ここらで気合入れないとね」と背伸びをする。

「プレゼンとショーの内容もそろそろ決定しないとなんないな」と言いつつ、反田が作業台の横のパンに手を伸ばす。

「じゃあ、みんなでいったんポートフォリオを確認して、プレゼンとショーについて煮詰めていこうか」

紗織が提案すると、澄玲が「OK」と言い、そばにあったタブレットPCの電源を入れた。澄玲の持つタブレットを覗《のぞ》く反田の横から、芹沢が声をかけてくる。

「この衣装の寸法を確認してもらえる？　あと、この素材、どっちを使うか悩んでたとこだったの」

　芹沢が初めて紗織に意見を求めてきてくれたのがうれしくて、紗織は「もちろん」と笑顔を見せた。彼女は笑顔こそ見せないものの、前のようにギスギスした雰囲気はない。

　それどころか、ちょっと照れくさそうにしている。ようやく彼女に、少し近づけたような気がした。

「ねえ、そういえば、ブランド名は仮になってるけど、最終的にどうする？」

　澄玲がそう言いながら反田と振り返ってきて、紗織と芹沢は視線を合わせる。

　それから四人で、顔を突き合わせブランド名を考え始めた。しばらく意見を交わし合い、候補として上げたブランド名の一覧を見て、それぞれが一斉に指さした。

『Make your happiness』

　それぞれが顔を見合わせる。「初めて意見があった」という声がカルテットを奏で、全員で笑った。そうだ。こんなふうに、みんなが思わず笑顔になるような――誰かを幸せにする衣装を作りたい。

　みんなが目指しているものが一緒なら、きっと大丈夫だ。

　これからチームはまとまっていけるはず。

　紗織は心の中で、愛しい人の笑顔を思い浮かべた。

（ありがとう、千尋くん……）

――そうして十月末。ロワゾ・ブルーを代表する一チームを選抜する、社内コンペが行われた。そこで、他のチームを抑え、めでたく紗織たちのチームが代表に選ばれた。みんなの気持ちがひとつにまとまったと実感してからというもの、紗織たちのチームの士気はみるみる上がり、結果がついて来たという感じだ。

信じてがんばってきてよかった。チーム全員で、心から喜び合う。

今後は、本命の社外コンペに向けて、作品の精度を高める作業に追われることになる。それでも、まずは一歩前進だ。

社内コンペで勝てたことは、大きな自信に繋《つな》がった。けれど、そこで喜んで終わっていては、次に進めない。デザインは広く人々に見てもらってこそ価値が生まれるのだ。

今はまだ、ほんの過程にすぎない。

チームは改めて、社外コンペに向けて緊張感を高めていった。

社外コンペに向けた衣装の調整もいよいよ大詰めというある日の昼。芹沢に呼ばれた紗織は、第一試着室に顔を出した。

試着室の中は、衣装がかけられたトルソーがずらりと並んでいる。

社外コンペでは十点以上の作品が必要なのだ。色とりどりの衣装が、ずらりと並ぶ光景はなんとも圧巻だ。

「こうして見るとどきどきしてきちゃうね。次は社外コンペかぁ。広い会場で開催されるって思うと……今から緊張してくるよ」

紗織が試着室の中を見回してそう漏らすと、芹沢がメジャーを持って目の前にやって来た。

「採寸させてもらえない?」

猫のような鋭い瞳にじっと見られ、紗織はきょとんとした。

「えっ?　私?」

「そう。そのために呼んだの」

「モデルの代わりなら、澄玲ちゃんの方がいいと思うんだけど。ほんとに私でいいの?」

百六十センチに届かない紗織より、百六十五センチある澄玲の方が見栄えがいい。衣装の良さを出そうと思うなら、モデルは澄玲の方が適任だと思うのだが。

「木島さんは取引先と電話中みたい。必要ならあとから声をかけるわ。この衣装は、人によってイメージがすごく変わりそうだし、ウエストの絞りと刺繍《ししゅう》の幅を調整したいのよ。前にあんたが言ったんでしょ。いろんな可能性に賭けたい。選択肢は多い方がいいって」

なるほど、とシフォン素材のハイウエストのワンピースを見て納得する。

それにしても、芹沢との悶着《もんちゃく》は無駄ではなかったと、紗織は刹那《せつな》の感慨にふける。むしろあれがあったからこそ、今こうして忌憚《きたん》なく彼女と意見をぶつけ合うことができているのだから。

「何にやにやしているのよ、気持ち悪いわね。ほら、さっさとはじめるわよ」

ツンデレ女子は相変わらずだ。そっけないのと毒舌は、いまや芹沢のキャラクターとして広く認知されている。

「了解」

そうして、一とおり採寸を終えた芹沢は、一着の衣装を手渡してきた。

「じゃあ、次。この衣装を試着してもらえる？」

「わかった」

芹沢から衣装を受け取り、紗織はさっそく試着室に入る。

胸元が大胆に開いたフレンチスリーブで、色はオフホワイト。デコルテを囲うラインは光沢のあるシルクを使った、ふんわりとしたドレープの膝丈のワンピースだ。ウエストを緩《ゆる》く絞り、銀糸の刺繍でアクセントをつけている。ウエストからふわりと裾まで広がる形は、上品ながら可憐さもあるデザインだ。胸元には印象的な薔薇のコサージュがついている。

これは、紗織のデザインだった。作ったときは、一般的なモデルの身長をイメージしていたが、芹沢の言うように、細部を調整したらまた違った印象になりそうな気がする。

(丈の調整だけでもかなりイメージが変わるかも。うん、……すごくいい感じ)

裾をひらひらと左右に振って、イメージを膨《ふく》らませていると……

「あ、社長」

芹沢の弾んだ声が聞こえ、紗織はどきりと固まる。

(え、社長って……千尋くんが、来たの?)

「芹沢、待たせてすまなかった。それで、見てほしいものって何かな?」

千尋の声がどんどん近づいてくる。

「ちょっと待ってください」

そう言った芹沢が、試着室に入ったままの紗織に声をかけてきた。

「細谷さん、着替え終わった? 社長に見てもらいたいんだけど」

(ええっ⁉ そんなの聞いてないよ!)

「わ、わかった……ちょっと待って。ファスナーを上げるから」

紗織は思いっきり動揺して、あわあわと慌《あわ》てた。

「どうしたの? 手伝いが必要なら入るわよ」

「だ、大丈夫。今、開けます」

いつまでも籠城《ろうじょう》しているわけにはいかず、紗織は思いきってカーテンを開けた。すると、目の前の千尋から、じっと見つめられてどうにも顔が熱くなる。

千尋は紗織のワンピース姿に息を呑み、瞬《まばた》きも忘れてじっと眺めた。

「うん、いいね。すごく、いいんじゃないか」

作品を褒《ほ》められたのだとわかっているが、なんだか自分自身を褒められたような錯覚を起こしてしまい、くすぐったいやら恥ずかしいやらで赤くなる。

「決まりね」

芹沢が満足そうに頷《うなず》いた。紗織はといえば、じっと自分から目を離さない千尋と、大胆に開いた胸元が気になってしょうがない。改めてモデルはすごいなと感心した。

「どうしましょう？　一度木島さんにも着てもらって違いを確認なさいますか？」

芹沢が、紗織の着るワンピースを指して、千尋に問いかける。

「いや。お客様にはいろんな体形の方がいるわけだし、サイズの参考になるだろう。その生地《きじ》なら、君の身長に合わせた方が、かわいいと思うな」

にこり、とやさしく微笑まれ、紗織の身体が熱くなった。あんまり見られるとボロが出て、芹沢に紗織と千尋の関係がバレてしまうかもしれない。

紗織は外向きの顔を取り繕《つくろ》ってなんとかこの場を切り抜けようとした。

「アドバイスありがとうございました。お時間があれば、またご意見いただけるとうれしいです」

「ああ、もちろん。ぜひ社外コンペでも、がんばってほしい。何かあればいつでも声をかけて」

　紗織と芹沢が揃って「はい」と返事をすると、千尋の後ろから声がした。

「失礼します、社長、そろそろ次のスケジュールの時間です」

　その色っぽい声にどきりとする。社長秘書の黒木だ。

「ああ、わかった」

　千尋が返事をする。

　黒木がこちらに歩み寄りながら、紗織に気づいて顔を綻《ほころ》ばせた。

「コンペ用の衣装ですか？　とっても綺麗ですね」

　黒木が笑顔でそう褒《ほ》めてくれる。けれど、頬を紅潮させて微笑む彼女の方が、ずっと綺麗だと思った。

「ありがとうございます」とお礼を言いつつ、なんとなくいたたまれない気持ちになる。

　それじゃあ、と去っていく千尋と黒木の二人の背中を見送りながら、紗織はハァとため息をついた。

　黒木のことは考えないと決めたけど、お似合いの二人を見ればやっぱり落ち込む。

（黒木さんは、仕事のときはずっとそばにいるんだよね……私の知らない千尋くんの顔も知っていたりするのかな……）

あんなに完璧な美人が常にそばにいたら、紗織に物足りなさを感じないだろうか、などと後ろ向きなことを考えてしまって、慌《あわ》ててダメダメ……と打ち消す。

デザイナーとして紗織が目指すものは、誰もが夢を見られる服を作ること、だ。社内コンペでもそれをコンセプトにしていた。

今の紗織は、目指す目標に対して、確固たる自信を持っている。

（そうよ。矛盾してる。今の私……こんなんじゃダメ！）

紗織は個室に戻ってカーテンを閉めたあと、鏡に映る自分を見つめた。

せっかくのワンピースを着ていながら、夢を見るどころか、自信なさげに表情を揺らしている。

膨《ふく》れ上がってくるもやもやした感情を無理やり呑み込んで、試着室から出ると芹沢と目が合った。

「ねえ、なんであんたが落ち込む必要があるのよ」

紗織は言葉に詰まった。どうやらお見通しだったらしい。

「だって、黒木さん、本当に綺麗なんだもの。手足が長くてすらっとしてるし、モデルみたい」

そう言いながら、胸がちくちくするのを感じる。なんとか取り繕《つくろ》おうとしている紗織に対し、芹沢は淡々と答えた。

「そうね。実際、ある人は、そうさせたい願望があったのかもしれないわ」

「え？　ある人って？」

首をかしげる紗織に、芹沢は一冊の分厚いデザインブックを持って来て、目の前で広げた。

「これ見て。他のチームの子が見つけたらしいんだけど、社長が唯一手がけたブランドだそうよ」

（千尋くんの……もしかして以前に自宅で広げていたデザイン？）

思ったとおり、やわらかいパステルカラーのタッチには見覚えがあり、すぐに千尋のデザインだとわかった。

「……cherie/cherry《シエリ・チエリー》」

紗織は紙面に指を滑らせながら、声に出して読み上げる。

「これ、元恋人の名前からつけたんじゃないかって、噂になってる」

紗織は弾かれたように顔を上げ、芹沢を見つめた。

「元恋人って……」

心臓がいやなふうに鼓動を打ちはじめる。元恋人と聞いて、すぐに一人の女性が頭に浮かんだ。

「黒木さんのことよ」

決定的なことを告げられ、紗織はショックを受ける。

「cherie はフランス語で愛しい、cherry は英語で桜っていう意味。黒木さんは、フランス人とイギリス人の血が流れてるんですって。名前も里桜だしね」

紗織はデザインブックを持ったまま立ちすくむ。ページをめくる勇気もなく、足元から血の気が引いていくような気がした。

『千尋くんのデザイン、すごく好き……』

二人で暮らす家で、一緒にデザインを眺めた日のことが蘇《よみがえ》ってくる。紗織の隣に座った千尋は、愛おしそうにデザインを見つめ、はにかんだように笑った。

千尋は過去について何も言わなかった。だから、パリでずっと一緒だったという黒木が、千尋の恋人だったとしても驚かない。むしろ二人は、誰が見てもお似合いだ。

けれど、すべては過去のことだと思っていた。

だって千尋は、互いに恋をして、ゆっくり夫婦になろうと言ってくれたから。

でも、このデザインを見て、信じてきたすべてが揺らいでしまう。

(ここから……すごく愛情が伝わってくるもの……千尋くんの気持ちが、どれほどひたむきか……このデザインを見ればよくわかる)

「社長の奥さんも複雑よね。こんな近くに元恋人がいるんじゃ」

胸にできた小さな傷が、どんどん傷口を広げていくようだ。

これ以上何も知りたくなくて、デザインブックをパタンと閉じて芹沢の言葉を遮《さえぎ》った。

「芹沢さん、私……デザイン部に戻らないと。あとは大丈夫？」

「ええ。私もすぐに引き上げるわ。そろそろ終業時間だし、きりもいいから」

「わかった。じゃあ、お疲れ様」

なんでもないふうを取り繕《つくろ》うのも限界だった。

紗織は足早にオフィスを歩きながら、せり上がってくる苦い気持ちを持て余す。

千尋と黒木が寄り添う姿、紗織を見つめる千尋の視線、千尋の手がけたブランドのこと。それらが頭の中をぐるぐる回っている。

（ダメだ。一人になって、気分を入れ替えよう）

紗織は前に千尋に連れて行かれた非常階段を思い出した。あそこならきっと誰もいないはず。

風にあたって、冷静になろう。

必死に自分を落ち着かせながら、非常階段の扉を開いた。そこで、先客がいたことに気づき、紗織はとっさに身を隠す。そして目の前の光景に茫然とした。

「私、パリにいる間、ずっとあなたのこと忘れたことなかったわ」

涙まじりの黒木の声が聞こえてくる。彼女の前に立つ男性が、そっと涙を拭《ぬぐ》っていた。

「僕も、君のこと……誰より大事に想ってるよ」

(どうして……)

胸が苦しくて、呼吸がうまくできない。

あまりの衝撃に、足元から地面が崩れていくような気がした。紗織は震える足をなんとか動かし、逃げるみたいにその場を立ち去る。

——知らない。高校を卒業してからの十年のこと、私は何も知らない。

再会してから互いに昔を懐かしむばかりで、離れていた長い月日を彼がどうしていたか聞くこともなかった。

千尋と黒木は恋人だったかもしれない。だけど、本当にそれは過去のことなの？

もし今でも、互いに気持ちを残していたら……

いつの間にか涙が溢《あふ》れて、視界がぼやける。なんとかデザイン部にたどり着くと、幸いみんな帰ったあとだった。

紗織は自分のデスクの前にあるチェアに、よろよろと近づき腰を下ろす。

脳裏に浮かぶのは、先ほどの光景。

好きな人はいない、と千尋は言った。だから、カムフラージュのために結婚することにも、問題はないと——

けれど、もし、好きだった人が目の前に現れたら……？

『僕も、君のこと……誰より大事に想ってるよ』

そう言って、彼女の涙を拭っていた千尋の姿が胸に突き刺さる。

（誰より大事に想ってるって……どういうこと……じゃあ、私とのことは……）

どうして黒木さんは泣いていたの？　いつも、あんなふうにやさしく慰《なぐさ》めているの？

何を信じていいかわからなくなって、紗織は涙を流しつづける。

「ちょ、どうしたの。紗織……何があったの？」

そのとき突然、澄玲の声が聞こえてきて、ハッとした。

「澄玲ちゃん……ごめん！　なんでもないの。ちょっと疲れただけ」

紗織は慌《あわ》てて、涙を拭って誤魔化す。

「なんでもないわけないでしょ。そんな青い顔して」

「お疲れ様」

芹沢が感情のない声で言って、二人の間をすり抜けていく。

紗織がびくっとしたからか、澄玲が芹沢の後ろ姿を睨《にら》んだ。

「え、まさか芹沢となんかあったの？　ちょっと、私たちチームなんだから、何かあるなら、ちゃんと相談してよ」

「違うの……芹沢さんは関係ないよ！　ごめんね、澄玲ちゃん。ほんと、ちょっと気が抜けちゃっただけなの……」

「そう……ねえ、立てる？　ティーラウンジに行こう。今なら、きっと誰もいないよ」

澄玲が紗織の腕を引っ張り、ティーラウンジに連れて行く。

一応、中に誰もいないことを確認した澄玲が、紗織を席に座らせる。そして、向かいに座った澄玲が、紗織の顔を覗《のぞ》き込んできた。

「ねえ、どうしたの？　私には気を遣わないでいいよ。入社してからずっと一緒で、親会社から出向してきた仲じゃないの」

澄玲のやさしい声を聞いたら、紗織はついに我慢できなくなって本音を漏らした。

「澄玲ちゃん、私、嘘ついてたの」

「嘘って？」

「社長との結婚のこと……恋愛からはじまったんじゃないの。契約結婚だったの」

「えっ⁉　契約って……どういうことよ？」

澄玲が驚いた声を出す。

「父の会社が危なくて、それを助けてもらう代わりに条件付きで結婚したの。だから、私たちは好き合って結婚したわけじゃないんだ」

澄玲が大きく目を見開いた。

「嘘。だって、御飯処で会ったとき、あんなに仲良かったじゃない。あのとき聞いた、二人の馴れ初めも嘘だって言うの？」

「私と千尋くんが、高校の同級生だったのは本当……でも、結婚についての馴れ初めは、ぜんぶ嘘」

それから紗織は、訥々《とつとつ》とこれまでの経緯を澄玲に話した。

「そんな事情があったんだ……」

「うん……」

初めて千尋と結ばれた夜、これからゆっくり本物の夫婦になろう、と言ってくれた千尋を思い出すと、胸が絞られるみたいに痛くなる。

あのときの言葉を信じたい。けれど、千尋が紗織に執着する理由が思い当たらないのだ。

地位やお金を目当てに群がってくる人たちとの縁談を避けるために、カムフラージュが必要だと言いながら、挙式も披露宴もしていない。仕事をしやすいようにと、社内で秘密にしていることも、今となっては引っかかる。

もしかしたら、黒木を待っていたのではないか。そんなふうにも思えてしまった。

「社長には、他に好きな人がいるのかもしれない。忘れられない人が……」

それがショックでたまらない。やっと心が通じ合ったと思ったのに……

我慢できなくなって、紗織の目から涙がこぼれた。

「紗織……」

澄玲が困惑したように顔を覗《のぞ》き込んでくる。

「嘘ついててごめんね」

「私のことはいいよ。でも、そうやって泣くぐらい、今では社長のことが好きなんでしょう？　はじまりはどうでも、夫婦になれたんじゃないの？　御飯処で会ったとき、二人は普通に仲のいい新婚夫婦に見えたわよ？　男前の社長があんなふうに表情を崩して幸せそうにしているのを見て、どれだけうらやましいって思ったか」

「私も幸せだったの……でも、今はもう何も信じられなくなっちゃった……」

「紗織……」

（また私は……千尋くんと離れなくちゃ……いけないのかな？）

もう二度と会えないと思った高校の卒業式……あのときは、胸が張り裂けそうに痛くて、なかなか立ち直れなかった。紗織はまた、あのときと同じ思いを味わわないといけないのだろうか。

「ねえ、ちゃんと社長と話した方がいいよ。自分一人で抱えてたって、いいことないよ？　今は混乱してるかもしれないけど、ちゃんと冷静になって、二人で話し合いなよ」

澄玲のやさしい言葉に、ますます泣きたくなった。

「ありがとう、澄玲ちゃん。聞いてくれて」

「水臭いわよ。私で力になれることがあったらなんでも言ってよね。あんた、溜め込むタイプだから」

澄玲がそう言って、紗織の涙を拭《ふ》いてくれる。

「って、こんなときにタイミング悪いわね……」

澄玲がティーラウンジの入り口を見てぽつりと呟《つぶや》いた。

見れば、千尋と黒木が揃って入ってくるところだった。少し赤くなっている黒木の目に、さっきまでの二人の様子が生々しく思い出されて、鎖骨のあたりがつきん、と痛んだ。

「お疲れ様です、社長」

澄玲が先に声をかけた。紗織も慌《あわ》てて、会釈《えしゃく》をする。

こちらの様子がおかしいことに気づいた千尋が、紗織を気にする素振りを見せた。

「悪い。先に行ってくれるか」

千尋が黒木に声をかけると、黒木が頭を下げ踵《きびす》を返す。

「どうした？　何かあったのか？」

千尋が紗織のもとにやって来た。

どうしよう、どうしたらいいんだろう。紗織は内心、パニックに陥《おちい》った。

「あの、私はもう帰りますので、ゆっくり話を聞いてあげてください」

澄玲は千尋にそう言うと、紗織の肩をぽんっと叩く。

「木島さん、悪いね。ありがとう」

「いえ。お先に失礼します」

ティーラウンジに二人きりになり、気まずい沈黙が流れた。

「これからまた外に出ないといけないいんだけど、君の様子が気になって。何かまた困ったことがあった？」

「いえ、違います。そんなんじゃなくて……」

そう言葉にしながら、非常階段で見た二人の姿が、頭から離れない。

我慢しよう、堪《こら》えよう、と思った。でも、だめだった。

「以前見せてもらった、『cherie/cherry《シェリ・チェリー》』っていうブランド……あれは、千尋くんが大切な人のために作ったもの……よね？」

紗織は、確信を込めて問いかける。

一瞬驚いたような顔をした千尋は、「そうだね」とあっさり肯定した。

紗織から視線を逸《そ》らした彼の頬が、ほんのかすかに赤くなっているのに気づく。

恋する表情だ――それが自分に向けられたものじゃないことが悲しい。胸の傷を広げるのを承知で、彼の瞳の奥に映る人が誰なのか、聞いてしまいたくなる。

だけど、踏み込む勇気がない。聞いてはいけないと、頭の中で警笛《けいてき》が鳴る。

たとえば、もしも彼に想う人がいて、なんらかの理由で結ばれない状況にあるのだとしたら？

そう考えれば、黒木の涙にも説明がついてしまう。

好きな人と想いを通わせられないのは悲しい。紗織だって同じだ。

紗織が好きな人と一緒にいたいと願うように、千尋にだって同じことを望む権利はあるのだから。

千尋のことが好きでこれからも一緒にいたいと願った。

夫婦になっていきたいと思った。

でも、こんな気持ちのまま夫婦でいられるわけがない。そう思った瞬間、頭の中でぷつりと何かが切れる音がした。

「私、今回の仕事で結果を出せるようにします。私の家のこと、デザイナーとしての私のこと、支えてくださった社長に恩返しできるように、精一杯がんばります。それで、もし社外コンペでデザインが採用されたら……そのときは……」

紗織は一呼吸おいて、千尋をまっすぐに見つめて言った。

「私と、離婚してください」

千尋が弾かれたように紗織を見た。彼の瞳が戸惑いに揺れている。

「どうして……突然、そんなことを言うんだ？　君は、僕を受け入れてくれたんじゃなかったのか？」

まるで、裏切られたみたいな顔をされた。

（千尋くんの方が、たくさん隠していることがあるんじゃないの？）

こんなに好きになる前に、彼の心に気づけたらよかったのに。

「私の勝手で契約を反故《ほご》にしてすみません。父の会社にしてくれた援助は、これから一生かけてでも返します。だから……」

そこまで言って、言葉に詰まる。千尋が紗織を厳しい表情で見つめていた。

「まさか、それ、本気で言ってるの？　とても君一人の人生では返せないよ。だから僕は……」

そこまで言った彼が、不自然に言葉をつぐむ。それが、紗織の神経に障った。

「じゃあ、借金でもなんでもして返します。それでいいでしょう……」

思わず声を荒らげ、そんなことを口走っていた。心の中には黒い感情が渦《うず》巻き、どんどん膨《ふく》れ上がっていく。

「紗織……僕たちはこの間、わかりあえたと思っていた。どうして急にそんなことを言うんだ？　いったい君に、何があった？」

困惑した表情を浮かべ、千尋が紗織の肩を掴《つか》んできた。その指先にぐっと力がこもる。

「……千尋くんの相手は……、私じゃない方がいいんじゃないの？」

紗織が声を震わせながら問うと、千尋は一瞬何かを言いかけた。だが、彼はそれをため息に変えて、紗織から手を放す。

「ここで言い合う内容じゃないな。僕は、これから仕事に戻らないとならない。この件については、君が冷静になってから、改めて話し合おう」

「私は冷静です」

きっぱりと紗織は言った。胸が痛い。喉の奥がキリキリする。

千尋がたまらずといったふうに紗織の顎《あご》を掴《つか》み、ぐいっと上げさせた。間近で見つめた千尋の目に、抑えきれない苛立ちが浮かんでいる。

「他に好きな人でもできたのか？」

それはあなたでしょう？　と思わず言いそうになったけれど、これ以上みじめになりたくなくて口をつぐむ。

「もしそうだとしても、他の男のところになんか行かせない。君を手放す気なんかない」

「なんで……っ！」

「そんなの、君が好きだからに決まってるだろ！」

千尋が声を荒らげて言った。

「……嘘よ」

「なんでわからないんだよ。こんなに君のことばかり考えているのに！」

千尋が無理やり紗織を引き寄せ、キスしようとする。

「やっ……」

唇が乱暴に塞《ふさ》がれた、次の瞬間――紗織は彼の頬を引っ叩いていた。

乾いた音が辺りに響き、紗織は思わず自分の手を押さえる。千尋の頬が、うっすらと赤くなっていた。

「あ、私……」

そのとき、けたたましいケータイの着信音が鳴り響く。

「……とにかくちゃんと話そう。仕事が終わったら連絡するから」

千尋はそう言い、踵《きびす》を返した。

彼の背中が遠ざかって行くのを見つめながら、紗織はしばらくそこから動けずにいた。

喉の奥が締め付けられているみたいにひりひりする。

それなのに、涙は出てこなかった。

悲しいというよりも、ぽっかりと心に穴が空いてしまったような気がする。

紗織は、じんじんする手のひらを握りしめた。

あんなふうに、彼を傷つけたかったわけじゃないのに……

彼が私を選んだのは、高校時代の「よしみ」だと言っていた。それでも、彼なりに紗織を好きになろうとしてくれていたのかもしれない。

けれど、あの『cherie/cherry《シエリ・チェリー》』のデザインを見て、目を背けることができなくなった。あのデザインから、言葉にしない彼の気持ちが伝わってきたから。

『感情がデザインを生みだすんだ』

過去、千尋が紗織に言った言葉が蘇《よみがえ》ってくる。

その言葉を証明するように、あのデザインからは千尋の深い愛情を感じた。

胸の奥が苦しくて、息ができなくなる。

初恋は初恋のまま、終わるべきだった。

（こんなに好きにさせて……やっぱり、あなたは……ずるいよ）

紗織は込み上げる涙を堪《こら》えて、ふうっとため息をついた。時計を見れば、とっくに退社時間は過ぎている。だが、千尋と話をしなくてはいけないと思うと、家に帰る気持ちにはなれなかった。

こういうときはがむしゃらに仕事をして、余計なことを考えられなくした方がいい。

今は仕事に集中しなければならない大切な時期だ。

紗織は、すぐさまデザイン部のデスクに戻った。

紗織にとってこれがラストチャンスであることに変わりはないのだ。やるべきことを見失ったらいけない。今度こそ、絶対に結果を出すのだ。

紗織は無理やり自分に活を入れると、千尋のことを頭からシャットアウトした。

7　本当の夫婦になりたい

あれから――

会社に泊まったり、澄玲のマンションに押し掛けたり、ネットカフェに仕事を持ち込んだり……

紗織は千尋と接触することを極力避けるようになった。千尋の顔を見ると、心が乱れて仕事に集中できなくなるからだ。

相談に乗ってくれた澄玲は、自分のことのように憤慨《ふんがい》していた。それが、誰にも言えずに溜め込んでいた紗織にはうれしかった。

彼女は、デザインブックの件で芹沢の無神経さを非難していたが、彼女は何も知らないのだから仕方がない。むしろ紗織は芹沢に感謝していた。あそこで彼女が教えてくれなければ、何も知らないまま暢気《のんき》に過ごしていただろうから。

そうして一週間が過ぎる頃――

紗織は仕事帰りに、父の経営する細谷織維会社の近くまで来た。

自宅に顔を出そうと思ったが、先に今の会社の状況を知ってから、父と相談したかったのだ。

ぽつ、ぽつ、と頬を濡らす雨に気づき、折り畳みの傘を広げる。

深呼吸をして一歩踏み出すと、作業服の女性が数人、紗織に気づいて声をかけてきた。

「あら、紗織ちゃんじゃない！」

「久しぶりねえ、紗織ちゃん。元気にしていた？」

わっと集まって来たのは、昔から知る人たちだ。

「元気です。皆さんもお変わりなく、元気そうですね」

「ええ。おかげさまでね。それより、ねえ、聞いたわよ。紗織ちゃん、結婚おめでとう」

「えっと、ありがとうございます」

紗織は意表を突かれ、思わずお礼を言う。

「あんなイケメンの旦那さん、うらやましいわ。私があと二十年若かったらねえ」

「ほんと、いいお婿さんをもらったわねぇ」

そう言われて、紗織はあれ？　と思う。おばちゃんたちはまるで、千尋の顔を見たことがあるような口ぶりだ。

「時々、様子を見に来てくださるんだよ」

紗織の疑問に気づいたのか、おばちゃんの一人が教えてくれる。

「え……そうなんですか？」

戸惑いながら問いかけると、おばちゃんたちはうんうんと揃って頷《うなず》いた。

「とても熱心な方でね、業務の改善点なんかを社長と色々相談しているみたいだわ。従業員の私たちにもよく気を配ってくれてねえ。おかげで安心して仕事ができるのよ」

おばさんたちに囲まれながら、複雑な気持ちになる。千尋が従業員にこれほど慕われていたなんて知らなかった。

「紗織ちゃん、本当にいい人と結婚したわね。幸せになりなさいね」

おばちゃんたちから向けられる笑顔に、紗織は胸が苦しくなる。

彼は『カムフラージュ』だとか『契約』だとか冷たいことを言いながら、こんなに良くしてくれていたのだ。毎日あれだけ忙しそうにしていたのに、自《みず》ら何度もここへ足を運んでくれたなんて……紗織はまったく知らなかった。

離婚することを決意したのに、彼への愛しさが募《つの》ってくる。

「おや、紗織じゃないか。来てたのか」

父の声にハッとして振り返った。父は珍しく作業着ではなくスーツを着ている。

「う、うん。お父さん、どうしてるかなって気になって」

「すまない。おまえにも心配させてしまったな。それに、水瀬さんには感謝してもしきれないよ」

父の言葉からは、従業員たち以上に、千尋への感謝が伝わってくる。

「せっかくだ、日曜日の夜にでも、一緒にうちに来たらどうだい？　ほら、一度挨拶に来て以来、二人揃っては来てなかっただろう？　母さんも喜ぶと思うし」

「うん……そうしたいけど、今は仕事が忙しくって。でも、お父さんの顔見たら安心しちゃった」

「そうか」と父は照れたように笑顔を見せた。紗織も微笑む。

「二人とも、がんばりすぎて身体壊さないように気をつけてよ」

「ああ。これ以上心配かけないようにするよ。おまえも大事にしなさい」

「うん、ありがとう。それじゃあ、またね」

「ああ。いつでも顔を見せに来なさい」

父のやさしい笑顔を見たら、離婚すると言い出せなくなってしまった。

紗織はバッグの中に忍ばせていた離婚届に目をやり、ため息をつく。会社を出て、道なりに歩きながら、紗織は今後について考えた。

（私は一体、どうしたらいいんだろう……）

あれからケータイには、千尋からひっきりなしに電話がかかってくる。

メールで所在だけは伝えているとはいえ、このままいつまでも彼から逃げつづけることはできない。

ちゃんと話をしなければいけないとわかっているけれど、彼と向き合うのが怖かった。

今も、彼のことは嫌いじゃない。

むしろ、好きだからこそ、このまま一緒にはいられないと思ったのだ。

でも、今会ったら、本当は離婚などしたくないと言ってしまいそうで、彼と向き合えずにいる。

けれど、ちゃんと千尋の口から本当の事を聞いて、それを受け止め前に進まないといけない。

（……初恋の相手に、もう一度恋をした）

不本意な契約結婚からはじまった関係ではあったが、それでも、彼と過ごした日々は愛おしい。

大企業の御曹司《おんぞうし》で、子会社の立て直しを任されるほど有能な千尋。彼は、線の細い美少年から見目麗《みめうるわ》しい大人の男に成長していた。

あんなに素敵な人が、平凡な紗織と結婚するなんて本来ならありえないことなのだ。

（私は、ひととき、幸せな夢を見せてもらったのだと思おう）

紗織は自分にそう言い聞かせ、千尋と向き合う決意をした。

辛くない。悲しくない――呪文のように心の中で繰り返す。

すると突然、紗織のすぐ目の前に、急ブレーキの音とともに一台の車が乱暴に停まった。

驚いて立ち止まると、運転席のドアが開き、中から一人の男性が降りてくる。

その姿を見た瞬間、紗織は息を呑んだ。

「千尋……くん、なんで……」

そこから先は声にならず、紗織はただ、千尋をまっすぐに見つめる。

「木島さんに聞いた。僕もこれ以上は、待っていられない」

そう言って、紗織の手を掴《つか》もうとする。

とっさに、その手を振り払ってしまった。

紗織の持っていた傘が地面に転がっていく。

彼の手に触れた指先がじんと痺《しび》れるけれど、それよりもっと胸の奥が痛い。

「ごめんなさい、私……」

紗織は千尋から視線を逸《そ》らして俯《うつむ》いた。千尋が無言で落ちた傘を拾ってくれる。

二人の間に気まずい沈黙が流れた。

「とにかく……車に乗って。家に帰ろう」

千尋は傘を差しかけながら、助手席のドアを開いて紗織を促《うなが》す。

彼がどんな顔をしているのか、顔を上げて見る勇気はなかった。

車の中では、お互いに無言だった。

相手の出方を探っているうちに自宅に着き、ガレージに停まる。

エンジン音が完全に止まってから、千尋がようやく口を開いた。

「紗織は本気で僕と離婚したいと思ってるの？」

悲しげに言われて、こちらまで悲しくなってしまう。

「……っだって」

「だって、何？　ちゃんと言ってくれなきゃわからないよ」

千尋がそう言って、こちらを見る。紗織は顔が上げられなかった。

「みっともなくて……言えない」

結局のところ、紗織は黒木に嫉妬《しっと》していた。自分の知らない千尋をあの人は知っているのだと思ったら、たまらなく悲しくなったのだ。

それに、彼が手がけたブランド『cherie/cherry《シエリ・チェリー》』が、元恋人の黒木のために作られたということが、とてつもなくショックだった。

こんなみっともない気持ちを知られたら、千尋に幻滅されてしまうかもしれない。できるならこんなどろどろした本音は、隠していたかった。

けれど、ちゃんと彼と向き合うと決めた以上、誤魔化しても仕方ない。それに、紗織も千尋の本心をちゃんと聞いておきたかった。

「……私、千尋くんに好きって言ってもらえたことに自惚《うぬぼ》れてたの。それで、黒木さんに勝手に嫉妬《しっと》したの……」

思い切って打ち明けると、千尋が大きなため息をついた。

「……黒木のこと誰に聞いた？」

千尋本人に肯定され、胸が苦しくなる。

「誰かから聞かなくてもわかるよ。二人はお似合いだもの」

すると、千尋が驚いたように否定してきた。

「黒木はただのビジネスパートナーだよ。それ以上の関係はない」

それなら一体どんな関係だというのか。

「誤魔化さないで。私、非常階段で、二人が話をしてるところを見たの」

気づいたら千尋をなじるみたいに口走っていた。

「非常階段の……あれは、彼女が色々と悩んでいるようだったから、相談に乗っていただけだよ」

「本当にそれだけ？　彼女が泣いていたら……いつもあんなふうに慰《なぐさ》めてあげるの？」

こんなこと本当は言いたくなかった。でも、口をついて出てしまったものは取り返しがつかない。

千尋はハッとした顔をして、決まり悪そうに目を伏せた。

「ごめん。配慮が足りなかったな。外国暮らしが長かったからそういうのが普通になってたんだ。でも、君がいやだと思うことはもうしない。約束するよ」

「……そういう問題じゃなくてっ。千尋くんの気持ちを聞いているんだよ」

「僕には君がいる。黒木とは、君が勘ぐるような特別な関係じゃないよ」

「……っ」

「他に聞きたいことは？　君が納得するまで、なんでも答えるから言って」

性懲《しょうこ》りもなく千尋の言葉を信じてしまいたい気持ちになり、決心が鈍る。

でも、ブランドのデザインに込められた彼の想いに気づいてしまった以上、今までと同じようにはいられない。

「私、千尋くんには我慢してほしくないの。もしも抑えている気持ちがあるなら、それを優先してほしい」

絞り出すようにそう伝えると、千尋にそっと手を握られた。

「君は何を不安に思ってるの？　僕の君への気持ちが信じられない？　今までのことがぜんぶ嘘だったって思うの？」

絡《から》めた指先から彼の熱が伝わってくる。胸の奥に押し殺した想いを引っ張り上げるように、ぎゅっと強く握られ、紗織は込み上げるものを必死に堪《こら》えた。

わかっている。否、今ならわかる。

千尋と再会して過ごした日々に感じた想いが、嘘だったなんて思わない。だからこそ、彼の心に他の人への強い想いがあることが悲しいのだ。

「でも、ブランドを作るぐらい黒木さんのことが好きだったんでしょう？　見ればわかるよ。千尋くんの気持ち、デザイン画から伝わってくるもの」

千尋は、一瞬驚いたような顔をしたあと、天を仰いでため息をついた。

「紗織、君は勘違いしている。『cherie/cherry《シエリ・チエリー》』と黒木はなんの関係もない」

「え？」

千尋は、紗織をまっすぐ見つめて口を開く。

「あれは……僕が、大切に取っておきたいと思った過去の一瞬をデザインしたものだ」

千尋が呟《つぶや》くように言って、紗織の唇を指でなぞる。

「ブランド名の『cherie/cherry』の意味は、cherieが愛しい、cherryが桜の君。cherryとは君のことだ。あのデザインに込められているのは、君を愛しく思う僕の気持ちなんだよ」

混乱した紗織は、茫然と千尋の顔を見つめた。

「黒木のことじゃない。君のことなんだ。僕らは、桜が咲く季節に出会い、別れた。僕がたった一度、本気で好きになった女の子。そして、今、心から愛している女性……紗織、君のことだよ」

紗織が言葉を発するより先に、千尋がそう断言する。

「紗織……泣かせてごめん」

千尋は懺悔《ざんげ》するように睫毛《まつげ》を伏せた。

「こう言ったら、君は信じてくれる？　僕はもうずっと昔から君のことが好きで……忘れられなかった。だから、細谷織維会社の救済を、君と僕が結婚するきっかけにしたんだ」

紗織は驚きで瞳を揺らし、千尋を見つめた。彼は睫毛を伏せたまま言った。

「僕は、細谷織維会社の窮状を利用したんだ。カムフラージュのためだと嘘をついて、君に契約結婚を持ちかけたのも、ぜんぶ……君を手に入れたかったから」

千尋の言うことを、紗織はすぐには理解できなかった。

それじゃあ、千尋は最初から紗織を手に入れることが目的だったように取れる。そう自惚《うぬぼ》れてしまいたくなる。

「どうして……千尋くんみたいな人が、私なんかと……」

千尋は、なぜか怒ったみたいに、紗織の顔を真正面から見つめてきた。

「君だからだよ。僕は、ずっと昔から君のことが好きだった。契約結婚なんてしなくても、最初から僕は君が欲しかった。君に好きになってほしいと望んでいたんだ」

「そんな……。じゃあ、どうして……契約結婚なんて言ったの?」

「ロワゾ・ブルーの代表に就任する前、僕は偶然、親会社で働く君を見かけた。そして、やっぱり君が好きだと再確認したんだ。そのすぐあと、君の両親の会社が倒産の危機にあることを知った」

千尋は、まるで懺悔《ざんげ》でもするように、言葉をつづける。

「たとえ僕の傲《おご》りでしかなくても、君の助けになりたかった。だけど、子どもっぽいプライドで君を傷つけ、あんな別れ方をした僕を、君がすんなり受け入れてくれるとは思えなかった」

紗織は首を振る。傷つけたのは紗織の方だ。ずっとそう思ってきた。

「それで、契約結婚を考えついた。自分勝手でも、傲慢《ごうまん》だと思われても、君を手に入れたかったんだ」

すべてをさらけ出した千尋の瞳が、不安げに揺らめく。

「僕を、軽蔑するかい?」

「……なんで、言ってくれなかったの。ほんとのこと……高校のときだって」

もどかしい気持ちをぶつけるように、紗織は千尋を見つめた。

もしも……十年前、千尋の気持ちを知っていたら、今の二人の関係は違っていたかもしれない。

「パリに行くことが決まってたからさ。伝えたところで、離れなきゃならないのなら、お互いに辛いだけだと思ったんだ」

千尋が悲しそうに言う。彼の表情にあの頃の面影《おもかげ》がよぎって、紗織は何も言えなくなってしまった。

押し込めていた千尋への熱い想いが、どんどん込み上げて止まらない。

「そんなの……ちゃんと言ってくれなきゃ、わからないよ」

涸《か》れるほど泣いたはずの涙が、一気に溢《あふ》れて、頬を流れていく。

「ごめん」

千尋が謝罪し、紗織の左手にそっと唇を寄せた。

うれしくて、どうしようもなく愛しくて、涙がこぼれてしまう。その涙を、千尋はそっと親指で拭《ぬぐ》ってくれた。

「私は知りたかったよ。千尋くんが、思ってること。ちゃんと聞いておきたかった。なのに、今頃になってそんなこと言うなんてずるいよ」

もっと早くに、彼の気持ちが知りたかった。離れてしまう前に、知りたかった。離れていた十年の間も、彼と繋《つな》がっていたかった。

「……ごめん、紗織」

千尋は困ったようにやさしく言って、紗織の涙を何度も拭う。

「千尋くんの、バカ……」

拭《ぬぐ》ってもらったそばから、涙が溢《あふ》れてくる。

千尋のことが大好きだった。その気持ちは、十年越しに再会して『契約結婚』という形で閉じ込められた。

表向きの関係だからと言い聞かせてきたけれど、それでも惹かれるのを止められなかった。

千尋が誰か他の人を見ていたかもしれないと知って、ショックでたまらなくなるくらい。

だから、まさか千尋がずっと紗織のことを想っていてくれたなんて、想像できるわけがない。

それを、しゃくり上げながら伝えると、千尋がため息をついた。

「君は……いつまでたっても、自分の魅力に気づかないんだな。ねえ、眼鏡を取って」

千尋はどこか熱っぽく言って、紗織の眼鏡をさっと奪い取るとダッシュボードの上に乗せた。そのまま顔を上げさせようとするので、紗織は慌《あわ》てて顔を隠す。

「やっ……今、ぐちゃぐちゃだから見ないで」

千尋はシートを乱暴に倒して、抗《あらが》う紗織の上に覆《おお》いかぶさってきた。

「千尋くん、やっ」

「僕のことを想って、そんなに泣いてくれるの？」

顔を隠す紗織の両手をぐいっと掴《つか》むと、千尋はシートに押しつけるようにして上から見下ろす。

「……そうだよ。千尋くんのことばかり……考えて、私、どうかしてるよ」

紗織は自分自身に呆れていた。

彼の幸せを願うと言いながら、本当は千尋と離れたくないと伝える勇気がなかっただけ。逃げれば逃げるほど、どんなに彼のことが好きか、思い知らされるだけだった。

そんな自分が情けなくて、恥ずかしい。

「私、どうしていいかわからなかったの。千尋くんの事が好きだから、余計辛かった……」

込み上げてくる激しい感情に、そこから先が言葉にならない。

「僕も同じだ。君のこととなると、何もかもうまくできない」

千尋は柄にもなく赤い顔をして、そう言った。そして、力が抜けたように、紗織の首筋にぽすんと顔を埋《うず》めてくる。

「最初から、君のことが大事で愛しくて……たまらなかったよ。我慢してるのも、隠してるのも、結構きつくて、嘘をついているのも辛かった」

「嘘をつくと、自分が苦しくなるだけなんだよ」

実感を込めて言う紗織を、千尋は無言で抱きしめてくる。

嘘つきは紗織も一緒だ。どんなに自分を偽ろうとしても、溢《あふ》れてくる想いに胸が苦しくなるだけだった。

「そうだな。身に染みたよ。もう……隠したりしない」

千尋が身を起こし、紗織の顔を覗《のぞ》き込む。

彼の表情は、どきりとするほど艶《なま》めかしく、熱っぽい瞳をしていた。

「ダダ漏れついでに、はっきり言っておく。君の眼鏡を外した顔、すごくかわいいから、僕以外の誰にも見せないで」

独占欲を丸出しにした瞳で告げられ、紗織はどきりとする。

そういえば、前に、眼鏡を外した顔を誰かに見せたことはあるのか、と聞かれたことがあった。

それも、今言ったような意味だったのだろうか。あまりの照れくささに、紗織の顔まで赤くなってしまう。

「もうずっと、僕は君に夢中だし、虜《とりこ》なんだよ。あのデザインだって、ぜんぶ君への想いを込めて描いたものなのに、あんなふうに焼きもちを妬いてくれるとか、もうかわいすぎるでしょ」

「それは、もうっ……言わないでいいよ」

勘違いした上に、みっともなく嫉妬《しっと》したことが恥ずかしくなり、紗織がたまらず声を上げる。千尋は微笑んで、紗織の頬にちゅっとキスをした。

「ダメ。君がわかってくれるまで、何度でも言うよ。もう誤解されたくないしね。もちろん君に誤解させたのは、僕の至らなさのせいだ。反省の意味を込めてちゃんと言うべきだと思うし」

「もう、わかったよ？」

「ほんと？」

「うん」

紗織は素直に頷《うなず》く。千尋はやさしく目を細めた。

「じゃあ、代わりに紗織の気持ちを教えて。僕は、ありのままの君の気持ちが知りたい。それで、おあいこ。仲直りしよう」

紗織の視界が涙で滲《にじ》む。千尋が目尻に唇を寄せ、そのまま流れる滴《しずく》を追って頬に口づけた。そして乾いた唇を湿らせるようにそっと唇を重ねる。

「それって結局、私ばっかり……千尋くんに甘えてることにならない？」

紗織は、おずおずと言って、千尋を見つめる。

「いいんだよ。君が甘える以上に、僕が……君に甘えたいんだから」

紗織の耳元で千尋が熱っぽく囁《ささや》いた。

「千尋くんみたいに完璧な人でも、甘えたりしたいの……？」

紗織が千尋を見上げようとすると、大きな手で視界を遮《さえぎ》られる。

「うん。君にだけは特別ね」

千尋が紗織の額《ひたい》にキスをして、声を潜《ひそ》めた。

「僕がどれほど君を好きか、もっと知ってほしい……」

どきどきするほど甘い声で囁《ささや》かれて、体温がぐんと上昇する。彼の息がかかった耳が火傷《やけど》したみたいに熱い。

再び鼻先が触れそうな距離で見つめられ、すぐに唇が塞《ふさ》がれた。

「んっ」

いつもなら、幾度か唇を重ねたあとに舌を絡《から》めるのに、今日はいきなり舌が入ってくる。

「んぅ、んっ……」

熱っぽい吐息と共に、千尋の濡れた舌が紗織の舌を絡め取った。深く重ねた唇が、ちゅっと音を立てる。荒々しく翻弄《ほんろう》するように舌を絡められ、息をする暇もない。

「……ん、は、ぅん……ンっ……」

激しく貪《むさぼ》るキスに、お腹の奥がじんと熱くなる。

キスだけじゃ足りないと言いたげに、千尋の骨張った手が、衣服ごしに紗織の胸を揉《も》みはじめた。

「ん、……ぁ、んっ……」

舌先が擦《こす》れ合うのも、唇を舐《な》められるのも、ぞくぞくするほど気持ちがいい。

胸を一緒に触られると、全身がざわりと甘く震えた。やがて千尋の手が、太腿を撫《な》で上げ、スカートの中に入ってくる。そして、ショーツの中に長い指をするりと忍ばせてきた。

すでに湿り気を帯びているそこは、千尋の指先が当たっただけで、びくりと震えてしまう。

「んんっ、あっ……」

仰《の》け反《ぞ》ろうにも、千尋の逞《たくま》しい体躯に覆《おお》いかぶさられている状態では無理だった。彼の指は薄い繁《しげ》みをかきわけ、蜜を溢《あふ》れさせている淫唇をなぞる。

「ん、ぁ、ン……」

くちゅ、くちゅ、と小さな水音が車内に響く中、千尋が紗織の耳元で密やかに囁いた。

「……紗織、もうこんなに濡らして、僕のことが……欲しくなったの？」

紗織は恥ずかしくて頭を横に振る。けれど千尋は、わざとくちゅくちゅと音をさせて、蜜に塗《まみ》れたそこを弄《いじ》ってきた。

「ほら、とろとろだ……指が溶けそうになるぐらい」

耳殻《じかく》に舌を這《は》わせながら、熱っぽい瞳で千尋が挑発する。

「やっ……言わない、で……」

紗織はぶるりと身体を震わせた。

「嘘はお互いにやめようって、約束じゃなかった？」

「あ、あ、っ……だって……はずかしっ……」

車の中に響く、艶《なま》めかしい声と、卑猥《ひわい》な水音に、感情が昂《たかぶ》ってくる。

千尋の指が中に入ってくると、じわっと熱いものが溢《あふ》れて滴《したた》った。

それをかき出すみたいに彼の指が内襞《ひだ》を擦《こす》りはじめる。やさしく襞をなぞり、指の腹で中を押し上げて擦ったりする。その巧みな指使いに、甘えた声が漏れた。

「……はっ……ぁ、……んん、……」

「キスだけでこんなに濡れるほど、僕を欲している。それが、君の本心だって思っていい？」

耳朶《じだ》をやさしく舌でなぞり、秘めた場所に埋《うず》めた指を、焦《じ》らすようにゆっくりと動かした。

その動きが、だんだん荒々しくなっていく。

じゅぷ、じゅぷ、とねっとりした淫音を響かせ、革張りのシートがギシギシと激しく軋《きし》む。紗織が感じて仰《の》け反《ぞ》るたびに、車全体が揺れた。

「あ、あっ……千尋くんっ……千尋くんっ」

抜き差しを繰り返す指が、紗織をもっと感じさせようと、さらに貪欲に中を穿《うが》つ。

「あ、あっ！　……あっ！　そんな、奥、だめっ……んんっ」

「……はっ、君のその声を聞いて……僕がどれほどたまらない気持ちになっているか、君は知らないんだろうな」

二人の荒々しい息遣いが車の中に響きわたる。

「……もう、ぐちゃぐちゃだね。もっと、何もわからなくなるくらい、僕のことだけを考えればいい」

千尋は言葉と指で、紗織の抑えていた感情を暴き出そうとする。

紗織の熱い蜜壁が彼の指に絡《から》みついていくのがわかった。

指をバラバラに動かして内壁を擦られると、涙が溢れるほど気持ちよかった。激しく感じるツボに当たった指が、狙いを定めたように抽送《ちゅうそう》をはじめる。

その甘すぎる愉悦《ゆえつ》が、高波となって紗織を一気に高みへ連れて行こうとする。必死に抗《あらが》おうとしても、もうダメだった。

「あ、ぁっ……だめっ……！　溢れちゃうっ……！　や、あああっ……！」

火のついた身体はあっけなく昇りつめる。ビクビクと跳ねるように身体を痙攣《けいれん》させて、紗織の頭の中が真っ白になった。

はぁ、はぁ、……と忙《せわ》しない呼吸を繰り返すたびに胸が大きく上下する。

達したのに、まだじくじくと身体が疼《うず》いていて熱が治まらない。中が激しく収斂《しゅうれん》し、濡れた蜜壁がぬくぬくと千尋の指に絡《から》みつく。

千尋の指は、震える身体を宥《なだ》めるみたいに中を撫《な》で、ずるりと抜けていった。

「ふ、ぁっ……」

物足りないと言いたげに、きゅうきゅうと中が蠢《うごめ》く。もっとしてほしい、と素直な感情が胸に湧き上がった。

「ここじゃ窮屈だ。家に入って、つづきを、しよう」

千尋に手を引っ張られ、震えて力の入らない身体をなんとか動かす。

玄関に入り鍵をかけた途端、千尋が噛みつくようなキスをしてきた。

「んっ」

千尋は紗織を抱き上げてパンプスを脱がせると、そのまま部屋の中へ歩いていく。

ベッドに運ばれるのかと思いきや、連れて行かれたのは脱衣所だった。

「汗でびっしょりだし、一緒にシャワーを浴びよう」

千尋は自分のボタンの一段目を外し、次に紗織のブラウスのボタンを全開にする。

「……っでも」

「恥ずかしいっていう理由だったら、却下だよ」

千尋が跪《ひざまず》き、紗織のスカートを脱がせた。ショーツとストッキングを一緒に下げおろし、足の甲にちゅっとキスをした。

「あっ……そんな」

千尋はそのまま足首からふくらはぎへ唇と舌を這《は》わせ、膝から太腿へキスをする。

さらに、快感に震える紗織のお腹やみぞおち、胸に至るまで、愛おしそうに唇を這わせた。そんな千尋の仕草に胸がきゅんとする。

「君にはもっと、自信を持ってもらわないと。どこもかしこもキスしたいぐらい、僕に求められてるって」

千尋の唇は、興奮して硬く尖《とが》った右胸の先端に、ちゅっとキスをした。

「あっ……」

左の胸にも同じようにキスをする。そして、中腰の姿勢から立ち上がり、首筋までつうっと舌で舐《な》め上げた。

「あ、んっ」

全身が千尋に触れられることを期待して、敏感になっている。

目頭が熱っぽく、頭がぼうっとする。

千尋は紗織の頬をそっと両手で包みこみ、物憂《ものう》げに見下ろしてきた。

「もっとぐちゃぐちゃになるくらい、互いのすべてをさらけ出そう。そしたら、どれほど僕が愚かで、君以上に不安で、かっこ悪いぐらい君のことが好きかわかるから」

千尋が熱っぽく訴えてくる。こんな彼は見たことがない。

紗織が知らなかっただけで、もともとこういう一面があったのだろうか。

「紗織の身体、ぜんぶ見せて」

「もう、見てるでしょう。着ている服……脱がされちゃったもの」

「まだ。もっと隅々まで……愛させて」

そう言い、千尋は自分のシャツを脱いで、逞《たくま》しい上半身を紗織の前に晒《さら》した。

「君が不安を感じないよう、他に何も考えられないくらい僕を君でいっぱいにして」

「どうしたら、いっぱいになるの？」

彼のすべてを独占したい、という我《わ》が儘《まま》な気持ちが湧き上がってきて、そんな自分に戸惑う。

「僕がこれから教えてあげる」

千尋は身につけているものをすべて脱ぎ捨て、紗織をバスルームに促《うなが》した。

「さて、洗いあいっこしようか。まずは髪から。その次は身体……君がまず先だ」

千尋に髪を洗ってもらうのは気持ちよかった。身体に触れられるのとはまた違った快感がある。

ざあっと熱いシャワーで流され、次にボディソープの泡まみれになった手で肩から二の腕を撫《な》でられた。すると、ぞくぞくと官能的な気分がかき立てられる。さらに彼の手が、背中からわきの下を通って乳房へ回り込み、ツンと尖った先端に触れた瞬間、思わず声がこぼれた。

「ん、ぁん……」

一度、達している紗織の身体は、あちこちが敏感になっている。

「紗織も、一緒に……」

促《うなが》されて、紗織はボディソープを泡立て、千尋の胸板や肩に触れた。

正面から大きな背中に手を這《は》わせると、ちょうど向き合った互いの胸の尖《とが》りが擦《こす》れ合う。まるで自分の身体で愛撫しているみたいに感じた。

触れられるのと同じだけ気分が昂《たかぶ》ってしまう。

「もういいよ」と、千尋が紗織を抱きすくめ、唇を重ねてきた。すぐに唇を割って、舌が入ってくる。

ねっとりと舌を絡《から》め合ううち、下腹部に当たる硬いものに気づいた。

千尋の男性自身が反応して勃ち上がっているのがわかり、かあっと顔が赤くなる。思えば、こうして明るいところではっきりと見たのは初めてだ。

「紗織、後ろを向いて、壁に手をついて」

言われるままそれに応じると、ひたりと蜜口に硬いものがあてがわれた。

「あっ……」

強く腰を掴《つか》まれ、先端をねじ込まれたと思ったら一気に奥まで収められる。

「ん、あっ……んんっ」

激しい圧迫感に息が詰まった。

「あっあっ……」

たまらず背を反《そ》らすと、その動きが彼の挿入の手助けになったようで、さらにずんっと奥を突かれる。ちかちかと目の前が明滅した。

「ふ、ぁっ……あんっ……おっき、……」

「君のせいだよ、紗織……」

ゆっくりと抜き差しされると、涙が出そうなほど気持ちよかった。さらに大きくグラインドするように腰を動かされ、泣きそうな声が漏れてしまう。

「あ、あっあっ……んん」

「僕がこうなるのは、君にだけだ……ちゃんと覚えていて」

千尋の声も上ずっている。途切れ途切れになる息遣いで、彼が興奮していることが伝わってきた。それでもまだ、紗織と違って彼には余裕がある。

抽送《ちゅうそう》の速度を保ったまま、千尋の節くれた長い指が、紗織の胸に触れ、隆起した頂《いただき》をくすぐり、五指をいっぱいに使って手のひらですくい上げるように揉《も》み上げる。

「は、ん、ぁっ……あっ……んっ」

慣れてない紗織を労《いたわ》ってくれているとわかっている。だが、なんだか焦《じ》らされているようにも感じて、はしたなくねだってしまいそうになる。思わず、物欲しげに腰が動いてしまった。

「あ、あっあっ……！」

もどかしい。もっとしてほしい。そんな欲求が込み上げる。中がきゅうきゅうに締まって、千尋の熱棒をいっぱいに咥《くわ》え込んだ。

「紗織、腰が動いてるよ」

熱っぽいため息をこぼし、千尋が指摘する。こういうときの彼はいつも意地悪だ。

「は、あんっ……だって、……っ」

「もっと気持ちよくしてあげるよ」

ふっと千尋は微笑んで、今度はリズミカルに抽送をしはじめた。

「や、まっ……って、ふ、ぁあっ……」

「こうして、ほしかったんでしょ？」

ぱちゅんぱちゅんと臀部《でんぶ》を打つように抜き差しされ、そのたびに甘美な快感がお腹の中で膨《ふく》れ上がる。切っ先で擦《こす》られる内壁に、きゅんと痺《しび》れるような快感が走った。

「あ、あ、あ、っ……」

千尋の言うとおりだ。紗織が望んだとおりに、彼はしてくれる。それがうれしくて身体が悦《よろこ》びに震えた。

「いやらしくて、かわいい」

「やっ……言わない、でっ……」

「本音なんだから、仕方ないだろ？　もっと、たくさん……紗織のそういう面を見せてほしいんだよ、僕は」

「あぁっ……あっ……ンっ」

バスルームに啜《すす》り泣くような喘《あえ》ぎ声が響く。充満する湯気《ゆげ》が二人の熱をいっそう高めていった。ひくん、と戦慄《わなな》いた花芯へ千尋の指が触れ、やさしく皮を剥《む》いてくりくりと弄《いじ》る。

「んんっ……っ千尋、くんっ」

千尋は根元まで深く紗織の中に挿入すると、蜜と泡にまみれた指で、剥き出しになった紅玉をねとねとといやらしく左右に嬲《なぶ》った。

「あ、んぅっ……そこ、一緒に弄っちゃ、……だめっ……」

「紗織はここが弱いね。耳に……キスされるのも好きだよね」

ちゅっと不意打ちで耳朶《じだ》を吸われ、ぞくりと背筋が戦慄く。

「あっぁっ」

「紗織の身体は、ぜんぶかわいくて仕方ないよ」

　熱の入り混じった千尋の吐息が耳にかかり、ぞくぞくする。

　腰を掴《つか》み直した千尋が抽送《ちゅうそう》の動きを少しずつ速め、紗織の背に覆《おお》いかぶさるようにしてうなじを舐《な》めた。

「ん、あ……んっ……はっ……ん、……はげしっ……」

　壁に手をついて身体を支えていた紗織も、だんだん立っていられなくなる。崩れそうになる紗織の腰を、千尋は律動を繰り返しながら、強引に引き上げる。じゅぶじゅぶと泡立つぐらい激しくかき回されて、額《ひたい》のあたりがツンとした。

「は、あっ……っ」

　千尋の吐息が乱れて、中のものが大きく膨《ふく》らんだ。抽送のたびにこぼれてくる、彼の切羽詰《せっぱつ》まった声が愛しくて、一緒に気持ちよくなりたいという気持ちが止められない。

　もっと、もっと、と口をついて出そうになる。

「ん、紗織、……中がきゅって締まった。何、考えたの？　正直に……言っていいんだよ」

「はぁ、んんっ……あっ……、きもち、いいの。千尋くんを、あンっ……もっと感じたい」

　今の紗織の姿は、きっと彼の目に卑猥《ひわい》で淫《みだ》らに映っていることだろう。

けれど、止められない。

もっともっと千尋の昂《たかぶ》りを中で感じたくて、勝手に腰が動いてしまう。一緒に絶頂まで感じ尽くしたい。そんなふうに全身が渇望している。

「うん。はっ……ああ、僕も……っ…同じだよ。君の中、気持ちいい……っ」

後ろから回ってきた千尋の手のひらにすっぽりと乳房を包まれ、やさしく揉《も》まれた。そうされながら、ずんずんっと叩きつけられる欲望を呑み込み、いやらしい声がこぼれる。

それが、いっそう千尋を煽《あお》ったようだ。

「あぁっ！　あっ！　あっ……！」

「紗織、かわいい。もっとその声、聞かせて……」

バスルームに二人の息遣いと声がいやらしく響きわたる。どれほど淫らなことをしているのかを知らしめるように。

壁についた手が、汗と泡で滑ってしまいそうになる。

「も、だめっ……あっあっ……きもちいいっ……きちゃう……っ……」

立っているのもままならなくなって、紗織は甘く掠《かす》れた声で懇願する。

熱い何かがじわじわと紗織を追い詰めていった。中で暴れる千尋の熱もどんどん硬く張り詰めていく。

「いいよ。一緒に……イこうっ……」

千尋がさらに深く入ってきて、叩きつけるように腰の動きを速める。

乳房が上下に激しく揺れるくらいに、腰を打ち付けられると、もう何も考えられなくて、ただ一緒に昇りつめることだけに集中した。

そして、ひときわ強く最奥《さいおう》を突かれた瞬間、頭の中が真っ白に染まる。

「ん、はっ……あっ……イくっ……！」

「……ん、ふ、ぁぁあっ……あああっ――！」

背中が弓なりに反《そ》り、ビクンッと身を震わせる。昇りつめた余韻で内襞《ひだ》が激しく収斂《しゅうれん》すると、中で千尋がぶるりと震えた。

「……っ」

すぐに紗織の中から引き抜かれ、びゅるりと背中に熱いものが吐き出される。

膝がガクガクして今にも崩れ落ちそうだ。壁にしがみつく紗織の顎《あご》を後方に向かせて、千尋が唇を重ねてくる。呼吸をするのもままならないくらい苦しくて、力が入らない。

舌を絡《から》められると、だらしなく隙間から唾液が溢《あふ》れていった。

「……ん、はぁ、……ン」

「……はぁ……君が煽るから、我慢できなかった……」

そう言いながら、千尋はキスをやめない。ねっとりと絡められる舌に翻弄《ほんろう》され、紗織は蕩《とろ》けそうになる。

「ん、千尋くん、……のぼせちゃうよ」

シャワーのミストのせいなのか、行為のせいなのか、身体が火照《ほて》ってたまらない。

千尋は互いの身体をシャワーで流すと、紗織の身体をひょいっと横抱きにした。

「つづきは、ベッドでしよう」

目尻にキスをしながらそう言うと、バスルームから出て紗織の身体をふわりとバスタオルで包み、そのまま寝室へ歩いていってしまう。

「……えっ……待って、千尋くん……」

車でもお風呂でもたくさんしたのに、まだするの？

「だめ。まだまだ足りないんだ。もっと、もっと……君としたい」

反論を封じるような甘いキスに、眩暈《めまい》がする。

ベッドに紗織を運んだ千尋は、その言葉を実証するみたいに覆《おお》いかぶさってきた。

抑え込んでいた箍《たが》が外れたのか、千尋の欲求が止まらない。

すでに復活しつつあった自身に避妊具をつけると、濡れそぼった入り口にあてがい、ずぷっと一気に挿入する。

「あぁっ……」

濡れた内襞《ひだ》があっという間に千尋の膨《ふく》らんだ刀身に絡《から》みついた。

さっきまでの熱は完全には冷め切っていない。紗織の身体は、すぐに彼を受け入れてしまう。

「……っ……紗織も、もっと欲しがって、僕を求めて……いくらでもあげるから」

千尋はそう言い、自身の膨らんだ切っ先で、潤《うる》んだ中襞を擦《こす》り上げるように腰を動かした。突き上げた先が、ちょうど気持ちのいいツボに当たり、さらに快楽が呼び起こされてしまう。

「あっぁっ……あっ……！」

「紗織の中、すごく絡みついてくる。感じてる顔、かわいい」

さっきは後ろからだったけれど、今は真正面で抱き合い、互いの顔が見える。

千尋がいつになく余裕のない表情をしていて、それだけ紗織を欲しているのだとわかった。それがうれしくて、ますます気持ちが昂《たかぶ》っていく。

「あんっ……はぁっ…ぁんっ……」

「胸の、ここもすごく硬くなってる」

胸の先端を舌で舐《な》め上げられ、紗織は泣きそうな嬌声《きょうせい》を上げた。

「や、ああっ！」

どこもかしこも敏感になっている。千尋に触られるところが、何倍にも感じてしまうのだ。

「はぁ、……あっ……あっ……」

「ここもすごく興奮して……勃ってる」

繋《つな》がり合った割れ目の上にある尖《とが》りを、蜜を絡《から》めた指でねっとりと左右に嬲《なぶ》られ、紗織の腰はびくびくと跳ねた。

千尋は陰核をこりこりと弄《いじ》り回しながら、緩《ゆる》やかに抽送《ちゅうそう》をつづける。

「ん、あんっ……あっ……あぁ！」

さっきよりも、中の千尋がさらに大きくなっている気がする。突き上げられるのと同時に、陰核を突かれると、あまりの悦《よ》さに涙が出た。

「やっぁっ……あっ……！」

「今だけは……素直に感じて、余計なことは何も考えないで」

中を突き上げる速度を上げられ、紗織の中が千尋でいっぱいになる。

快感のまま、ついはしたないことを口走ってしまいそうになった。

「千尋くんっ……あっぁ……ちひろ、くんっ……」

紗織は千尋の腕を掴《つか》んで、彼にしがみつこうと手を伸ばす。千尋が身を屈めて、キスしてくれた。

「何？　どうしてほしいか言ってごらん」

千尋の瞳に見つめられると、恥じらいが湧く。けれど、それ以上に、気持ちが抑えられない。

「……っもっと、いっぱい……」

「何？　どこをいっぱいしてほしい？」

「は、ぁっ……ん、……もっと千尋くんでいっぱいにして、ほしいっ……」

千尋がぞくりと身震いをして、耳のそばで甘く囁《ささや》いた。

「いいよ……君を僕でいっぱいにしてあげる。僕以外に何も考えられなくなるぐらい、いっぱいに……ね」

千尋は紗織の尻を引き寄せるようにして腰を掴み、先端を深いところまで埋《うず》めた。

「あ、ぁっ」

紗織の中で熱いものが溢《あふ》れたのか、千尋の熱が膨《ふく》らんだのか、互いの身体の境界線がわからなくなる。熱く蕩《とろ》けた中が蠢《うごめ》き、猛々《たけだけ》しいほどに膨らんだ千尋をもっと深く呑み込もうとする。

「……っ」

千尋の端整な顔が、せつなげに歪む。たまらないといったふうに腰の動きを速め、激しく中を穿《うが》つ。きゅうきゅうと彼を締めつけながら、紗織は千尋にしがみついた。すると、千尋が上体を少し起こして、体勢を変える。

「紗織、僕たちが愛し合ってるとこ、こうしたら君にもはっきり見えるよね」

千尋は紗織の膝の裏を持ち上げ、胸につくぐらいに折り曲げる。紗織の腰が浮き、千尋との結合部分がはっきりと見えた。

そればかりか、突き上げられる動きが、さらに強く伝わってきて、震えるような愉悦《ゆえつ》が込み上げてくる。

「は、ぁっ……千尋、くんっ……あっぁっ」

激しく突き入れられるたびに、互いの交わりの証《あかし》が、淫猥《いんわい》な音を立てて滴《したた》り落ちてくる。

頭の中がふやけて理性が焼き切れそうだ。

鼓動が激しく、息をするのも苦しい。

赤々と濡れそぼった結合部分が、千尋の膨《ふく》れ上がった欲望に絡《から》みつき、きゅっきゅっと締めつけていた。だけれど、それもまもなく限界なのか最奥《さいおう》が焼けるように熱くなっている。

「んっんっ……千尋くん、……好きっ……」

絶頂の予感に、思わず叫んだ。がくがくと身体を揺さぶられ、つま先が宙をかく。

「ああ、……好きだよ。だから……たくさんイって」

最奥に届くまで自身をすっかり沈め、激しく揺さぶるように抽送《ちゅうそう》を速める。そして、ずんっと強く突き入れられた瞬間、お腹の中でどくりと勢いよく熱が爆《は》ぜた。

「あ、ぁああ……っ！」

「……っく、紗織……」

ぶるりと千尋の背中が震え、紗織の奥に熱い飛沫《しぶき》が幾度かにわけて迸《ほとばし》る。その感覚がさらなる快感を与え、紗織はビクビクと痙攣《けいれん》するように身を震わせた。

はぁ、はぁ……と互いの荒々しい吐息が熱く交わる。

陶然《とうぜん》としていると唇を重ねられ、千尋のやわらかな感触を味わいながら、目をつむった。

しかし、熱を治めようとする紗織の中で、再び彼の欲求が膨れ上がっていく。まだまだ彼の熱は治まりそうにないみたいだ。

「もっと……」

紗織は、とめどなく求めてくる愛しい夫の腕の中で、幾度となく絶頂を迎え、甘すぎる愛に溺《おぼ》れた。


瞼《まぶた》の裏側が明るく染まり、ゆっくりと目を開ける。ぼんやりと白い世界が広がった。

気だるい身体で寝返りを打つと、すぐ隣に千尋のぬくもりを感じた。それに安堵して、紗織はシーツをかけた互いの身体を密着させるように、彼の胸に頬を寄せた。

（まだ、千尋くんが中にいた感覚が残ってる……）

もう少しこのままでいたい。そんなふうに思ってくっついていると、千尋が片目を開けて、紗織の頭に腕を回してきた。

「やっと素直に甘える気になってくれた？」

千尋がくすりと笑う。一晩中、愛し合ったあとだから、なんだかくすぐったい。

「おはよう、僕のかわいい奥さん」

ちゅっとキスされて、頬が熱くなるのを感じつつ、紗織は素直に甘えた。

「……おはよう、私の愛しい旦那様」

やられっぱなしでは悔しいので、紗織も自分から千尋の唇にちゅっとキスをする。

「ん、……君からのキスは、初めてだよね」

「ダメ？」

「いや……逆」

千尋は紗織をぎゅっと抱きしめてきた。そのまま、嵐のようなキスが降ってきて、気づけば彼の下に組み伏せられている。

「ちょっ……！　千尋くんっ……も、だめっ……それに、もう朝だよっ」

あれからも三回、四回……数え切れないほど彼に抱かれた。ほんとに最後の方は魂が抜けるかと思ったほどだ。

本性を現した彼は、絶倫のようだった。

「君がかわいいのがいけない。昨晩は、あれでも手加減したんだよ」

あ、あれで手加減したの!?　彼が本気になったら、一体どうなってしまうのだろう……

「わ、私のせいにしないでよ」

「仲直りエッチって、燃えるんだね。初めて知ったよ」

と、ピントのずれたことを言われ、顔がますます熱くなる。

「な、何言ってるの」

甘えたいし、甘えてほしいとは思うけれど、このままじゃなし崩しになってしまう。

「会社、遅れちゃうから、ね？」

「……じゃあ、君だけでも気持ちよくさせてあげるよ。朝から奥さんのかわいい顔見たら、仕事もがんばれる……」

そう言い、千尋はあちこちにキスを降らせる。これでは本当にきりがない。彼がこんな甘えたがりだったなんて驚きだ。

「やっ……待ってったら。これからだって、たくさんできるでしょうっ？」

紗織が思わず口走った言葉に、千尋はぴたりと動きを止めた。ふうん、と何か企《たくら》むような目で見られて、紗織はたじたじになってしまう。

「な、なによ。そういう顔で見ないでったら」

「地味子は、ベッドの上では大胆で妖艶《ようえん》なんだな。でも、恥じらいは忘れない、と。そういうギャップって、たまらないよね」

「な、何言ってるの」

「そういうところも、デザインに出したらいいのに」

千尋はくすくすと笑いながら、でも真剣な表情をして言った。

ふと、紗織は千尋の手がけたブランドのことを思い浮かべる。

あれほど丁寧に想いが込められたデザインは他に知らない。かつての彼が、どれほどデザインを好きだったか、紗織が一番よく知っている。できたら、彼にはデザインをつづけてもらいたい。

「千尋くん、……ほんとはデザインつづけたいんじゃないの？」

「つづけたいよ。けど、今は、目をかけたデザイナーをプロデュースする喜びの方が大きい。それに、そっちの方が自分に向いているしね。だから君は、僕に気兼ねすることなく、自分の仕事をがんばって」

「うん……」

千尋が紗織の顔を覗《のぞ》き込んでくる。

彼の瞳は綺麗に澄んでいて、悲しげな色は見えなかった。きっと、紗織の瞳も、彼から同じように見えていることだろう。

「プロジェクトが終わったら、きちんとけじめをつけたい。夫婦になった証《あかし》として、結婚式を挙げないか。君のウエディングドレス姿が見たいんだ」

そう言って、千尋はやさしく微笑んだ。紗織も微笑み返す。

「私も、千尋くんのタキシード姿が見たい」

堂々と彼の隣を歩き、彼の奥さんになった自分を誇りに思いたい。

「それを目標にしたら、もっとがんばれる？」

紗織は力強く頷《うなず》いた。この仕事を終えて、初めて二人は、本当の意味で未来へ歩き出すことができるのだ。

「絶対に結果を出すよ」

千尋は微笑んで、紗織を抱きすくめた。

「よし、じゃあ、もう少しだけこうしていて……それから準備をしよっか」

今度は抗《あらが》うことなく、紗織は千尋と抱き合い、これからの未来に想いを馳《は》せた。

(千尋くんと本当の意味での夫婦になりたい……)

心からそう願う。

それを叶えるためには、自分の殻を打ち破らなくてはならない。

もう見失ったりしない。自分の足で立ち上がり、今度こそ自信を持って勝利を掴《つか》みにいこう。

紗織はそう強く心に誓った。

8　愛してる

翌日、自宅から出ると、澄んだ青空が広がっていた。燦々《さんさん》と降り注《そそ》ぐ陽差しが眩《まぶ》しく、まるで紗織の決意に満ちた心境を表しているようだ。

紗織は出社してすぐ、午前中の会議に使う資料をまとめた。そうしながら、ふと左薬指に目を留める。『紗織のウエディングドレス姿が見たい』と言ってくれた千尋の言葉が蘇《よみがえ》ってきて、紗織の胸を甘く震わせた。

お互いに想いをぶつけ合い、燻《くすぶ》っていた気持ちが昇華できたおかげだろうか。ロワゾ・ブルーに来てから、毎日自分を奮《ふる》い立たせてきた。でも今が一番、気力が漲《みなぎ》っているような気がする。

チームは、社外コンペに向けて最終調整に入っていた。日に何度も会議を行い、衣装の最終チェックと共に、プレゼンとショーのリハーサルを繰り返している。その中で、紗織は社内コンペのときには気づかなかった、引っかかりのようなものを感じた。

「何かもう一つ欲しい。尖《とが》ったものが……」

紗織は、以前、千尋にアドバイスされたことを思い出す。

もっと冒険をしてもいいんじゃないかと、彼は言った。それと同時に、紗織の中に、ある閃《ひらめ》きが浮かんだ。

高校時代、千尋が元気になるように心を込めてデザインした、アシンメトリーのドレス。

今ならきっと、あのデザインを活かせる——はっきりと、そう確信した。

あれは、着る人がとびっきり幸せになれるよう、イメージして作ったデザインだ。

『私らしさを魅せる』というテーマにも、『Make your happiness』というチームのブランド名にもぴったり嵌《は》まるに違いない。

きっと今だ。あのデザインを……活かすのは、今しかない。

紗織は、強い決意を胸に、チームのみんなに提案した。

「みんな、すごく我《わ》が儘《まま》なお願いを聞いて欲しい。今から、一着目のデザインを変更したいの」

「え？」

澄玲も、反田も、芹沢までも、一瞬にして固まった。

「何言ってるのよ。小物ならまだしも、今からデザインを変更したいなんて正気？」

案の定、まっさきにパタンナーの芹沢から反論を食らった。

「無理を言っているのは百も承知。でも、この社外コンペに懸けているからこそ、諦め切れないの。お願い、私のアイデアを聞いて、みんなの意見を聞かせて」

必死に思いを伝える紗織を見て、三人が考えるように顔を見合わせる。

「……わかった。とりあえず、話を聞くよ」と反田が口を開く。

「乗りかかった船だもの。でも、沈ませたら承知しないわよ」

澄玲らしい言葉に、紗織はうんと力強く頷《うなず》いた。

今日まで、チームのため、チャンスをくれた千尋のため、ロワゾ・ブルーのために、コンペに向けてがむしゃらにやってきた。

それはもちろん、デザイナーである自分の可能性を切り開くためでもある。

でも、まだ足りていなかった。

「今回の社外コンペでは、もっと冒険をしたい。込み上げてきて抑えきれない……幸せになりたいっていう気持ちを、もっとはっきり表したいんだ。女の子が抱える、どんなコンプレックスにも負けない……絶対に幸せになれるっていうメッセージを届けたいの」

紗織はトルソーにかけられた一着目の衣装に手をかけた。

そばにいた芹沢が、ため息をついて顎《あご》をしゃくる。

「で、具体的にどう変更したいの？　これからデザインを変えるっていうぐらいだもの、何かイメージがあるんでしょう?」

「うん。このワンピースを、アシンメトリーにしたいの」

「アシンメトリー?」

紗織は、みんなの前にアシンメトリーのワンピースのデザイン画を置いた。

「一から作り直さなくても大丈夫だと思う。この上から、もう一段、シフォンのレースを重ねれば、どうにかなると思うんだけど」

「なるほどね……だったら――」

紗織と芹沢がデザイン画を見ながら変更箇所について話していると、澄玲が間に入ってくる。

「このデザイン、ちょっと面白いじゃない。女の子の気になる脚を綺麗に見せられるように、シルエットを工夫したいわね」

「ちらっと見えるのが萌えるんだよな。このアンバランスさがかわいい。いいんじゃないか」

反田も話に入ってきて、みんなが顔を見合わせる。

「やろう、最後の冒険」

「紗織、それを言うなら、これが冒険のはじまりよ。これから、このブランドの新作をじゃんじゃん作れるようにするんだから。親会社の上の連中を見返してやろうよ」

澄玲が胸を張って言う。そうだ、ここに来た当初、彼女はそう言っていたのだった。

「地味子にしては、いい考えなんじゃない?」

芹沢がそっけなく言うが、どこかわくわくした表情が見てとれる。それに、彼女にしては褒《ほ》めてくれた方だ。

「よっし、じゃあ最終調整まで突っ走りますか」

盛り上げ役の反田の号令で、みんなが「おう!」と声を上げた。

それから紗織たちは寝る間も惜しんで完成までひたすら走りつづける。気づけば、季節は秋からすっかり冬めいてきていた。

そして、十二月の一週目。いよいよ社外コンペまで一週間を切った。

社内では、クライアントへ向けたプレゼンとショーの最終チェックが行われた。

各部署の代表を交えて、衣装とショーの内容を確認していく。当然、社長である千尋も立ち会い、満場一致でOKが出て、このまま本番に進めることになった。

(やっとだ……)

紗織は高揚した気分で、ポートフォリオをぎゅっと抱きしめる。

いよいよここまで来たのだと思うと、感慨とともに身が引き締まった。本番では、名だたる会社の有能なデザイナーたちがコンペに参加してくるのだ。

それでも、今の紗織に迷いはない。自分たちの作品に確かな自信を持っている。

その強い思いを、会議ではっきり伝えた紗織に、千尋は満足そうに頷《うなず》いてくれた。

各部署の担当が会議室を出て行ったあと、芹沢が本棚にあったデザインブックを持って、千尋に声をかけた。

「社長、このデザインは細谷さんのためのものですか？」

そう言って、『cherie/cherry《シェリ・チェリー》』のデザインブックを、その場で広げる。

紗織は芹沢の突然の発言にぎょっとした。内心の動揺を隠して、そっと千尋と視線を交わす。

「今さら隠さないでください。もう知ってますから。二人が結婚してること」

この中で唯一、二人の関係を知る澄玲に目を向けると、彼女は肩を竦《すく》め首を横に振った。澄玲がバラしたわけではないらしい。

「私、前に細谷さんに無神経なことしちゃったから……ずっと謝らなくちゃって思って。社長は、すごく細谷さんのことを愛しているんですね」

芹沢は淡々と、千尋と紗織に向かって言った。

「いや、まあ、わかってくれたのはいいが、それを今……持ち出してくるかな」

千尋が決まり悪そうに手を顔に当てた。紗織もいたたまれず、どうしていいかわからない。

「えっ⁉　これって、社長が手がけたデザインなんですか？」

するると、初めて見た反田が興味津々《きょうみしんしん》にデザインブックを覗《のぞ》き込んでくる。

「まあ、昔にね」と千尋が苦笑しながら答えた。

「ぶっちゃけるとね、私、最初の頃、細谷さんばかりちやほやされてて嫉妬《しっと》してたの。意固地になってたこともあって、悪かったわ。でもね、この間、ギリギリになってデザインを変えたいって言い出したとき、細谷さんのデザイナーとしての本当の魅力がわかった気がしたの。私、あなたからたくさんの刺激を受けたわ。今は、このチームでよかったたって思ってる」

　いつも、多くを語らない芹沢が、訥々《とつとつ》と口にした内容に、紗織は胸を打たれた。

紗織の方こそ、あのときちゃんと芹沢とぶつかり合ってよかったと思っている。

自分の想いを相手にしっかりと伝えようと努力しなければならないと、改めて考えるきっかけになった。

「芹沢……みんな、ちゃんとわかってるよ」

　反田がやさしく声をかける。その言葉に芹沢の頬がほのかに赤くなった。その横で、すかさず澄玲が口を挟んだ。

「まあ、最初の頃の芹沢には正直むかついたけど、社長を除く、約一名の女心のわからない男も罪よねぇ」

　そう言って、澄玲が意味ありげな視線を反田に向け、肘で脇腹を突《つつ》いた。

「は⁉　俺？　いやいや、俺は細谷さんのこと、そういう目では見てないよ。社長にかなり怖い牽制《けんせい》を食らったし。信じて」

矛先《ほこさき》を向けられた反田が、焦って自爆した。

「え、怖い牽制？」

紗織は思わず目をぱちくりとさせる。澄玲が呆れたように言った。

「そりゃそうでしょ。反田くん、なんだかんだでしょっちゅう紗織に構ってるんだもん。まさか、本気で略奪愛を狙ってたわけ？」

「いやいや、略奪愛とか狙ってないから……！　仲間として力になりたいっていう気持ちしかないから！」

「ふーん」と澄玲がからかう。

「細谷さんからもなんか言って、お願い！　社長に締められるのはマジ勘弁だって」

反田から本気のヘルプがきて、紗織は思わず千尋を見る。

千尋はなんのことやらとそらとぼけたように、にっこりと微笑んでいた。

（あ、これは悪魔の微笑みだ。……私の知らないところで、反田くんに何を言ったのかな）

……再会したての頃、横暴な要求を突き付けてきた黒い微笑みを思い出し、紗織はぞっとした。

「本当に、そのデザインに関しては、うちの奥さんも勘違いして妬くわ、出てくわで散々だったよ」

バレてしまったら開き直るしかないと言わんばかりに、千尋が紗織をちらりと一瞥《いちべつ》する。

「ほんと、お騒がせだったわよねー。心配したし、リーダーが自滅したらどうしようって、ひやひやしたんだから」

澄玲にツンツンと肘で押され、紗織は「すみませんでした」と肩を竦《すく》めて頭を下げた。

「さて、君たちも休む暇がなくて疲れてるだろう。今日は帰ってゆっくり休むといい。これは僕が持って帰るよ」

ひょいっと千尋がみんなの前からデザインブックを取り上げると、澄玲が「あ！」と声を上げる。

「もうちょっと見たかったのに。社長、本当にそれ、このままお蔵入りなんですか？」

澄玲がそう言いたくなる気持ちが紗織には誰より理解できる。それほど完成度の高い、素晴らしいデザインなのだ。

「そうだな。もし、形にすることがあるとすれば……オーダーメイドで、奥さんのためだけに作ることにするよ。たとえば……ウエディングドレスとかね。そのときは、ぜひ、君たちも見に来てほしい」

千尋はそう言って、紗織に目配せをする。ああ、もう彼には敵《かな》わない。紗織が密かに形にしたいと思っていたことなど、彼にはとっくにお見通しだったようだ。

よかったね、と澄玲が祝福してくれる。反田と芹沢も笑顔を向けてくれる。なんだかみんなに見守られているようで、気恥ずかしくて仕方ない。

「もう、そろそろこの話は終わりにしませんか？」

「まあまあ、いいじゃないの。社長夫妻が幸せであることは、社員にとってもうれしいことですから」

照れる紗織に、澄玲が笑って言った。

「さて、コンペまであと少しだ。長期間の拘束でそれぞれ大変な面もあるだろうけど、最後までチーム一丸となって乗り切ってほしい」

千尋が士気を高めるようにそう声をかけると、それぞれが背筋をしゃんと伸ばして「はい」と返事をする。

今日を迎えるまで、本当に色々なことがあった。

たくさんの感情や、想いがあった。ときにはぶつかることも。

――あとは、その想いをきちんと形にするだけだ。

社外コンペ当日。

朝の会議では、プレゼンの進行表と照らし合わせながら、スクリーンに映すデザイン案とトルソーに着せた衣装の最終チェックを済ませ、チームのそれぞれの役割分担を改めて確認した。

発表が始まるのは午後からで、昼食を済ませたらみんなで会場になっているホテルに移動することになっている。

紗織はチームのみんなと社員食堂に来た。

だが、あまりの緊張のため、胃が何も受け付けてくれない。

緊張しているのは、紗織だけじゃなく、澄玲はいつにも増して小食だし、普段から澄ましている芹沢はますます口数が減っていた。

「おいおい、しっかりしろよ、おまえら」

牛カツ定食をぺろりと平らげた反田が、たまりかねたように活を入れてきた。ビクッと誰より反応したのは紗織だ。

「デリカシーがないわね。逆効果じゃないの」

澄玲から小言をもらった反田は、緊張で青くなっている紗織に気づき、心配してくる。

「ごめん。細谷、めっちゃ緊張してるなぁ。そんなんで、発表のときマイクでしゃべるの大丈夫か?」

「う、うん。ががが、がんばるよ。大丈夫」

壊れたロボットみたいな声が出た。我ながら情けなくて仕方ない。

「……ひどいな」と反田が苦笑する。

人、人、人……手のひらに書いてみるけど、効果ナシ。

「リーダーがしっかりしてないと、発表自体がグダグダになるわよ」

芹沢がびしっと言った。彼女が辛口なのはいつもどおり。おかげでしゃんと背筋が伸びる。

「おまえもいきなりプレッシャーかけるなよ」

反田がすかさず間に入る。

「ううん、芹沢さんの言うとおりだよ。ちょっとご飯を食べて落ち着こう」

紗織は動悸がする胸を押さえて、すーはーと深呼吸する。

「いつでもフォローできるように、俺たちもスタンバってておかないとな」

「あっという間っていうか、これが終わったらチーム解散と思うと寂しいわよね」

澄玲が言うと、反田も頷《うなず》く。芹沢は何も言わないが、彼女の眼差しにも寂しさが滲《にじ》んでいた。

もちろん、紗織もみんなと同じ気持ちだ。

このコンペで結果を出せれば春のコレクションまで一緒に仕事ができる。だが、落選すれば、それぞれ別の仕事に取りかかることになるだろう。

ムードメーカーで常に前を向いている反田、幅広い視野を持ち絶妙なアドバイスをくれる澄玲、辛口ではあるが的確な意見をくれ、正確かつ美しいパターンをおこしてくれる芹沢。

色々あったけれど、この三人と一緒にする仕事はとても刺激的で楽しかった。

最後に加えたアシンメトリーのドレスは、全員の力で新しく生まれ変わり、チームのコンセプトの柱にすることができた。

悩んだり、迷ったり、焦って絶望を味わったり。それでも諦めきれなくて原点に立ち戻ったことで、光を取り戻せた。

みんなで作った作品は、いわば才能の『結晶』であり、紗織の今までのデザイナー人生の集大成と言えるだろう。

「なんか……私の今までの人生、ぜんぶが詰まってる感じがするな……」

紗織が思わずぽつりと呟《つぶや》くと、反田、澄玲、芹沢の視線が一斉に集まった。

「あ、ごめん。なんか色々感慨に耽《ふけ》っちゃって。私、小さな頃から地味で、ダサくて、特に取り柄《え》もなくって……本物のお姫様になりたいとか心の中だけで思ってるような子だったの」

「意外ね」と芹沢が口を挟む。紗織も照れながら頷《うなず》いた。

「でもね、高校のときに大切な人と出会って、デザイナーの道に進んでから、ずっとこれだけをやってきた。でも、なかなか思うようにいかなくて、もがいてもがいていつの間にか自分を見失いかけていたんだ。それが去年までの私」

「うん、私もよ」と澄玲が同調する。

「でも、ロワゾ・ブルーに来て、チームで仕事してたら思い出したの。一番大切なこと。楽しいっていう気持ち。誰かをとびきり幸せにしたいっていう気持ち。自分もまた心から幸せになりたいっていう気持ち。それを形にできて、今、すごくうれしい。だから絶対、優勝したいよ」

これまでを振り返りながら、噛みしめるように言葉を重ねた。

紗織の脳裏に、苦しかった六年間が走馬灯《そうまとう》のように蘇《よみがえ》る。

何度も諦めようと思った。けれど諦められなかった。やっぱり、この仕事が何より好きなのだと気づいたから。

「うん。絶対に優勝しようぜ」

反田が力いっぱい同意してくれ、その隣で澄玲が涙ぐんでいる。

「やだなぁ、紗織。こんなときに、泣かせるようなこと言わないでくれる？」

そんな彼女を見ていたら、紗織の目頭もじんと熱くなってしまった。涙が溢《あふ》れそうになり、慌《あわ》てて鼻を啜《すす》る。

「ごめん。泣くのはまだ早いよね」

「ほんと、気が早すぎ。あんたの思い出話とか誰得なの？　もっとチームで他に話すことあるでしょ」

芹沢はいつもの彼女らしくそっけなく言い放つ。おかげで泣きたい気持ち以上に士気が高まった。

「よし、じゃあご飯をたくさん食べて元気いっぱいになったら、会場に向かおう！」

紗織の掛け声に、「おう」という声が重なった。


会場入りすると、それぞれが控え室で荷物をチェックし、準備ができたチームから舞台袖に作品をセットして待機する。順番を待つ間は、みんなが思い思いに衣装の最終チェックをしていた。

紗織は、心臓が飛び出そうなほどどきどきしていた。

人、人、人……と、気休めでしかないおまじないを繰り返し、大きく深呼吸する。

（本当にこれで最後……大丈夫。すべてを出し尽くした。これ以上のものはないんだから、自信を持て、私！）

何度も、何度も、自分に言い聞かせながら、舞台袖で待機していると、突然名前を呼ばれた。

「細谷さん、こっち」

「は、はいっ」

そんな紗織を見て、はぁ……と、呆れたようにため息をついたのは芹沢だ。

「そんな状態で本当に舞台に立てるの？　衣装着てもらうのに」

紗織が「え？」と首をかしげ、目をぱちくりする。有無を言わさず芹沢が手を引っ張り、衣装の方に顎《あご》をしゃくった。

「細谷さんのデザイン、あなたがモデルやって」

一瞬、何を言われたか理解できなかった。

「モデル……って、ええっ⁉」

紗織は驚きのあまり大声で叫んだ。

「他と同じことをしたって面白くないでしょ」

芹沢が至極当然のように言うので、紗織はパニックに陥《おちい》る。

「わ、私、一応リーダーなのに、そんなこと何ひとつ聞いてないんだけど？　だいたい私がモデルなんて、そんなの無理だよ。ランウェイなんて歩いたことないんだし。デザイナーは裏方でしょ」

「――やれないじゃ済まない。やらないと進めない。やる前から諦めない」

別の方向から聞こえてきた声にハッとして振り返る。声の主は千尋だった。彼が微笑んでこちらに歩いてくる。

「千尋く……じゃなくって、社長……！　一体どういうことなんですか」

「冒険、するんだろう？　君の想いを君自身が伝えておいでよ。きっと……モデルに着せるよりも、面白い結果になるはずだ」

千尋が清々《すがすが》しい笑顔でそう言う。

「……そんなっ、転んだら……どうするんですか!?　社運をかけた大事なコンペなんですよ？」

紗織が青ざめた顔で必死に訴えるが、千尋は首を横に振り、絶対命令と言わんばかりに傲慢《ごうまん》に言い放つ。

「だから、だよ。衣装を着て、堂々とプレゼンに行って来い！」

「ほら。社長命令」と芹沢が背中を押す。澄玲と反田も、納得しているように笑顔を向けてきた。

これはプロの仕事だ。他社との勝ち負けのある大事な場面である。

（それなのに、本当に私でいいの……？）

専門学校の卒業発表とは比べものにならないぐらい大規模で、社内コンペよりもずっと責任のある場面で、何倍も、何十倍も、何百倍も……数え切れないほどたくさんの関係者がいる。そんな中、自分がモデルになってプレゼンをする？

そんなこと一ミリだって考えたことがなかった。

最後の最後で、なんて思い切ったことを考えつくのだろう。あまりの大冒険に眩暈《めまい》がする。

「今の君に必要なことは？」

なぞかけのように千尋に問われ、紗織は彼をまっすぐに見つめた。

すると、胸の中にするっと答えが浮かんでくる。

紗織に必要なのは「自信」だ。強く人に想いを伝えるための力……

（ああ……そういうことか）

そして、これが……紗織をずっと見守っていてくれた千尋なりのやさしさだということに気づき、熱いものが込み上げてくる。

「私、行ってきます。たくさんの人にこの服を着てほしいから」

紗織は緊張を吹き飛ばすように、力強く宣言して、溢《あふ》れ出す涙を拭《ぬぐ》った。

「最高のショーを期待してるよ」

千尋に笑顔で見送られ、紗織は芹沢と一緒にモデルの控室に向かう。ヘアメイクをやってもらい、紗織は自分がデザインした、ピンクのアシンメトリーのドレスに袖を通した。

そして、鏡に映る自分を見てふうっと息を吐く。

「あ、眼鏡」

取らなきゃ、と思ったら、芹沢がううんと首を振った。

「いいんじゃないの。そのままで。だって、たくさんの人に着てもらいたいんでしょ。それが、私たちのコンセプト。ダサい眼鏡だって、あんたの個性だし、女の子はみんなかわいくなれるんでしょ?」

「芹沢さん……」

まさか芹沢がそんなふうに言ってくれるとは思わず、胸がじんとする。

「反田くんや木島さんには言わなかったし、ほんとはあんたにも言いたくなかったけど……私はあんたの考えたデザインが一番好きだわ」

芹沢の頬がほんのり赤くなっている。そのくせ、腕を組んでツンとしているのだから、小憎らしいったらない。

「まったく、ツンデレ女子め」

思わず紗織は芹沢に向かって揶揄《やゆ》するように言ってやった。

「な、何よ、地味子のくせに」

負けるもんかと芹沢が言い返してくる。けれど、二人は顔を見合わせ、とても晴れやかな笑顔を咲かせた。

「いいのよ、地味子でも。だって、私にはこの服があるんだもの」

アンバランスな丈の、アシンメトリーのドレスをひらりとさせる。

それに、芹沢のおかげでいい具合に肩の力が抜けた。

「勇気をくれて、ありがとう。芹沢さん」

「別にあんたのためじゃない。会社とチームの名誉のためよ」

と言いつつ、素直じゃない彼女の口元が少しだけ緩《ゆる》んだのを見て、紗織はうれしくなった。

「そうだね。これは一人のためだけのデザインじゃない。たくさんの人に届けるためのデザインだもの。ロワゾ・ブルーの……みんなの集大成を認めてもらえるように、私、リーダーとしてがんばってくるよ」

紗織は気合を入れ、舞台袖でステージをまっすぐに見つめた。

最後の冒険じゃなく、冒険のはじまり。

そして私が、これからもデザイナーとして生きていくためのはじまりでもある。

プレッシャーはある。今も自分に自信はない。けれど、『自信がない女の子のまま』でいいんだ。

それを、自信を持ってアピールしよう。

大丈夫。だって、私は女の子が一番欲しいものを知っているのだから。

スポットライトがステージを照らした。会場には紗織たちチームのコンセプトを伝えるナレーションが流れている。

紗織は女性らしい、ピンクのアシンメトリーのドレスを翻《ひるがえ》し、ランウエイを歩き出した。

最初はぎこちなく、下手《へた》くそなウオーキングで。ときに転びそうになりながら、でも満面の笑みを浮かべて……この服を着られて、すごく幸せだって表現しながらターンする。

キラキラ、ふわふわ——女の子にはたくさんの可能性が詰まっているのだ。

自分を最高にかわいく、綺麗に見せてくれる、魔法のような服。

すべての女の子に自信を与える——それがこのブランドのコンセプト。

女の子はいつだって魔法が使える。いくらだって素敵になれる。

そんなあなたを見たら、誰もがきっと幸せになれる。

『We make your happiness …and your happiness makes someone happy.』

わあっと大きく盛り上がる歓声と共に再びステージに上がった紗織は、こちらをやさしく見つめる千尋を一番に見つけた。

すぐにこの想いを伝えることができない、二人の距離がもどかしい。けれど、千尋にもきっと紗織の込めた想いが伝わったことだろう。

彼がふわりと微笑んだのが、確かにランウェイから見えたから。

紗織はステージの中央に立ち、再びスポットライトを浴びた瞬間、花が綻《ほころ》ぶように笑ってふわりとドレスの裾を翻《ひるがえ》した。


——その日、ロワゾ・ブルーは見事に優勝を飾り、新しいブランドとして、今後、様々な形でメディアとタイアップすることが決まった。

次のファッションショーに向けての衣装作りなども含め、新たなプロジェクトがはじまることになる。これからチームの仕事も今まで以上に忙しくなることだろう。

紗織はまだ夢の中にいるような気持ちだった。

だが、きちんと自信を持って作品を発表できたことを誇りに思う。

そして、これからも、たくさんの人が笑顔になれるデザインを作っていきたいと、思いを新たにした。

コンペの式典を終え、ようやく落ち着いた頃。「これから祝賀会をやろう」ということになった。そんな中、紗織はみんなを先に行かせて一人会場を走っていた。

紗織はどうしても千尋に直接会って、彼に感謝の気持ちを伝えたかった。

できたらこのドレスを、近くで見てほしい。

千尋が、紗織にチャンスを与えてくれなかったら、今日この場にいることはなかった。

ずっと燻《くすぶ》ったまま、今でも足元を見ていたかもしれないし、デザイナーとしての道を諦めていたかもしれない。

彼は、紗織にデザイナーとしての自信と、女性として愛される喜びを、どちらも与えてくれた。

もう二度と、彼の手を離したりしない。

もう二度と、諦めたりしない。

これから先、デザイナーとしてがんばる自分の隣には、他の誰でもない彼にいてほしいのだ。

逸《はや》る気持ちを抑えられず、『今どこにいる？』とメールを打つ。すると、すぐに『まだ控え室にいる』と返ってきた。

『(株) ロワゾ・ブルー代表取締役社長』と書かれた控室を探し当て、ドアをノックする。ノックとほぼ同時にドアが開かれ、強い力で腕を引かれた。

「きゃっ」

前のめりになった身体が、千尋に抱きとめられる。

「今、君を迎えに行こうと思ってたところだ」

「……会いに来たよ、千尋くん。私たち、優勝したよ」

感極まって涙ぐんでしまい、声が震える。

「うん。ちゃんと会場で見てたよ。君のステージ、立派だった。今日までよくがんばったな」

千尋が頭をぽんぽんと撫《な》でてくれる。「おめでとう」とやさしい声音が、紗織の耳に届いた。

抱きしめられた腕の中で、紗織もまた千尋を抱きしめ返す。

「直接会って言いたくて……今までずっと……見守ってくれて、ありがとう」

「ああ。ずっとそばで見守ってるよ。これから先もずっと……君と僕は一緒だ」

そう言い、千尋が紗織の肩をそっと引き離す。紗織を見つめてくる彼の瞳はとてもやさしく、そして熱っぽい。そのまま、どちらからともなく顔を近づけ、唇を重ねた。

ああ、この人の奥さんになれてよかった。

ずっとこれからも一緒だと言ってもらえることがうれしい。

熱い思いが、あとからあとから溢《あふ》れてきて止まらない。

「ん、……千尋、くん……」

気分が高揚しているからか、いつも以上にキスで感じてしまった。唇を重ねながら、千尋の手が紗織の身体のラインを撫でてきて、大げさなぐらい反応してしまう。

そんな紗織の異変に気づいた千尋が、そっと唇を離し、紗織の耳元でひそひそと囁《ささや》いた。

「今日の紗織はいつも以上にかわいくて、色っぽい。黙って見つめるだけじゃもったいない……」

千尋の誘惑めいた甘い声に、どきりと鼓動が跳ね上がる。

「も、もう」

紗織は顔を真っ赤に染めて、上目使いで牽制《けんせい》した。

「これから祝賀会に行くんだろう？　僕もこのあと、用事ができてね。ふたりっきりになるのは、もう少し先になりそうだ」

そう言って寂しそうにため息をつく千尋がちょっとかわいい。

大人の男性を捕まえてそんなことを言うのは変かもしれないけれど。紗織の前でだけ見せてくれる姿というのがたまらなく愛しいのだ。

こういう千尋を目にしてしまうと、紗織も彼に甘えたい気持ちになるから不思議だ。以心伝心できるぐらい距離が近づいている証拠と自惚《うぬぼ》れてもいいだろうか。

「家には何時に帰って来るの？」

「おそらく深夜過ぎになるだろう。君に早く触れたくてたまらないのに。だから……今、したい」

千尋が紗織の首筋にキスをしながら、着ていたピンクのアシンメトリーのドレスを脱がせようとする。

「え、……そんな、こんなところで……」

紗織があわあわと身じろぎする。すると、千尋の手がいったんドレスから離れて控室のドアに伸ばされ、そのままガチャンと鍵をかけた。

「そのドレスを着た君を見たら、我慢できなくなった。こうすれば、しばらくは問題ないだろ？」

これは……確信犯だ。しばらく、という意味を察知して、紗織は耳が赤くなるのを感じた。

「どうしてもいやって言うなら、我慢するけど？」

悪魔のような甘い微笑みを前に、紗織は何も答えられない。

「ずるいよ……」

と精一杯の反論を封じるみたいに、彼に再び唇を奪われる。

彼のキスはいつも甘い。

考える余裕などあっという間に奪い去ってしまうのだから、本当にずるい。

「さっき言っただろ？　黙って見つめてるだけじゃもったいないって……今すぐに僕の手で愛したくなったんだ」

抵抗するのを諦めた紗織は、千尋の首に腕を回す。唇をくっつけるだけだったキスが、角度を変えて深まっていき、やがて熱い舌をねっとりと絡《から》め合った。

「ん、は、ン、……ぅん……」

唾液を吸い合うように激しく貪《むさぼ》り合いながら、千尋の手が紗織のうなじに触れてくる。ファスナーを下ろし、千尋は紗織の剥《む》き出しになった首をちゅっと吸い上げた。

「そういう顔、他の男に見せたらだめだよ」

「ん、……はぁ、見せな……い、よ」

いつになく乱れる吐息、身体をまさぐる熱い手、荒々しく求める唇……彼の情熱を至るところで受けとめながら、紗織の身体が高まっていく。

激しいキスについていけなくなり、紗織は思わず千尋の腕にしがみついた。

「はぁ、……ぁ、千尋くん……」

秘めたところが濡れているのが自分でもわかる。それに、彼の熱を期待して、中がじんじん疼《うず》いていた。

「こっちにおいで」

千尋に手を引かれて、紗織は鏡が置いてある部屋の真ん中に立たされた。

「ここで、君がどんなふうに感じてるのか、見ながらしようか」

「え、や、やだ……鏡なんてっ……やっ」

千尋の意図を理解した紗織は、焦って目を丸くする。

さすがに恥ずかしすぎてジタバタもがくけれど、千尋を止めることはできなかった。

ファスナーを完全に下ろされて、ふわりと腰にドレスが留まる。さらにストラップレスのブラジャーをあっという間に外されてしまった。

「千尋くん、っ待って……」

「だめ、もう離さないよ。せっかくかわいいんだから、隅々まで見せて」

後ろから伸びてきた両手に露《あら》わになった乳房を揉《も》まれ、尖《とが》った先端を指の腹でくにくにと捻《ひね》られる。

「……あっ、いや……」

「僕が君のいやがることをすると思うの？　それに君は……意地悪されるとすごく感じるみたいだけどね？」

指の腹で乳首をくすぐりながら、千尋は紗織の耳元で囁《ささや》いた。

「……んっ……あんっ」

「ほら、胸の先が硬くなった」

恥じらえば恥じらうほど、かえって彼を煽《あお》ってしまうらしい。

彼の方が上手《うわて》なのはいつものことだ。そして、彼が言うとおり意地悪されて感じる自分の方が、ずっといやらしいのかもしれない。

心臓がさっきよりも早鐘を打っている。頭の片隅で千尋にもっと触れられたいと願っている自分がいた。

（私、いつのまにこんなふうになっちゃったんだろう……）

千尋が紗織の顎《あご》を持ち上げて、後ろから口づけてくる。そうしながら、彼はドレスの裾をめくり上げ右手を中に忍ばせると、湿った下着の内側をまさぐりはじめた。

「あっ……っ」

節くれだった指先が、閉じた蕾《つぼみ》をそっと開いて、花びらの輪郭をなぞる。

「……ふぁ、あんっ……」

紗織は目の前の鏡で、自分のあられもない恰好を見ることになり、恥ずかしさのあまりぎゅっと目を閉じた。

そうして鏡の存在にばかり意識を取られていたら、千尋の指に濡れた花唇を開かれた。

彼は中から滴《したた》る蜜を花芯に塗りつけながら、割れ目を上下に擦《こす》ってくる。

「あっぁ……！」

くちゅ、くちゅ、と淫《みだ》らな音が聞こえてきた。ゆっくりと挿入される千尋の指に、潤《うる》んだ襞《ひだ》がねとねとと絡《から》みつく。

中をかき回されるのも、抜き差しされるのも、気持ちよくて、ついだらしなく唇が開いてしまう。

「すごく濡れてるよ。いやって言いながら、君も、この状況に興奮してるんだね？」

彼の左手は乳房を揉《も》み上げ、早くも硬く勃ち上がっている先端を指の腹でこりこりと扱《しご》く。快感という小さな針で、身体中を刺激されているみたいだ。

「ふ、ぁっ……は、んっ……」

後ろから抱きすくめられながら、鏡越しに彼と目が合い、羞恥心《しゅうちしん》がいっそう煽《あお》られる。

紗織は唇を噛むのだが、彼の愛撫がそれすらも許さない。

「胸の先も硬くなってるし、中は愛液でぐちゃぐちゃだ……まだちょっとしか触れてないのに」

ヒールの高いパンプスを履いているから、いつもよりも彼の顔が近い。ちょうど耳の後ろに彼の吐息がかかる。だが、低い声で甘ったるく囁《ささや》かれると、ぞくぞくしてたまらなくなった。

「んっあっ……だって、千尋くんのことが、好きだから……」

紗織は必死に訴える。そう、この状況だからじゃない。千尋とならきっとどこでだって感じてしまうのだ。

彼を好きだと思えば思うほど、愛しさが溢《あふ》れて、触れられたくてたまらなくなる。

はぁ、はぁ、と息を切らしながら、紗織は恥ずかしさ以上に、千尋から与えられる快楽に溺《おぼ》れた。

「僕も、紗織が好きだ。君を早く抱きたくて……たまらない」

千尋がもどかしそうに紗織の中に二本の指を挿入し、ぐちゅぐちゅと淫《みだ》らにかき乱す。耳朶《じだ》を舐《な》められながら乳首を指で摘《つま》まれ、さらに秘めたところを攻められると、泣きそうなほど感じて足ががくがくしてくる。

「あ、あっ……あっ……！　だめ、千尋くんっ……私、……あっ……ぁ！」

中が収斂《しゅうれん》するように蠢《うごめ》いて、きゅうきゅうと千尋の指を締めつけた。中を広げるみたいに、濡れた肉襞を擦《こす》り抜き差しされると、瞼《まぶた》の裏がちかちかするほど甘美な愉悦《ゆえつ》が弾けた。

「はぁ、……ぁ、っ……んん、……中、熱いのっ……まって、千尋くん、……」

紗織は思わず千尋の腕に掴《つか》まり、重心を彼の胸に預けた。溢れすぎた透明な愛液が内腿を伝って滴《したた》っていく。

千尋が紗織の中からいったん指を引き抜いて、紗織の腕を掴んだ。

「ここに座ってごらん。ドレスは汚さないように、脱がせるよ」

そう言って、紗織の腰に留まっていたドレスを丁寧に脱がせて脇に寄せた。そうかと思いきや、彼はショーツ一枚になった紗織をそのままテーブルの上に押し倒す。

千尋はスーツの上着を脱ぎ、シャツの前ボタンを外した。はだけたところから見える胸板がとてもセクシーで、鼓動が高鳴る。見た目はクールなのに、こういうときの彼は艶《つや》っぽく獣のような色気がある。

千尋はもどかしげに紗織の乳房を手のひらに収めると、紗織の上に覆《おお》いかぶさってきた。

二人分の重さで、ぎしっとテーブルが軋《きし》む。

「あ、あんっ……」

胸の頂《いただき》を指先で転がされ、鼻から抜けるような甘い声が漏れる。千尋のもう片方の手が、腰からショーツをずり下げ、足首まですとんと落とした。

さっきの余韻そのままに二本の指が媚壁を割って入ってくる。急に入ってきた異物感に、腰が戦慄《わなな》く。それに構うことなく、彼の長い指は中へ沈み、瑞々《みずみず》しい音を立てながら抽送《ちゅうそう》をはじめた。

「は、っ……あん……あぁっ……」

指が抜き差しされるたびにいやらしい水音が響きわたり、ますます官能の濃度を高める。お腹の奥に快楽という名の熱が溜まっていき、貪欲に彼の指を締めつけた。

背中に触れるテーブルが冷たい。だが、火照《ほて》った身体には、いっそ気持ちがよかった。

「もう、とろとろだよ。紗織……気持ちいい？」

中を指でかき回すようにしながら、千尋が聞いてくる。自然と、紗織の口が開いた。

「は、ぁっ……ん、……きもち、いい……」

「今日は、ずいぶん素直だね。そういう君も、悪くないな」

そう言って千尋は、紗織の唇を塞《ふさ》いだ。幾度となく唇を重ね、濡れそぼった中で指をバラバラに動かされる。そのたびに腰が揺れ、テーブルが物音を立てた。部屋の中には、二人の息遣いが響く。

ぬちゅり、ぬちゅり、と感じるツボを探るように抜き差しされる指の動きが気持ちよくて、身体が歓喜に震える。

「あ、ぁっ……んんっ……」

知らず喘《あえ》ぎ声が大きくなり、千尋がしーっと紗織の唇に人差し指を当てた。

「鍵はかけてるけど、あんまり大きな声を出しちゃだめだよ」

そう言いながらも、千尋の指は巧みに紗織を翻弄《ほんろう》しつづける。そういうところがほんとに意地悪だ。

「……は、……ん、……だって、……」

「舌を出してごらん。キスをしながら……しよう」

言われたとおりに舌を伸ばし、千尋の舌先と絡《から》めた。互いにくすぐり合い、ちゅうっと舐《な》めしゃぶる。同時に、胸の尖《とが》りを指で弄《いじ》られ、思わず唇を離して喘《あえ》いでしまった。

「あ、ぁ！」

「紗織、声が出てる……だめだよ」

「だって、止められない……」

紗織は自分の手の甲を唇に当て、声が漏れないように堪《こら》える。

「……僕のことが好きだから、いっぱい感じるの？」

紗織はこくこくと頷《うなず》く。すると、千尋の唇が顎《あご》の下から首筋、鎖骨へと下りていき、興奮して尖った胸の頂《いただき》に熱く濡れた舌をねっとりと這《は》わせた。

「あ、んんっ」

ビクンと背が跳ねる。千尋は片方の乳房を揉《も》みながら、硬く尖った頂を指で擦《こす》り、もう片方の頂を唇に挟んだり、甘く噛んだりする。同時に、角度を変えて、ぐちゅ、ぐちゅと内壁を指でかき回され、頭の中が真っ白になる。

もう、我慢できない。今にも達してしまいそうだ。

早く千尋に貫かれて、いっぱいに満たされたい。激しく何度も、めちゃくちゃに抱かれたい——そんな欲求が溢《あふ》れて止まらない。こんなふうに感じるのは初めてだった。

「ふ、ぁっ……んっ……千尋くん、……あっあっ……千尋く、んっ………」

「こら、あまり声は出しちゃだめだって言ってるだろ？」

「……だ、だって……気持ちよくて、イっちゃいそうなの……はぁ、……」

「もう、君は……」

千尋がもどかしそうにため息をつき、指を中からずるりと引き抜く。

その拍子《ひょうし》に、物欲しげにひくんひくんと花唇が戦慄《わなな》いた。お尻の下まで愛蜜が滴《したた》り、テーブルを濡らしてしまう。

紗織の中は、一刻も早く千尋が欲しいといわんばかりに蠢《うごめ》いている。

千尋はズボンのベルトを外して自身の昂《たかぶ》りを解放した。そして、どこからか取り出した四角いプラスチックの封を切って、避妊具をつける。

千尋はそのまま、猛《たけ》った自身を紗織の蜜口にあてがった。

「君が欲しいのは、これでしょ」

「……あ、ああっ！」

ぬぷぬぷ……と昂ったものが埋め込まれ、無意識に腰が引ける。

逃すまいと、千尋は紗織のお尻をぐいっと自分に引き寄せた。それにより、やわらかい襞《ひだ》に包まれた熱の楔《くさび》が、さらに奥へ奥へと沈んでいく。

「……ひゃ、あっ……急に、いれちゃ、……んっ……だめっ……」

「ごめん。だって我慢できないよ……かわいい奥さんの乱れた姿を見せられたら」

いきなり深く挿入され、圧迫感に目がちかちかした。しかも、すぐにも抽送《ちゅうそう》がはじまり、紗織の身体がビクビクッと魚のように跳ねた。

しかし同時に、ねとねとと中が蠢《うごめ》いて彼の熱棒を締めつけてしまう。

「あ、あ、っ……！　待って、おっきっ……んんっ……」

お腹が圧迫されて苦しい。

「……っ……君が、あんまりかわいく、僕の名前を呼ぶから……」

腰をずんずんっと深く揺り動かされ、昂《たかぶ》った屹立《きつりつ》が奥の気持ちいい場所に当たる。

「ふ、あっ……あっ」

千尋は荒々しい抽送《ちゅうそう》を繰り返し、勢いよく最奥《さいおう》を穿《うが》ってきた。紗織の身体は千尋の下で、踊るように揺さぶられる。

「ん、あっん……はげしっ……いっ……」

「じゃあ、ゆっくりしようか？」

そう言って、焦《じ》らすように、ゆっくりゆっくり、抽送される。

ギリギリまで引き抜かれるときにはせつなくて、奥までいっぱいに埋《うず》められると愛おしい。その繰り返しに涙がこぼれた。

「それ、やあっ……！」

「どっちも、だなんて……欲張りだね」

焦らされるのに耐えられなくなり、喘《あえ》ぎ声がせつなく掠《かす》れる。

　腰を打ち付けられる勢いがどんどん激しくなって、紗織の身体はテーブルの上でゆさゆさと揺らされるしかない。

　だんだんと甘い波が押し寄せてきて、ちょっとでも気を抜いたら、一気に高みに昇りつめてしまいそうだ。

「あ、あ、あ、っ……！」

「ダメ。まだだよ。今日は、君だけ先にイかせない。一緒だよ……」

　そう言って、千尋が自身を引き抜く。絶頂への道を途中で断たれ、あまりのせつなさで身体が震えた。

「もっと脚を開いて、欲しいなら欲しいって言って」

「……ん、あっ……欲しいよっ……」

　紗織は恥じらいつつも自分の脚を左右いっぱいに広げて、引《ひ》き攣《つ》れる花びらへ千尋を誘うように腰を揺らした。

「わかった。ご褒美にいっぱい挿《い》れてあげる。……いくよ？」

　熱棒の丸い切っ先が、真っ赤に濡れてひくひくと戦慄《わなな》く入り口に再びあてがわれ、ゆったりとした動きで中に入ってくる。

「あ、あぁっ……！」

　紗織は思わず喉を反《そ》らした。

先端が埋め込まれる気持ちよさに、びくっと背がしなる。

その動きが千尋の屹立《きつりつ》をより深く中へ誘い、ちょうど感じる場所に先が当たった。

ぞくぞくと総毛立つような至福の悦《よろこ》びに身体を震わせると、すぐに中から引き抜かれそうになる。紗織は、彼を引き止めるべく無意識にきゅっと中で締め付けた。

「ん、はぁ、千尋くん、抜いちゃ……だめっ……もっと、して……もっと……」

気づいたら、紗織はそんなことを口走っていた。

やさしく緩慢な抜き差しがもどかしい。もっともっと速く、彼のぜんぶで征服してほしい。

紗織は、渇望するままに腰を揺らした。

「ああ、もう君は……いやらしくて、最高にかわいい」

「……あ、ぁ、ンっ……あぁっ……」

鏡の前でテーブルの上に押し倒され、交わっている様子はなんともいえず淫《みだ》らだ。

「……は、紗織……っ……」

せつなげに名前を呼ばれて、ざわざわと甘い痺《しび》れに冒《おか》される。

その余裕のない声を聞いていたい。千尋にもっと自分を欲してほしい。甘美な愉悦《ゆえつ》と彼への想いが混ざり合って、徐々に高みへと連れていかれる。

「あ、あ、あっ……あんっ！　はぁ、……あっ……あんっ」

奥までいっぱいにされると、お腹の中で彼の熱が蠢《うごめ》くのがわかる。

絶頂へ押し上げるように荒々しく抽送《ちゅうそう》が速まっていった。

臀部《でんぶ》が震えるほど腰を叩きつけられ、硬く張り詰めた切っ先でぐりぐりと奥を突かれると、額《ひたい》の奥にじんとしたものが走った。

「ああぁっ……ふ、ぁあっ……！」

びくびくっと中が激しく収斂《しゅうれん》して彼の熱棒に絡《から》みつき、きゅうきゅうに締め上げる。

だが、狭くなった中をこじ開けるみたいに、何度も熱い楔《くさび》が突き入れられ、さらに深く、深く、千尋の昂《たかぶ》りが紗織の最奥《さいおう》を穿《うが》つ。

「紗織……っ」

千尋が、紗織の腰をぐいっと引き寄せ、臀部に叩きつけるように腰を振る。

「あ、あ、あ、っ……も、だめっ……きちゃうっ……よっ」

「……くっ」

千尋の荒々しい息遣いと、紗織の喘《あえ》ぎ声が入り混じる。

ぱんっ、ぱんっ、と交わりが激しくなり、もう互いにどこにも余裕などなかった。

千尋が倒れ込むようにして、紗織の首筋や耳を舐《な》めてくる。そして唇を何度も、何度も、執拗《しつよう》に求めた。

「んんっ……ぁあっ」

千尋は、ぐぐっと深く埋《うず》めた先端を円を描くように動かし、揺れる乳房をやさしく揉《も》みしだく。

彼に触れられているところ、擦《こす》れ合っているところのすべてが気持ちよくて、一つに溶け合ってしまいそうだ。

「紗織、愛してる……君だけを、ずっと愛してる……っ」

唇が離れ、切羽《せっぱ》詰《つ》まったように千尋が囁《ささや》く。

そんな彼の想いがうれしくて、紗織は絶頂へと導かれた。

「……あっあっ……千尋くんっ……！」

いっそう激しく穿《うが》たれて、何も考えられなくなる。

聞こえてくるのは、高みを目指す互いの息遣いと激しい打擲音《ちょうちゃくおん》だけ——

「……んんん、あ、あっ……あぁぁ——ッ！」

「……っ！」

そのとき、千尋の背中がぶるっと震え、ビュクビュクと彼の熱い精が迸《ほとばし》った。

同時に、紗織は絶頂へ押し上げられ、彼のすべてを呑み込むように内側が収斂《しゅうれん》する。

そのまま二人は真っ白な世界へ投げ出された。

はぁ、はぁ、と互いの激しい吐息が入り乱れ、なかなか昂《たかぶ》った熱が引いていかない。

脱力して覆《おお》いかぶさってきた千尋は、紗織の唇をそっと啄《ついば》み、汗ばんだ髪を指先に絡《から》めた。

やがて紗織は、ゆっくり瞼《まぶた》を開く。そして、目の前でやさしく見つめる千尋に、甘えるようにねだった。

「千尋くんがさっき言ってくれたこと、もう一度聞きたい。聞かせてくれる？」

すると、一瞬だけ照れた顔をした千尋が、紗織をやさしく抱きしめ耳元で囁く。

「……何度でも言うよ。紗織、君を愛してる……」

紗織はうれしくて、千尋の首に腕を回し、同じように彼に伝えた。

「私も、あなたを愛してる……」

十年前にあなたに出会って恋をした。

そしてまた再会して、結婚という形から新しく恋をした。

ちゃんと夫婦になった今も、これから先もずっとずっと、あなたのことを愛している。

9 A year later

ひらひらと桜の花びらが舞っている。

窓から見える桜並木に目を細め、紗織は初めて千尋と出会ったときのことを懐かしく思い出した。

（高校一年生のときだもの。もう……十四年も前になるんだね……）

紗織は、甘酸っぱい春の匂いを吸い込み、鏡に映る自分の姿を見つめた。

純白のウエディングドレスに身を包み、淡いヴェールをかぶった自分は、いつもと別人みたいだ。

「紗織、どう？　支度できた？」

後ろから母の声がして、振り返った。紗織の姿を見た途端、母は息を呑み目を潤《うる》ませる。

「お母さん、泣かないでよ。私まで、もらい泣きしちゃう」

「だって、ねぇ……ずっと夢見ていた光景なんだもの。すごく綺麗よ。きっと、お父さんも首を長くして待っているわ」

千尋と入籍して二度目の春……二人はようやく結婚式を挙げることになった。

今から一年四ヶ月前。社外コンペで最優秀賞をもらった翌日、千尋と紗織は互いの両親のもとへそれぞれ挨拶に行った。契約結婚にけじめをつけ、心から夫婦になりたいと思っていることを伝えるためだ。

初めて会った千尋の母は繊細な印象の人だった。そして、彼女に寄り添う千尋の義理の父は、懐《ふところ》の深そうな穏やかな印象の人だった。千尋が以前に義父《ちち》には感謝していると言っていたことが、少し話しただけでも、よくわかった。

きちんとした夫婦になるためにすべてをクリアにしたい。そういう想いから、千尋は両親に入籍した経緯をすべて説明した。その上で、今では互いに想い合っていること、いずれは結婚式を挙げたいと思っていることを伝えた。

そして、彼は同じことを紗織の両親にも話した。

最初からすべてうまくいったわけではないが、こうして晴れて結婚式の日を迎えることができた。

挙式にはチームのみんなも参列してくれている。最近、芹沢と反田がいい雰囲気になっているみたいで、彼氏と倦怠期《けんたいき》中の澄玲がうらやましそうにしていた。

そんな彼女の薬指にもしっかりと婚約指輪が嵌《は》まっている。

澄玲とは、お互いに幸せになろうね、と約束していた。そんなこともあって、ぜひともブーケは彼女に受け取ってもらいたいと思っている。

みんな、変わらずよき仲間だ。

ロワゾ・ブルーの新作ブランドコレクションの発表は大盛況を収め、これからはじまるCM放送にあわせて続々と新作がリリースされることになっていた。

紗織は毎日忙しくしながらも、デザインを考えるのが楽しくて仕方ない。

これからもみんながそれぞれの形で夢を追いかけ、大好きな人と共に幸せであればいい。

そう願いながら、紗織は誰よりも大好きな旦那様……千尋のことを思った。

契約からはじまった新婚生活はけっして楽しい思い出ばかりではない。けれど、苦難があったおかげで大事な事に気づけたのだ。

そして、だからこそ、今こうして望んだ未来を一緒に迎えられる。

遠回りしたから、今の二人があるのだ。

あれからも、ずっと陰ながら支えてくれた千尋には、心から感謝している。何より、紗織のことを大切にしてくれるし、深く愛してくれている。

そんな彼と、今日、ようやく正真正銘の、本物の夫婦になるのだ。

「時間ですので、こちらへお願いします」

介添人《かいぞえにん》から声をかけられ、紗織の胸がいちだんと高鳴る。

教会の扉の前に立っていた父に対面すると、くしゃくしゃに顔を歪《ゆが》めて喜んでくれた。

「紗織、幸せになるんだよ」

「ありがとう、お父さん」

紗織は泣き笑いの表情になって、父の腕をそっと掴《つか》んだ。

パイプオルガンの音色と共に扉が開かれ、紗織は父と一緒に一歩ずつゆっくりと、バージンロードを歩いていく。

光を受けて羽衣《はごろも》のように輝くドレスを身にまとい、祭壇の前で待つ大好きな人のもとに足を進める……。

今の気持ちは、あのステージに立ったときと似ていた。

(ううん、もっと……あのとき以上に、幸せを感じている……)

幸せになりたい。幸せにしたい。共に、心から幸せを感じたい。

紗織が緊張しながら目の前に立つと、たった一人の最愛の人はやさしく微笑みかけてくれた。

「紗織……とても綺麗だ。すごく似合ってるよ」

「千尋くんが作ってくれたウエディングドレスを着られて、うれしいよ」

紗織も輝くような笑みを返す。

そう、紗織が身に付けているのは、千尋がデザインしたドレスだった。彼は、今日のために『cherie/cherry《シェリ・チェリー》』から、紗織のためのウエディングドレスを作ってくれたのだ。代わりに、紗織は彼のタキシードをデザインした。

この二着は、二人のこれまでを象徴する大切な結晶だ。そしていつか、二人の間に生まれてくる天使のために、二人でデザインを考えてあげたい。そんなふうに新たな夢を見ている。

二人で一緒に叶えられる夢を――

「これからもよろしく、僕のかわいい奥さん」

「よろしくね、私の大好きな旦那様」

二人は微笑み合い、永遠の愛を約束する。

契約は解かれ、心から愛しい人と口づけを交わし共に生きる未来を誓った。

式を終えた二人を、参列したみんながライスシャワーで祝福してくれる。そして紗織は、待ちかねていた友人のもとへ届くよう勢いよくブーケを空に投げた。

楽しそうな笑い声に包まれ、桜の花びらがちらちらと舞う。

そんな中、千尋が紗織の腰をそっと抱き寄せてきた。微笑んで見上げると、掠《かす》めるように唇を奪われる。

「新婚初夜も、ちゃんと仕切り直し、しないとね？」

「ハネムーンも、でしょ？」

紗織は大好きな旦那様に抱きしめられながら、こっそりと願望を伝えた。

「もちろん」と言って千尋は微笑み、愛しい妻へキスを降らせる。


——これからが、二人の本当の甘い新婚生活のはじまり、はじまり。

書き下ろし番外編

どれだけ甘やかしても足りない

ある週末の事。


「おかえり。紗織」

今日は千尋の方が帰りが早かったみたいだ。

紗織は出迎えてくれた千尋を見て、笑顔を咲かせた。

「ただいま……なんかいい匂い」

鼻をすんっと啜《すす》ると、トマトスープのような香りがした。

「ミネストローネ?」

紗織が尋ねると、

「当たり。今、作り終えたところ。毒味は任せるよ」

と、千尋はうれしそうに頬を緩《ゆる》ませる。

「楽しみにしてるね」

「とりあえず、座ってて。疲れただろ？　ココア淹《い》れるよ」

二人でリビングに行くと、千尋はキッチンでポットにお湯を沸かし、紗織のマグカップを食器棚から取り出した。

「ありがとう」

「雨降りはじめてたけど、身体は冷えてない？」

「小雨だったからへいきよ」

「ならよかった。エアコンの温度は大丈夫？」

こちらを振り返りつつ、千尋が問いかけてくる。

「うん。大丈夫」

彼は本当にやさしい。いつも紗織のことを気遣ってくれる。彼も出張や残業続きで忙しい日々だったはずなのに。

「私も手伝うよ」

紗織が申し出ると、千尋は首を横に振った。

「ゆっくりしてていいよ」

「え、でも」

「紗織はソファで休んでて。先にお風呂に入ってきてもいいよ。それとも、何か羽織るもの、持ってこようか」

「…………」

あまりの甘やかしっぷりに、さすがの紗織も戸惑った。

「ん？」

と、千尋が小首をかしげる。その仕草に思わずキュンとするが……

(それはイケメンのみが許される仕草だと思う……じゃなく！)

「ん？　じゃないよ。千尋くんは私のお母さんですか？」

「え……お母さんって……」

少し言い過ぎたかなと反省し、言い直す。

「もちろんいい意味だよ？　最近の千尋くんって、まるで娘を心配する母親みたいだから」

「……せめてお父さんにしない？」

千尋は苦笑する。

「だって、千尋くんは、はっきり言って過保護すぎると思う」

ずっと言わずにいたが、さすがにここまでされると言わずにはいられなくなってしまった。

前もそういう節はあったけれど、ハネムーンから戻ってきて、改めて新婚生活がはじまってからは度を越している。紗織はその点についてずっと悶々《もんもん》としていたのだった。

千尋は意表を突かれた顔をしていたものの、しばらくして我に返ったらしく、

「ごめん」

と小さく謝った。

その声を聞いて、紗織はハッとする。

謝ってほしかったわけじゃない。紗織は慌《あわ》てて訂正しようとしたのだが……

「もう、後悔しないように生きようって決めたから、君に構えるだけ構いたいっていう、純粋な気持ちなんだけどな」

しょんぼりと拗《す》ねた顔をした彼を見て、紗織は申し訳なくなってきた。

(困ったな……論点がズレてきた)

彼は一流企業の社長で、素敵な大人の男性で、自慢の夫……なのだけれど、時々出会った頃——高校生のような顔になる。

「君の迷惑にならないように気をつけるよ」

(うぅ。そういう顔されると……参っちゃう)

母性本能というスイッチが入って、紗織はしばらく悶々としていたが、ついに我慢できなくなって、千尋の背中に抱きついた。

「っと、紗織?」

いきなりの襲撃に、驚いて振り向こうとする千尋をぎゅっと抱きしめて離さない。

「私の方こそごめんなさい。そういうつもりじゃなかったの。ただ、言わせて。溺愛されていやな奥さんなんていないよ。でも、私も負けたくないの」

「負けたくないって、いつからそんなに負けず嫌いになったんだ」

千尋は、軽く笑い飛ばす。だが、すぐに紗織に向き合い、訂正する。

「いや、昔から負けず嫌いなところあったよな。結婚式を挙げたあとは尚のこと顕著だけど」

「千尋くんが、甘やかすから……私だって、もっとあなたを愛したい……」

自分で言ってて少し恥ずかしくなってくる。そんな紗織の心を見抜いたかのように、千尋はやさしく微笑んだ。

「じゅうぶん、愛してもらってる」

「足りないよ」

今度は紗織の方が拗《す》ねはじめる。

もっと伝わってほしい。

私もあなたのために尽くしたい。

想いの半分も、伝わっていない気がする。

「じゃあ、夕飯食べたら、埋め合わせしようか。忙しかったぶん」

そう言い、千尋が紗織の腰を抱き寄せた。

キスできそうな距離まで目線を近づけて、見つめ合う。

「……うん。そうしよう？」

「紗織が素直だと、心配になるんだけど」

少し照れたように千尋は言った。

いつも主導権を握るのは千尋なだけに、紗織から甘えられるのに免疫《めんえき》がないらしい。

「だめ？」

「だめじゃない。うれしい」

千尋が喜んでくれると、紗織もうれしい。

シャワーを浴びたら合流ね、と言い合ってキスをした。


順番にシャワーを浴びて寝室で合流すると、約束したとおり千尋からベッドに誘われた。

肌を重ねるのはいつもと変わらない。けれど、今夜は少し違った。

千尋がキスをしながら紗織に覆いかぶさろうとしたそのとき、紗織は自分から千尋に抱きついた。

「待って……千尋くんはそのままでいて」

「……って、紗織、何?」

千尋の戸惑いをよそに、彼の下着に手を伸ばしてそれを下ろすと、屹立《きつりつ》をそっと握った。

「今日は、私が愛する番だから」

「……っそこまで、拘《こだわ》る?」

押し問答になるのがいやだったので、紗織はそれ以上何も返さなかった。彼の怒張《どちょう》をとらえ先端にキスをして、そうっと口に含む。

「……紗織……っ」

「ん……んっ」

舌を這《は》わせてみたり、裏筋をなぞってみたり、たっぷりとしゃぶってみたり。彼の表情を見ながら、紗織は愛おしい夫を愛撫する。

「……っ」

びくりと千尋の腰が戦慄《わなな》いた。

「ごめん。痛かった?」

「いや、気持ち、よすぎるんだ。君の唇……」

呼吸をやや荒らげながら、千尋がため息をついた。

「じゃあ、もっとしてもいい?」

「……君がいやじゃないなら、望むように、してくれていいよ」

髪をやさしく撫《な》でてくれる。その仕草がうれしくて、紗織は千尋の昂《たかぶ》った屹立をしごきながら、唇でいっぱいに愛した。

いやなわけがない。大好きな夫が感じてくれるなら。

「こんな上手だなんて……困るな」

「ダメ？　だって、好きなの……」

「僕だけに……だよ」

「あなたにしか……しないよ」

端整な顔立ちが、気持ちよさそうに歪《ゆが》むのを見て、紗織はドキドキしてたまらなかったし、自分も昂っていくのを感じていた。

「は、待って。紗織……それ以上、も、我慢できない」

千尋が言って、紗織の手首を掴《つか》む。

そのまま吐精されても構わない勢いで、彼を愛していたのだけれど、彼はそういうつもりではなかったらしい。

「君がそんなに愛してくれたら、僕はもっと君を愛したくてたまらなくなるんだって、わかってないんだね」

勢いよく押し倒され、ベッドが弾む。

せた。

「愛撫、たくさんしてあげたいけど……ごめん。今夜は先に挿《い》れさせて」

いつになく強引に、千尋は紗織の脚を開き、そして昂《たかぶ》った自身の先端をぐいっと沈ませた。

「あ、ああっ」

じゅぷじゅぷと淫《みだ》らな水音を立てて埋め込まれていくのを感じながら、紗織は感極まった声を漏らしてしまう。

「……なんで、こんなに濡れてるの」

「だって……っ」

わざと音を立てるように腰を動かしてくる千尋をうらめしく思う。

あまりにも感じすぎて、今にも意識が飛んでしまいそうだなんて言えない。

言えないでいると、千尋がふっと悪戯《いたずら》に微笑む。

「そう。君も、僕を愛してくれながら、感じてたんだね。ますます……甘やかしたくて、たまらない」

そう言って、ゆっくりと押し進めたかと思うと、不意にずんっと最奥《さいおう》を突いた。

「……あっ……あっ、おっきっ」

「君がたくさんしてくれるから、興奮しちゃったんだよ。責任とって、愛されてくれるよね？」

千尋が動き出す。与えられる快感が快感を呼び、蕩《とろ》けるような愉悦《ゆえつ》に、全身がぞくぞくした。抽送《ちゅうそう》は容赦なく激しくなっていく。

「は、あっん……千尋くっん」

激しい交わりの中で、愛おしさが膨《ふく》らんでいく。

幾度となく穿《うが》たれるたびに、想いが溢《あふ》れ出しそうになる。

それからはお互いに無我夢中で貪《むさぼ》りあった。

「あ、あんっ……あっあっ」

「……紗織のせい、も、イきそう」

「あっ……あっあっ……いいの、一緒イキたい」

「……っ」

「あああ――っ」

熱が弾けた刹那《せつな》、紗織もまた絶頂へと昇りつめる。ビクビクと身体が震え、頭が真っ白になる。何も考えられない。

ただただ、夫への愛しさだけが募《つの》ってたまらなかった。

しばらく混沌とした世界を彷徨《さまよ》ったあと、二人は汗ばんだ肌を重ね合わせながら、シーツに包《くる》まって手を繋《つな》いだ。

「毎日のように君を抱いて寝るのも幸せだけど、久しぶりにこういうのも、なんかいいね」

「もっと、私から愛したかったのに」

「じゅうぶんもらったよ」

「ほんと？」

「どっちかと言うと、僕の方が愛し足りない」

「私だってじゅうぶんもらってるよ」

「違うんだ。わかってないな、紗織は。どれだけ甘やかしても足りないんだ。だから、僕に勝とうなんて思わないこと」


贅沢《ぜいたく》な悩みだと、紗織は思う。

けれど、きっとこれからも彼の溺愛が止むことはないのだろう。

それならば、お互いにもっともっと高みへ……愛し愛される日々であればいい。


「私だって負けないんだから」

紗織は言って、千尋にぎゅっと抱きつく。

「じゃ、二回戦といきますか？」

覆いかぶさってくる愛しい獣を抱きとめ、紗織は恥じらいながらも反論をした。

「それで足りるの？」

「足りるわけがないって……もうわかってるだろ？」

そうして二人はまたお互いの存在に溺《おぼ》れてゆくのだ。

「新婚生活って……いつまでを指すのかな」

「んー僕たちの場合は……永久、無期限で」

そう言う夫が愛おしくて。

どれだけ甘やかしても足りないと言った千尋の気持ちが、紗織にもわかる気がした。

恋愛小説「エタニティブックス」の人気作を漫画化!

Eternity COMICS

漫画 繭果あこ Ako Mayuka
原作 立花実咲 Misaki Tachibana

社長といきなり新婚生活!?

アパレル会社で働くファッションデザイナーの紗《さ》織《おり》は、ある日突然、子会社への異動を命じられる。そのうえ、なぜか異動先のイケメン社長と契約結婚をすることになってしまった!!　形だけだと思っていた新婚生活なのに、突然ケモノな本性を露わにした社長によって、紗織はこれでもかと溺愛され——!?

B6判　定価：640円＋税　ISBN 978-4-434-24785-9

両親を亡くし、独りぼっちになった薫子《かおるこ》。そんな彼女を、ある日突然、イケメン執事・萱野《かやの》が迎えにやってくる。なんと薫子は、資産家一族・東三《ひがしさん》条《じょう》家のお嬢様だったのだ！　さらに萱野は、彼女が立派な後継者になれるよう“ちょっぴり過激”な淑女教育を提案してきて…!?

B6判　定価：本体640円＋税　ISBN 978-4-434-25126-9

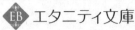

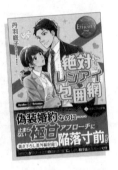

EB エタニティ文庫

大嫌いな初恋相手とラブバトル!?

こじれた恋のほどき方

エタニティ文庫・赤

永久めぐる　　装丁イラスト／小島ちな

文庫本／定価：本体 640 円＋税

とあるお屋敷の管理人として、悠々自適な生活を送っていたさやかのもとに、ある日幼馴染にして天敵の御曹司・彰一が現れた！　しかも、売り言葉に買い言葉で、さやかは彼と同居することになってしまう。基本は暴君、ときどき過保護な彰一との生活はハプニングの連続で……

※エタニティブックスは大人の女性のための恋愛小説レーベルです。ロゴマークの色で性描写の有無を判断することができます（赤・一定以上の性描写あり、ロゼ・性描写あり、白・性描写なし）。

詳しくは公式サイトにてご確認ください。
http://www.eternity-books.com/

携帯サイトはこちらから！

エタニティ文庫

書道家から、迫られ愛！

恋の一文字教えてください

葉嶋ナノハ　　装丁イラスト／ICA

エタニティ文庫・赤

文庫本／定価：本体640円＋税

お金もなく、住む家もない、人生がけっぷちの日鞠は、若き書道家の家で住み込み家政婦をすることになった。口は悪いけど本当は優しい彼に惹かれる日鞠。だけど、彼には婚約者がいるらしい。このまま、同居生活を続けて良いの？　悩んだ末に、彼女はある決心をして……

※エタニティブックスは大人の女性のための恋愛小説レーベルです。ロゴマークの色で性描写の有無を判断することができます（赤・一定以上の性描写あり、ロゼ・性描写あり、白・性描写なし）。

詳しくは公式サイトにてご確認ください。
http://www.eternity-books.com/

携帯サイトはこちらから！

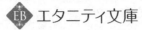

本書は、2016年3月当社より単行本として刊行されたものを文庫化したものです。


この作品に対する皆様のご意見・ご感想をお待ちしております。

おハガキ・お手紙は以下の宛先にお送りください。

【宛先】

〒150-6005 東京都渋谷区恵比寿4-20-3 恵比寿ｶﾞｰﾃﾞﾝﾌﾟﾚｲｽﾀﾜｰ 5F
(株) アルファポリス　書籍感想係

メールフォームでのご意見・ご感想は右のQRコードから、
あるいは以下のワードで検索をかけてください。

アルファポリス　書籍の感想　検索

ご感想はこちらから

エタニティ文庫

社長《しゃちょう》といきなり新婚生活《しんこんせいかつ》!?

立花実咲《たちばなみさき》

2018年11月15日初版発行

文庫編集－熊澤菜々子・塙綾子
発行者－梶本雄介
発行所－株式会社アルファポリス
〒150-6005 東京都渋谷区恵比寿4-20-3 恵比寿ｶﾞｰﾃﾞﾝﾌﾟﾚｲｽﾀﾜｰ5F
TEL 03-6277-1601（営業） 03-6277-1602（編集）
URL http://www.alphapolis.co.jp/
発売元－株式会社星雲社
〒112-0005 東京都文京区水道1-3-30
TEL 03-3868-3275
装丁イラスト－浅島ヨシユキ
装丁デザイン－ansyyqdesign
印刷－株式会社暁印刷

価格はカバーに表示されてあります。

落丁乱丁の場合はアルファポリスまでご連絡ください。

送料は小社負担でお取り替えします。


ISBN978-4-434-25252-5 C0193